U0855496

漫娱图书
SINCE BOOKS
名　家　经　典　系　列

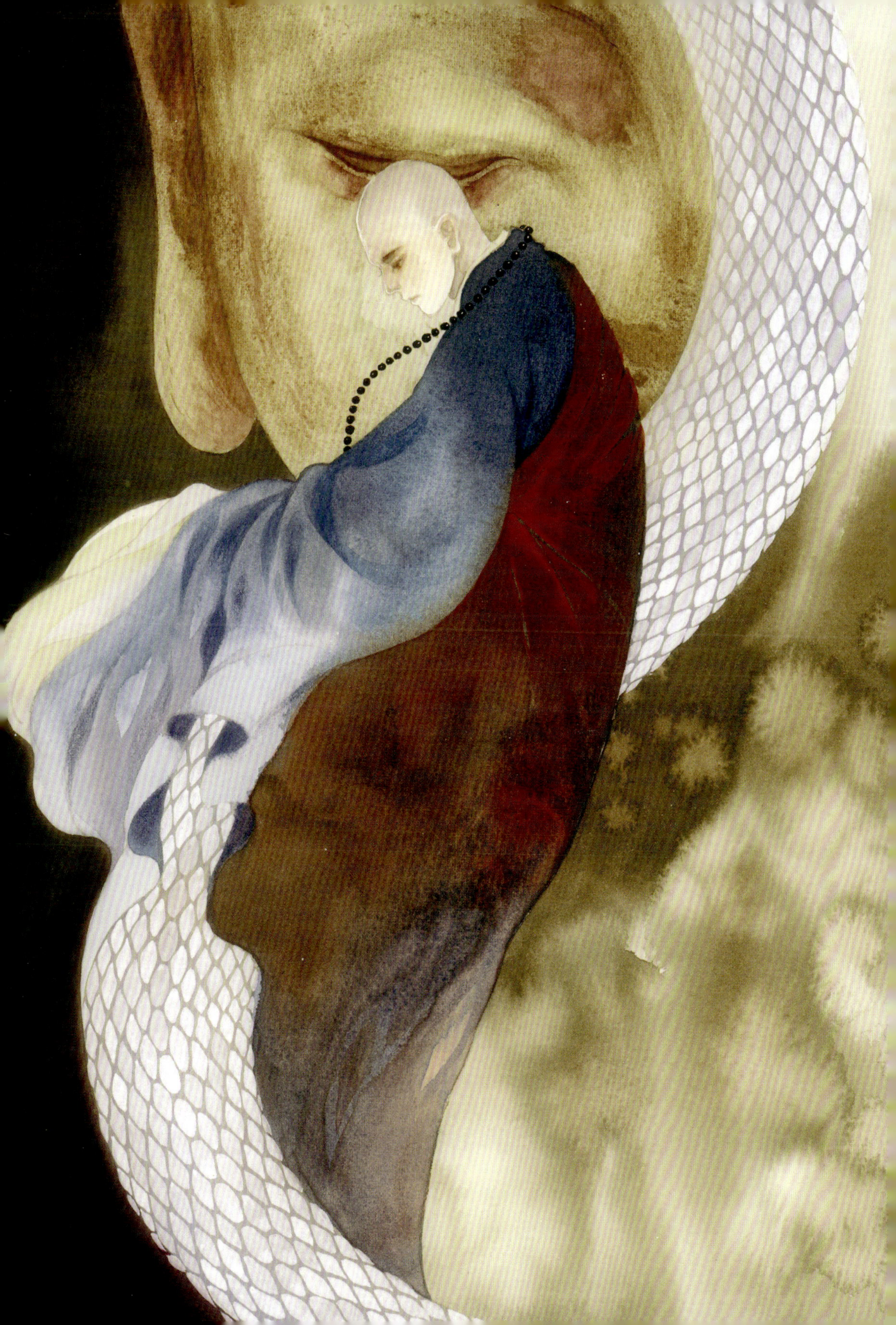

百妖谱
BAI YAO PU
WRITTEN BY 裟椤双树
ILLUSTRATED BY 鹿菏

百妖谱

BAI YAO PU

◎裟椤双树 著

长江出版社
漫娱图书

“桃都山有大桃树，盘屈三千里，上有金鸡，日照则鸣。下有二神，一名神荼，一名郁垒，并执苇索以伺不祥之鬼，得则杀之。”

——《括地图》

百妖谱 序

今天，完成了《百妖谱》第一卷，我生日，真巧。

我就是喜欢写妖怪。

《百妖谱》是我的一个理想，像做菜一样陆陆续续摆出一百只妖怪，然后望着丰盛的餐桌洋洋得意。

这本书里的妖怪，有一些你能在各种古籍与流传千百年的志怪小说里找到原型，有一些你找不到，因为我也喜欢创造妖怪，DIY的乐趣无处不在，就是这么任性（手动微笑脸）。

我曾在一篇小文里这样说过——

感情是普天之下唯一不能“学”的东西，它本身就是个“妖”。在你我不经意的时候；在心仪之人走过的瞬间；在雨后初晴的一个好天气里；在月下相碰的酒杯中……这个住在心里的妖，自然而然就钻出来，相思与爱怜，妒忌与憎恶，都是它的模样。

所谓妖，不过是你我求而不得的人，修而未成的果，如此而已。

因此，还是那句话，我写的是妖怪，但又不是妖怪。也许只是你我认识的某个人，或者是我们自己，又或者是我们某年某月的一段心情。

现在，这个从北宋开始的关于妖怪的画卷，就交给桃夭跟小和尚吧。有缘之人不妨跳上他们的贼船，一起去愉快地玩耍一番。

序言很短，看故事，么么哒～

裟椤双树

2016.12.9. 成都

百妖谱

目录

壹 灰狐 009
贰 漱金 035
叁 庆忌 061
肆 蜉蝣 081
伍 乖龙 105
陆 腾根 123
柒 应声 143
捌 化蛇 161
玖 媪姬 183
拾 照海 201

百妖谱
壹·灰狐

楔子

“我救的不是他。”狐狸本就细长的眼睛像月牙一样弯起来，
“我救的是多年前一个寒夜里，在篝火与烈酒中想仗剑江湖的少年。”

○ 1 ○

太平兴国元年，成都，郊外。

“客官，您要的酸菜肉丝面来喽！”店小二端了热气腾腾的面碗，麻利地放到她面前，习惯性地一甩肩上的帕子，又对坐她旁边的小和尚道，“小师父，你要的素面再稍微等一下哈。”

她闻了闻香喷喷的面条，眉开眼笑道：“闻起来就好吃，都说蜀地多美食，连小小一碗面条也不让人失望呢。”她挑起一筷面条吹了吹，袖口落下去，露出系着一条红绳的手腕，红绳上坠了个小小的黄金铃铛，被雪白的肌肤衬着，更见明亮可爱，然而不论她的动作多大，摇摇晃晃的铃铛却没发出任何声响。

“哧溜”一声，面条下肚，她满足地吸了口气，向店小二竖起了大拇指。

“客官您喜欢就好啊。”得到夸奖的店小二十分高兴，忍不住又多看了她几眼，模样多俊俏的小姑娘啊，正是十四五岁的年纪吧，眼睛像杏核一样，亮晶晶水汪汪，

笑起来就弯成两个月牙，加上一对俏皮的小酒窝，这样的笑容，不需要味觉也能感受到甜味呢。她穿得也好看啊，红衣红裙，喜庆得像幅年画，腰间系着一个拳头大小的黑色布囊，既不像荷包也不像香囊，用普通的麻绳系着口子，鼓鼓囊囊的。这小姑娘什么都好，就是头发梳得随意了点，乱七八糟地绑了两个麻花辫，还明显是一粗一细，懒洋洋地垂在身前。还有她身边那个六七岁模样的小和尚，一身寻常的灰色僧衣，挂着佛珠，小光头在灯火下倒也是闪闪发亮的，只是从进了客栈到现在，他一直是一张“有人欠我钱”的郁闷脸。

很少看到有和尚跟俗家姑娘结伴来投宿的呢，店小二挠挠头，问她：“客官不是本地人吧？好像从未见过你跟这位小师父呢。”话音未落，她身旁的窗户呼一下被吹开了，寒风卷着几瓣雪花趁机扑进来，店小二赶紧过去把窗户关好，生怕把她冻着了。

一朵雪花刚好落在她的鼻尖，旋即融化，她扭头问小二：“蜀地不比北方，很少下雪吧。”

“是不常有，即便落雪也极少有这么大的。”店小二往手里呵着气，“没冻着你吧？”

“吃着面哪，哪能被冻着。”她笑，“你家店名起得不好，大把客栈叫‘悦来’‘常安’，多好，偏你们非叫‘风雪客栈’，原本无风无雪，平白都被你们招来了。”

门口又扫过一阵寒风，檐下灯笼摇摇欲坠，仅有的一点亮光里，“风雪客栈”四个字在店招上抖动着，寒夜雪重，人迹难寻，方圆数十里只得这一处有亮光，任谁见了，都忍不住想往这里来，避避风雪，吃碗热面。

“客官说笑了。”店小二哈哈一笑，“店名是掌柜起的，原想的是风调雨顺，瑞雪兆丰年的意思。”

“是啊是啊，就是这么个意思。”一直在柜台里专心拨弄算盘的胖掌柜耳朵倒是灵得很，插嘴道，“姑娘你是赶上好时候了，明早起床，外头的雪积得厚了，你堆雪人打雪仗，好玩得很哪！”

她没吱声，专心吃面。

“我饿……”小和尚终于开口说了两个字。

她放下正要塞进嘴里的面条，大方地把碗推到他面前：“吃吧！”

小和尚皱眉：“出家人不吃肉！”

“那就饿着。”她迅速把碗拉回来，故意大口大口吃。

小和尚瘪着嘴扭过头去，鼓了半天勇气才小声问店小二：“那个……请问我的素面还要多久？”

“快啦快啦。”店小二扯起嗓子往厨房那头大喊，“素面快点！小师父不经饿！”

此刻坐在这里吃面的，除了她跟小和尚，还有两桌客人，一桌坐满了四个风尘仆仆的商人，身强力壮的，客栈后的马厩里拴着他们的马匹，载着好几口大木箱。另一桌只坐了一位客人，年过二十的斯文公子，面容清秀白皙，黑发端端正正地用一枚白玉簪束在头顶，着一件半新不旧的灰袍子，一件同色的披风斜放在旁边的凳子上，桌上只放了一壶酒，一碟凉菜，自斟自饮。

素面终于端上桌，小和尚刚刚举起幸福的筷子，整碗面就不见了。

她抱着他的素面，也顾不得烫，呼啦啦两口倒进了嘴里，这才满足地摸了摸肚子：“饱了。”

小和尚握着筷子的手微微发抖，口里连念了好几声阿弥陀佛后才委屈地说：“你再给我买一碗吧……”

“没钱了。”她摊手，“刚刚把面都送你嘴边了你不吃，那现在你只能去化缘了。”

“不吃也罢。佛曰，一切皆空，有面即是无面，无面即是有面。”小和尚的嘴瘪得更厉害了，把筷子往桌上一放，干脆合掌默念起经文来。

那掌柜听得忍俊不禁，道：“我说姑娘你就别逗这位小师父了，这大冷的天，不吃东西可不行，你若舍不得银钱，一碗素面我请了。”他拉大嗓门对店小二道：“去，让厨房再煮一碗素面给小师父。”

小和尚闻言，忙起身朝掌柜的方向合掌道：“阿弥陀佛，掌柜种此善因，必得善果。”

她听了，嘴角一翘，只笑不语。

商人们似是吃得很满意，聊天的声音很大，脚边扔了一堆啃光的骨头，杯子里的烈酒喝完一杯又一杯。

一直很安静的灰衫公子在喝完剩下的小半杯酒后，突然剧烈地咳嗽起来，他一手用力捂住嘴，另一手暗暗往心口处点穴般戳了几下，但咳嗽仍无减缓，反有加重的迹象。

半醉的商人们见了，口不择言道：“该不是个肺痨鬼吧，有病就快些回房！”

小和尚见状，忙上前对灰衫公子道：“这位施主，你可是病了？”

灰衫公子对他摆摆手，白脸涨得通红，正想开口说什么，谁料喉咙一热，竟“噗”一下吐出一大口血来，且那血颜色极深，近乎黑色。

小和尚脸色大变，赶紧扶住他的胳膊，焦急问道：“施主你哪里不舒服？”

灰衫公子摇头，一手仍紧紧捂住剧烈起伏的心口，像是有什么东西要从里头跑出来一样。

看他那么难受，小和尚边念阿弥陀佛边拍着他的脊背："施主你莫慌，我们这里有位……"

"磨牙！"她制止了小和尚，"没吃饭还有力气说闲话？"

小和尚扭头道："施主要死了！你不救人还有力气说闲话？"

话音未落，灰衫公子已然趴在桌上晕了过去。

醉眼迷蒙的商人们见了这一幕，连声说晦气，碰上个肺痨鬼，四人纷纷起身，骂骂咧咧地朝楼上去，然而还没迈上楼梯，四条汉子就接二连三地咚咚倒下，在地上躺成了四堆无知无觉的烂泥。

小和尚见状，又慌慌张张跑过去，抓住其中一人的胳膊急切喊道："施主你又是怎么啦？你们……"话没说完，他像被蛇咬了似的，猛然缩回手，在他的手指跟那商人的胳膊之间，牵连起了一条黏稠的丝——地上四人，竟像燃烧的蜡烛，一点点地融化着。

小和尚张大了嘴，几步跑回她身边："这是怎么了？他们为何这样了？"

她耸耸肩："兴许是喝多了吧，哈哈。"

"你还笑？"小和尚悲愤地看着她，"救救他们啊！"

她爱莫能助地看着屋顶："你今天才认识我么？你知道我不救人的。"

"你……"

小和尚正急得跺脚，她的神色却突然变得难看了，随后起身，皱眉，一句话没说便栽倒在地，不省人事，吓得小和尚差点叫出来。

小客栈里的场面突然变得不可收拾，只剩半口气的灰衫公子伏在桌上一动不动，四条汉子倒在地上融化，不远处还有个声息全无的红衣小姑娘，唯一清醒的小和尚手足无措地站在他们中间，连声念着阿弥陀佛。

"哎哟哟，这是咋了咋了？"埋头在算盘中的掌柜这时才慢吞吞地走出来，扭着肥胖的身子往小和尚这边来，见了躺在地上的她，掌柜小心翼翼伸出脚尖，踢了踢她的身子，皱眉："太硬了，不行。"说罢又往楼梯那边走，用同样的动作踢了踢地上的每一个家伙，然后咽了咽口水，朝里头喊道："这几个可以啦！"

店小二跟厨师迅速从里间小跑而出，满面喜色。

"这姑娘咋办？"店小二看着掌柜，"长得真好看。"

厨师嘻嘻一笑，戏谑道："你小子只要是个女的就说好看。等她放软了就归你，我跟大哥不跟你抢就是。"

"谢谢二哥。"店小二感激得很。

小和尚目瞪口呆地看着他们。

"还有个小和尚呢！"店小二指着他，又看看另一边，"还有个公子哥呢！"

"厨房里还剩着半锅面汤，等会儿给小和尚喝一碗完事。那公子就算了吧，肺痨鬼不好吃，拖出去埋掉好了。"厨师搓着手，"你看着他们俩，我先去那边儿，太软就不对味儿了。"

那边，胖掌柜已经急不可耐地舔起了嘴巴，对厨师道："两个胖的归我，瘦的归你。"

虽然不太情愿，厨师还是点了点头。

两人旋即蹲下来，看着眼前的四个人，眼睛里射出饿极之人才有的光。

长而细软的吸管从掌柜与厨师张开的嘴里伸出来，分别刺入两个商人的身体，只见两人用力一吸，商人们便血肉尽失，地上只留两副光光的骨架。

"美味至极。"掌柜打了个饱嗝，高兴地跟厨师交换了一个满足的眼神。

小和尚张着嘴，连阿弥陀佛都念不出来了。

"没事，不疼的。"店小二摸了摸他的光头，舔着嘴唇看着大快朵颐的掌柜他们。

"你咋知道不疼呢？"有人在他背后好奇地问，"躺在地上的又不是你。"

店小二猛一回头，一捧淡淡的白色粉尘突然从头而降，迷了他的眼睛，模糊之中，一个红色的人影，对着他咯咯直笑。

叮铃铃，叮铃铃——那雪白腕上一直沉默如石的金铃铛随着她的动作发出一连串清脆动听的响声。

铃声之下，凄厉的尖叫只发出了一声，店小二的身躯便诡异扭动起来，越扭越矮，最后在地上缩成了一只不到半尺长的蚰蜒。

她抬脚，不以为然地踩下去，蚰蜒四分五裂，溅出来的血肉瞬间化成四散的黑灰。

小和尚皱眉，本能地闭紧眼睛，连声念起阿弥陀佛。

那厢的掌柜与厨师尚来不及抹去嘴巴上的残汁，甚至连头都只回了一半，两个人便僵在了那里，互相投射的目光里只有疑惑以及恐惧。

叮铃铃，叮铃铃——她慢慢走到离两人最近的桌子前，坐下来，取了一支筷子在手里转着玩儿。

掌柜终于憋足一口气转过身来，打量着这个黄毛丫头，上下嘴唇磕巴着："你……你是……"

厨师早吓得浑身哆嗦，缩在掌柜身后道："大哥……是她吧？她怎么到这儿来了？！”

筷子在她手里顽皮地转动，她笑：“两位吃饱了？”

“你……你是桃夭？”掌柜下了很大的力气才把最后两个字喊出来。

她点头：“是我呀。”

掌柜跟厨师分明觉得一个惊雷在他们头顶炸开，身体从里到外一片焦麻。

不过，极度的恐惧有时会引发极度的愤怒，掌柜突然暴跳而起，指着她的鼻子道：“你不好好在你的桃都待着，跑到这里管哪门子闲事！”

“我从不管闲事，只是天寒肚饿来你家吃碗面罢了。”她继续玩弄着筷子，“我们只想吃面，你们却想吃我们，这就不行了。”

“大哥……怎么办？”厨师脸色发青。

掌柜咬牙：“横竖一个死，跟她拼了！”

话音未落，两人身体迅速拔高扭曲，两条巨大的蛞蝓缠绕在一起，最后竟化成一条巨大的两头蛞蝓，身长足有一丈，趴在房梁上俯瞰着她，其中一个头恶狠狠道：“我兄弟几人修行不易，今日你若肯放手，我们自当撤回山野不再踏足人界，否则，我们必不让你好过！”

小和尚听了，赶忙仰头道：“蛞蝓妖怪，有什么话下来再说，你们吃人就是不对，若肯悔改……”

“闭嘴。”她手指一弹，筷子端端落到小和尚的光头上。

“桃夭！”小和尚摸着脑袋跑到她身边恳求道，“它们肯离开就算了吧，你已经杀掉其中一个，上天有好生之德，你不如……”

“放生是上天的事，我又不是上天。”她白了小和尚一眼，抬头对蛞蝓怪道，“枉你们修行多年，连怎么求饶都没学会，所以我不高兴，所以我不会放过你们。”

蛞蝓怪一愣，旋即怒道：“那就试试看谁不放过谁！”

一股腥风扑面而来，蛞蝓怪扭动着黏稠的身躯自房梁上凶猛扑来，巨大的阴影将她跟小和尚笼在其中。

一颗小小的药丸在她指尖捻动，但是还没来得及扔出去，一道青影自虚空中杀出，以迅雷不及掩耳之势将蛞蝓怪卷在其中，只听“砰”一声响，客栈大门洞开，青影卷着它的猎物冲出大门。

客栈内顿时沉寂下来，所有灯火也被这番动静弄熄了。然室外有微光起伏，往一排排紧闭的窗户上投来硕大的影子，隐见一物张开大嘴，生生将那挣扎不休的蛞蝓怪一口吞下。

至此，风雪如故，再无异样。

“桃夭，我又替你做了一件事。你可记仔细了。”窗外，男子声音闲闲而入，但并不见半个人影。

她拿出火折子重新点亮桌上的油灯，很是不满地对着空气道："自作多情，我几时需要你帮手了！”

“你们又造杀孽！阿弥陀佛阿弥陀佛！”小和尚的眉头都要绞烂了，敢怒不敢言，只能念经。

“去去，边儿上念去。”她把小和尚拨到一旁，举着火折子走到另一张桌前，对那位早就从“昏迷”中醒过来的灰衫公子笑道，“公子坐得真稳，帮你把油灯点着可好？”

“谢了。”灰衫公子轻声道，旋即又是一阵咳嗽。

灯芯上又跳起了火苗，她吹熄火折子，在他对面坐下来，撑着下巴望着这个还算好看的年轻人："晕是装的，病倒是真的。”

“是。若无良医，只怕来日无多。”他举起酒壶，“好歹是见着姑娘了，敬姑娘一杯，在下的病，便拜托给姑娘了。”

她嘻嘻一笑："你如何肯定你要找的人是我？万一是蛞蝓怪认错了人，叫错了名呢？”

“鬼医桃夭，善恶如谜。金铃过处，片甲不留。”他把一杯酒推到她面前，目光落在她腕间重归沉默的金铃铛上，“我想，没有多少妖怪希望听到你的金铃之音。我唯一不能肯定的，是你会不会如约来见我。但你来了，我很走运。”

她耸耸肩："别高兴得太早，我来见你是因为我觉得你的真身很有趣，至于要不要给你治病……”

“我知道，要不要给我治病，要看姑娘的心情。”他接过话头，“那姑娘此刻心情如何？”

“加了迷魂软骨汤的面居然很合我胃口，我现在不饿，所以心情还不坏。”她笑着打量他，“你起身，转几个圈我看看。”

他眉头微皱，但又不好拒绝，只得起身走到桌旁，原地缓缓转了两个圈。

一旁的小和尚不禁“啊”了一声——灯火之下，灰衫公子落在地上的影子居然不止一条，而是一堆，感觉是无数人的影子叠加缠绕在一起，无数条手臂从里头伸出来，张牙舞爪。

“啧啧，好重的怨气。”她伸出手指挡住鼻子，嫌弃道，“你做什么才招来这么些玩意儿，我看这里头起码积着上万人的怨气呢。”

灰衫公子重新坐下：“我吃了它们。”

她瞟了他一眼：“你这残缺的身子可承受不了这么多‘人’。”

“我自觉已到极限……所以拜托姑娘了。”他正说着，突然面色一变，又吐出一口黑血来，身子轻飘飘地朝后一仰，人形顿失，一只狐狸从板凳上骨碌碌滚到了地上，昏死过去。

一只毛色很少见的狐狸，从鼻梁到背脊纵向分界，半黑半白。

“阿弥陀佛，是只狐狸啊。”小和尚赶紧蹲下来把身体发凉的狐狸抱在怀里，“啊呀，它没有尾巴咧！桃夭你倒是救它呀！”

狐狸缩在小和尚的怀里，只剩微弱的鼻息，周遭的一切都化成了模糊的流光，耳边只有一句话依然清晰——

你倒是救它呀！

○ 2 ○

“那你倒是救它呀，呵呵呵！”铁头瞟了他一眼，这个才十二岁的黄毛小子，连一杆铁枪都还拿不起，一个人都没杀过，甚至连真正的战场都没上过，居然在这里扮起了小菩萨，要他放了这只狐狸。

这顶军帐之中，铁头是老大，下面十来个小兵，个个对他言听计从，原因只有一个，铁头年龄最大，力气也最大，不听话就得挨打。

但是，这个小鬼的到来多少打破了规矩。他只有十二岁，是这里年纪最小的兵。他不太听话。铁头喜欢捕鸟捕兽，他做了一把弹弓，被他看上的飞鸟没有一只躲得过；他还擅长做各种捕兽的陷阱，每次去林子里从没有空手而归的时候，落到他手里的鸟兽最后都变成了火堆上的烤肉。他心情好的时候会分几块给旁边馋得要死的小兵，但条件是小兵们得扮成猴子以及一切他觉得好笑的动物的模样给他看，他高兴了，就赏肉吃。最近天寒，军粮短缺，大军又扎营在拿了银钱都买不到吃食的不毛之地，如今能有肉吃，扮猴子也没什么。

可是，小鬼从来不扮猴子，把干硬的饼子往热水里泡一泡就是一餐。

这是铁头不喜欢他的原因之一，另一个原因是小鬼的出身。他跟这里的小兵不一样，他的父亲是某地军使，将门之后，他小小年纪被收入军中据说是“上头”的意思，但究竟是何缘故，铁头这种等级的兵士无从知晓，只知“上头”有令，此人无需冲锋陷阵，留在后方做做杂事即可。

铁头妒忌他。除了不用上战场，他倒也没有别的特权，所以铁头也没有太多忌惮，平日里少不得给他找不痛快，别人挑水只需挑两桶，他要挑四桶，明明已经刷洗过的马圈，铁头总要他再刷一次，军帐中他的床褥是最薄的，夜里总是会冻醒。他们还有一个任务，就是掩埋从前方运回来的兵士的遗体。两军交战，血洒疆场，太多人站着出去，躺着回来，许多人连个全尸都保不住。铁头欺他年少见识少，总是把最血肉模糊的遗体交给他去处理，铁头希望从他的恐惧中寻开心。

在军令上，他从不违抗铁头，好几次他独自用板车拉着残缺不全气味难闻的遗体去林子里指定的地方掩埋，每次他的手都是抖的，但每次他都会把这些曾经的同僚们埋葬得妥妥当当。夜里，铁头故意在军帐中讲一些吓人的传说，他假装听不到，半夜里却不敢出去尿尿，硬憋到天亮。

毕竟，他只有十二岁。

他从来不跟铁头他们起正面冲突，但这次不行了，因为这只狐狸。

它是昨天被铁头从林子里带回来的，装在他用铁条做的笼子里，脖子上还紧紧套着一根麻绳。大家都说没见过这种颜色的狐狸，白的、红的、黑的都见过，就是没见过半白半黑的，从鼻尖到尾尖，一条清晰的分界线，它的眼睛也奇特，灰的，像弥着一层浓浓的雾，透着淡淡的光。

有人开玩笑说，这一定是从哪个懒人画师的画里跳出来的狐狸，画师本来想给它画成黑色，结果画一半就懒得画了。

它蜷缩在狭隘的铁笼里，对外界的戏弄毫无反应，只偶尔会动动蓬松的大尾巴。

这次，铁头不打算把它烤来吃，他说难得抓到一只狐狸，颜色虽然怪了点，难得皮毛还光滑，尤其尾巴特别漂亮，干脆把它献给夫人吧，前些时候听夫人身边的侍女说夫人一直想要一条漂亮暖和的狐尾围脖。

夫人是王爷娶的第三个妻子，善歌舞音律，王爷宠她，连外出征战也要将她带在身边。若能得夫人欢心，何愁没有晋升之路。

馋嘴的家伙们说既然只是献上狐尾，何不就地宰杀，先烤了它的肉来吃，再将尾巴献给夫人。铁头拒绝，说最好的皮毛是要在狐狸断气前取来，他要当着夫人的面断了狐狸的尾巴献给她，这才显得用心。

他们讨论这些的时候是非常开心的，狐狸睁着灰色的眼睛，从铁笼的缝隙里望着这群为它定好命运的人。

“没有围脖，夫人也是冻不死的。”角落里，有人这样说。

讨论戛然而止，铁头拨开人群，看着这个坐在角落里默默擦着头盔的小鬼："你再说一次？"

"放了它吧，怪可怜的。"他继续擦头盔。

一杯凉水泼到他脸上，铁头把杯子一扔，恶狠狠地瞪着他："你再说一次！"

杯子四分五裂，狐狸的身子抖了一下。

他拿袖子蹭了蹭脸，说："放了它吧。"

铁头硕大的拳头骤然捏紧，所有人都以为乱说话的小鬼要遭殃了，但铁头最终松开了拳头，不怀好意地笑道："那你倒是救它啊，呵呵呵。"

闻言，他放下头盔，起身便朝笼子那边走。

一条粗壮的胳膊拦在他面前，铁头冷笑："你以为走过去打开笼子就可以了？"

他看着铁头："不然呢？"

铁头一口气噎住，气急败坏道："打赢我，狐狸归你！"

众人"扑哧"笑出来，这种比试根本毫无悬念啊，铁头随便一拳就能把这个纤瘦的孩子打成肉酱。

"好，我打。"他站定，望着铁头，"但我们不在这儿打。"

○ 3 ○

凸出的尖地像一颗兽牙，下面是不见底的深谷，寒风吹过时会发出呜呜的声音。

他拿了一根小棍，在离尖地边缘不到一丈的地方画了一条长长的线，扔掉木棍，他站到线里，对铁头道："就在这儿打，摔下去的，或者踩出线外者，算输。"

众人簇拥着铁头站在线外，面面相觑：这小子不要命了吧？

装着狐狸的铁笼作为奖品，放在旁边的大石上，狐狸睁圆了眼睛，一直盯着那个孤身站在寒风中的少年。

铁头皱了皱眉头，嘴里说好，脚下却始终没挪动一步。

他们管这里叫棺材谷，因为下头的深谷太深了，谁掉下去都是没有活路的。

"还有，"他又从怀里扯出一根布条，把自己眼睛蒙上，"我们蒙着眼睛打。"

铁头一愣，脱口而出："小兔崽子你疯啦？"

"你打还是不打？"他活动了几下手脚，"不打也是认输。"

"大哥，你可得留神，摔下去可不是开玩笑的。"有人在铁头身旁小声说。

"但是大哥你不去的话，不就是承认输给小鬼了？传出去会被笑话吧？"也有人这样说。

铁头一跺脚，说："行！老子跟你打！我堂堂铁头大爷还能输给你这小鬼！"

"好！大哥有气魄！"

"好好教训一下这个臭小子！"

身旁的人沸腾起来。

铁头大步走到他面前，一咬牙也拿布蒙上了眼睛。

一大一小，两个身材跟体力悬殊的人在一块危险的范围里动起了拳脚，铁头每一招都蛮力凶猛，他打起架来什么都不想，只想赢。但今天的小鬼跟往常不一样，不管铁头怎么用力都碰不到他的身子，每次循着他的气息扑过去，总是一个空。

观战的人也是今天才知道，这个平日里沉默寡言的小崽子的身手居然如此敏捷，他没有铁头的力气，但他有铁头没有的灵巧，左闪右避，并能适时还击，没多大会儿工夫，铁头已经挨了他好几脚。

就在众人大声给铁头加油的时候，他突然高高跃起，一脚踢在铁头的心口上，力气虽说不太大，也足够让这大块头连退几步，眼看着一只脚就要踩空，身子也不由自主地向后倾斜。

"大哥！"众人惊叫。

一只手突然拽住了铁头的手，他用力朝反方向斜过身子，硬是稳住了铁头的平衡。

铁头猛摘下布条，回头一看，惊出一身冷汗。

他保持着这个姿势，对铁头道："你输了。"

铁头慌忙朝里头挪了好几步，脚一软，差点跪在地上。

他喘着粗气，摘下布条，回头看了看目瞪口呆的众人，一言不发地朝铁笼那边走去。

几个人跑过来扶住铁头："大哥你没事吧？"

铁头回过神来，没好气地冲他们吼："我能有什么事！滚开！"

"但是那狐狸……"他们望着这个小鬼的背影。

铁头咬牙，恨恨道："当老子赏给他的！走！"

一众人灰溜溜地离开，中间是铁头呵斥的声音："今天这事谁都不许说出去！否则老子拧掉他的脑袋！"

他瞟了一眼他们的背影，松了口气，拎起铁笼，费力地朝林子深处走去。

狐狸在摇晃不止的笼子里抬起头，仔细地看着这个满脸汗水的少年。

○ 4 ○

狐狸小心翼翼地从打开的笼子里钻出来，有点呆地蹲在离他不远的地方，灰色的眼睛怯怯地看着他的脸，一片枯叶从顶上落下，端端停在它的鼻子上，它好奇地去看树叶，看成了斗鸡眼。

他露出少有的笑容，说："走吧，别再来这里了，再被抓住我可能就救不了你了。"

狐狸歪着脑袋，拿爪子把树叶挠下来，转身跑了几步，又停下来，回头看他。

他朝它挥挥手："走吧！"

狐狸眨了眨眼睛，一溜烟跑进了树林深处。

他舒了口气，活动活动筋骨，回头往营地走去。

他以为从今天开始，他在军营里不会再有好日子过了，虽然之前也没什么好日子，但意料之外的是，铁头并没有对他怎么样，他想象中的更凶猛的打击报复都没有发生，那家伙跟从前一样，对他没有好脸色，仍旧让他挑水打柴喂马洗马圈。那天的事，好像从来没有发生过，铁头自己不提，也不许任何人提起。

大概是觉得太丢脸了吧。堂堂的铁头居然打不过一个毛头小子，最后还是靠他施以援手才没有掉进深谷。也是从那天起，凡是见识了这场比试的人，都不再怎么为难他，有些人见他没工夫吃饭，还会给他留半个饼子。

虽然沙场上见惯了生死，但对于一个不怕死的人，他们多半还是有些敬畏的。

没多久，铁头被调去了前锋营。临走那天，铁头在营地里用弹弓打鸟，但那天他手气不好，一无所获。他挑着一桶水从铁头身边走过，铁头叫住他。

"你知道我为什么讨厌你么？"铁头问。

他站在铁头对面，放下水桶，摇摇头。

铁头望着天空："因为我们的命就跟这些鸟兽一样，但你不是。"

他突然笑了笑，笑容里有与他年龄不符的深沉："都为鱼肉，不过是砧板不同罢了。"

铁头这个粗人似乎听不明白他在说什么，走到他面前，冷冷看着这个比他矮一头的少年："等我回来，我们再打一场。你上次赢我，不过是耍了小聪明。"

他笑笑，重新挑起水桶："后会有期。"

后会有期……在战场上，后会有期是最大的奢望。

很快，他又见到了铁头，这个曾经欺负过他无数次的人，跟十几具尸体一道，冷冰冰地躺在板车上，铁头还好点，起码手脚齐全，只是身上的刀伤箭伤密密麻麻，数都数不过来。铁头应该拼死抵抗过，他的右手至死都还保留着握刀的姿态。

新来的头头懒懒散散地对他说："这些你负责。"

"好。"他点点头。

他不记得这是他找到的第几块埋尸地了，因为每找到一块空地，很快就不够用了。

这次他们一共拉了五具尸体，原本应该跟他一起干活的人又借口肚子疼跑了，剩他一个人站在稀稀落落的雪花里，今天特别冷。

挖好坑，已然是傍晚，天色早已黑下来，他将火把绑在背风处，借着这点微光将尸体逐一放进坑里。

没有生命的躯壳似乎轻了许多，他搬起来竟不觉得有多吃力。

铁头是最后被放进去的，他站在他旁边，看着铁头血迹斑斑的脸，说："我在家中时，我爹常让我蒙着眼睛与府中家丁过招，他说我体格不足，拼蛮力不是他人对手，唯靠敏捷方有胜算。所以你说得没错，我靠小聪明赢了你，若我们再打一场，我必然赢不了你。虽然我们没可能再打一场，但你我仍算是打和了吧。"

说罢，他用一张白布盖上铁头的脸，爬出坑去，拿起铁铲慢慢往坑里填土。

泥土落下去时，发出刷刷的声音，越到夜深，声音越清晰。

忽然，旁边的树丛里跳出个小东西，蹦到坑边的石头上，蹲下来歪头看着忙碌的他。

"又是你？"他停下铲子，擦了一把额头的汗水，看着这只半白半黑的狐狸，"不是让你离这儿远点么？"

狐狸当然不会回答他的话，它好奇地伸长脖子，看了看坑里。

他突然觉得有点累，把铲子插进土里，坐下来，也看着坑里："他们都死了，不久前他们都还活蹦乱跳的。从他们加入这场战争开始，就跟你被关进笼子一样，生死就不再握于自己手里。"

狐狸眨眨眼睛，看看坑里，又看看他。

"铁头到死也不知道我来到这里的真正原因，没有人知道。"他冲着狐狸笑了笑，"我父亲在府中养了上百勇士，于是这支军队的所有者怀疑我父亲心存不轨，所以要召见他。父亲忐忑，怕有去无回。我跟父亲说，只要把我送到他手中，有我为人质，他自会心安。果然，这个人将我收归军中，一路随他南征北讨，不过，他从不让我上战场。"

狐狸蹲在那儿，大尾巴轻轻摇动。

“铁头说我的命跟他们不一样。”他转头望向军营的方向，“我跟他，只是不同砧板上的鱼。”

说着，他突然自嘲地笑了笑，起身重新拿起铁铲，自言自语道：“我也是疯了，竟跟你这蠢狐狸说这些。”

狐狸抬起爪子挠耳朵。

他摇摇头，埋头继续填土，坑只填了一小半，等做完怎么也得后半夜了吧，还没吃饭，倒不觉得饿，就是胃里空得发疼，寒冷的空气随着每次呼吸撞进身体，感觉更难受了。

一铲一铲又一铲，泥土随着他机械的动作不间断地落进坑里。

刷刷刷，刷刷刷，在有规律的声音里，他突然听到一阵不合拍的声音。

他停下来，扭头一看，那只狐狸不知几时站到了坑边，正用自己的后腿往坑里蹬土。

他愣了愣，莫非狐狸真如他们所说，是有灵性的？想了想，他摇头一笑，对狐狸说：“好了好了，你那小短腿蹬到天亮也蹬不完，我自己来就是。”

狐狸不理他，还是吭哧吭哧地往坑里蹬土。

收工的时间比他预期提前了一点点，他累得一屁股坐到地上，狐狸也累得呼哧呼哧喘大气。

“谢了。”他看着狐狸。

狐狸看他一眼，转身跑进了林子里。

他拖着空空的板车，在渐大的风雪中踏着崎岖的山路往营地走去。

因为一只狐狸，今晚也不算太糟糕，他这么想着。

○ 5 ○

几时拔营，他不知道，但他莫名希望能在这里多留一些时候。

战死的人，仍旧源源不断地被送回来，随着战事的加剧，他越来越忙。

狐狸来看他的次数也渐渐多起来，它总是挑他一个人在的时候出现。

那天，他奉命出去拾柴，刚刚爬上一个山坡，一个不明物体便从前头的草丛里骨碌碌地朝他脚边滚来，竟是一个煮熟的鸡蛋。这可是好东西啊。

他拾起鸡蛋，往草丛里一瞅，一张半白半黑的狐狸脸伸出来，眨巴着眼睛望着它。

“你给我的？”他乐了。

狐狸从草丛里钻出来，舔着自己的爪子。

“你偷的吧？”他故意皱眉，“偷东西可不行！”

狐狸打了个呵欠。

“下不为例！”他把鸡蛋小心收起来，继续前行。

狐狸一路上跟着他，一会儿蹿到草丛里追老鼠，一会儿跳到矮树上摇下积雪，落得他满头都是。

他竟一点都不反感。

跟狐狸在一起比跟军营里那些人在一起轻松多了。

这天他走了很长的路，一直走到一个小村子前。

两个泼皮模样的家伙拦住一个年轻的小媳妇，流里流气地说着什么，小媳妇挽着竹篮，又羞又怕地闪躲着。

既然被他看见了，结果就简单了，以他的身手，打翻两个流氓不难。

看着落荒而逃的家伙，小媳妇对他千恩万谢，说自己回娘家省亲，谁知遇上这两个流氓。说着，小媳妇还从竹篮里拿出几个烙好的饼子非要塞给他当酬谢，说兵荒马乱的，你们这样年纪的孩子也要披甲上战场真是造孽，虽然帮不了什么忙，至少多吃两口饼子，别饿着了。

他有些不好意思，但还是接受了她的好意，跟她道了谢。

小媳妇离开时长吁短叹，他依稀听到她说，这年月要活下去真不容易。

狐狸从一棵树后探出头来，他指了指不远处的村落：“我去那里看看能不能多找些食物还有御寒的酒。”

狐狸欢天喜地地跟了过去。

村子很小，没几户人家，几块薄田一字排开，毫无收成的模样。

他沿途敲门，最后收获了三个地瓜跟一小块猪肉。他付钱给他们，他们不要，其实他们还是有点怕他的，一口一个小军爷叫着。无奈之下，他只得将铜钱从门缝里塞进去。

离开村子时，他一回头，却看见狐狸嘴里叼了一个不大的酒囊，这家伙趁他不注意又溜到哪家偷东西去了吧。

他摇头，把酒囊拿下来摇了摇，起码还有一半的酒在里头，他问狐狸：“又去偷的？”

狐狸蹲在他面前，歪着脑袋瞅他。

他叹气："不问而取是为贼，百姓日子不容易，不要再偷他们了。"

狐狸摇着尾巴。

他扯了一根野草，把几枚铜钱穿在上头系好，摆到狐狸面前："去把酒钱给了。"

狐狸立刻叼起铜钱往村里跑去。

这家伙，怪通人性呢，他笑。

今天他没有急着赶回军营，他带着狐狸停在一个僻静的小山坡上。

他生了一堆火，把那一小块猪肉叉在树枝上，小心翼翼地翻烤着。

狐狸趴在他身旁，抱着一个地瓜吧唧吧唧地啃，啃几下就抬头看看那块肉，再啃几下又看看。

"有你的份儿，慌什么。"他忍俊不禁。

肉不多，烤出来的香味却很浓，他把其中一大部分分给了狐狸，说："吃吧，谢谢你对我那么好。"

吃完了地瓜的狐狸毫不客气地叼住了烤肉，却因为烫了舌头急得满地转圈。

他哈哈大笑。

拔开酒囊的塞子，烈酒的味道扑鼻而来。

他很少喝酒，一来年纪尚轻，二来实在受不了喉咙间那股烧辣的滋味。

父亲笑话过他，说不会喝酒的话，永远成不了男人。

军营里的人都喜欢喝酒，能大碗喝酒简直是他们的梦想，但因为供给不足，偶尔能喝上一小碗劣质酒就算不错了。

他还知道有一种人，喜欢仗剑携酒走江湖，他们永远不设目的地，走到哪里就是哪里，他们会醉卧花间酣畅淋漓，也会路见不平拔刀相助，对他们而言，最要紧的不是明天，而是每一个快意潇洒的今天。这种人，叫侠客。

他举起酒囊，喝了一口，好辣，他呛得直流眼泪，但这种感觉居然挺好的，他又喝一口，还是辣，但那股炽热的暖流从口中一直渗到了心里，竟舒畅得很。

吃完肉的狐狸舔着嘴巴看他。

"你要喝酒？"微醺的他笑着伸出手掌，倒了酒在上头，伸到狐狸面前。

狐狸毫不犹豫地埋头舔起来，很是享受的样子，一连喝了好几"杯"，最后摇摇晃晃倒在他身边，还打了个酒嗝。

一人一狐，半壶烈酒见了底。

他舒服地躺在枯草堆上，望着夜空中难得出现的星辰，喃喃道："我爹不知道，我不想要什么彪炳的战功，也不稀罕高官厚禄，我就想拿着剑带着酒，走到哪里算哪里，有流氓我就去打，有肉我就烤来吃，不用担心明天打不打仗，也不用害怕今天认识的人明天就死了。”

狐狸蜷着身子伏在他身边，半睁着灰色的眼睛。

“如果你是人就好了，我们当兄弟，结伴去每个有趣的地方，一起喝酒吃肉。”他继续望着天。

狐狸听着，慢慢闭上了眼睛，打起了呼噜。

“喂喂，不能睡啊！”他坐起来，戳了戳它毛茸茸的身体，“这样冷的天，睡过去就醒不过来了呀！”

狐狸不理他，还是呼呼大睡。

“是喝醉了吧。”他叹气，起身将快熄的篝火烧旺起来，又将狐狸抱在怀里，直到篝火熄灭，他才抱着它，背着剩余的柴火，踩着稀薄的月色往回走。

快到军营时，狐狸醒了，从他怀里跳出来，跑进了林子深处。

他伸了个懒腰，心满意足地走回营地。

之后的日子，狐狸依然跟往常一样，在他独处时跳出来找他，他们越来越熟络，它也越来越顽皮大胆，经常故意把积雪摇得他满身都是，有时还会把树叶当成花儿插到他头上。

它最安静的一次，是他背着它，在天快亮时爬到很高的一棵树上，一人一狐坐在树杈上，凝视着太阳一点点升起的样子。

阳光下的远方，没有战火，没有尸体，但那个远方太远了……

○ 6 ○

那个清晨，他跟狐狸说：“我们要走了，我们的军队终于彻底打败了敌人。”

狐狸像从前那样，歪着脑袋看他。

他伸手摸了摸它的脑袋：“我要回到繁华的都城里，你要跟我一起走吗？”

狐狸舔了舔他的手，转身跑掉了。

直到他们拔营离开的那天，狐狸也没有再出现。

他有些失落，觉得失去了一个朋友。

可是这样也好，都城里没有可供它藏身的树林，那里也许还有许多想要狐尾围脖的人，它还是留在这里好。

他释然了。

临走时，他把那个酒囊挂在营地外的矮树上。

第二天，酒囊不见了。

等这个酒囊再次出现时，它挂在一个灰衫公子的腰间，距离它第一次出现差不多已过去了四十年。

酒囊已经旧得不能再装酒了，但公子还是当宝贝一样挂着它。

这一天，他独自行走在蜀国狼狈的街道上，准确说这里已经不能再叫蜀国了，现在的天下，是姓赵的那个男人说了算，这个男人写了一首诗——太阳初出光赫赫，千山万山如火发。一轮顷刻上天衢，逐却残星与残月。

孟家的蜀国，就是留不得的残星。

他又闻到了多年前的那个味道，从雪夜里的泥坑中散发出的，死亡的味道。

许多人在哭，许多人在怕，没有人留意他这个陌生的外乡人。

能变成人多不容易啊，他躲在深山里，修炼了四十年。

他一直往前走，总觉得要找的人就在前方。

当他在那片陌生的营地里见到那个骑在战马上、前呼后拥的中年人时，他一句话也没说，保持着隐身的状态，站在中年人的对面。

眉眼还是没怎么变的，就是多了皱纹跟沧桑，两鬓飞霜，眼睛还是清亮的，但是多了一种叫“杀气”的东西。

他就站在那儿，默默凝视着这个四十年前的朋友。

他终是没做成仗剑江湖的侠客，如今的他，是天子最倚重的大将，背后有雄兵百万，生杀予夺皆在一念之间。

他灭了孟家的天下，大获全胜之时，亦亲自下令杀蜀国两万降兵。

只有在想到这一点时，他才觉得眼前的人跟四十年前的人无法重叠。

战马驮着风光无限的故人与他擦肩而过，他握着酒囊的手，一直僵硬着。

四十年很长吗？长到可以改变一个少年，以及他的梦想。

他一直不知道那个人的名字，但现在知道了，他想叫那个人的名字，却又突然发现迟到了四十年的名字已经喊不出口。

罢了，就这样吧，他笑了笑。

○ 7 ○

事情又有了变化。

朝中百官集体上书皇帝，参某人“黩货杀降”，按律当斩。

所有人都以为那个人死定了，罪证确凿，无可辩驳，甚至连他本人都承认了所有罪行。

但最终的结果是——“尚念前劳，特从宽贷。止停旄钺，犹委藩宣。我非无恩，尔当自省。”

皇帝饶恕了他，降了他的官职，没有要他的命。

朝中众臣百思不得其解，然而天子开金口，他们再是不满，也不敢再多言。

只是在皇帝身边伺候的太监私底下跟人谈起，说他曾亲耳听皇帝说“不得姑息，当斩立决”。谁知翌日皇帝便转了态度，怒气也没有了，说起此人还一副惋惜不舍的模样，着实费解。

所有人都费解，是因为他们没有看到那天夜里潜入皇宫的他，更没有人看到他将一道淡红色的光放进了皇帝宵夜用的莲子羹里，皇帝一边吃，他一边默念着什么，直到皇帝吃完，他才悄无声息地离开。

从此，他再没有去见过他的故人。只听说他过得很好。

又是十二年过去，就在今年，在帝国的第二位皇帝登基前不久，那个人病逝，享年六十九岁。

下葬之日，阴雨天，子孙后代哭声震天。

谁也不知道，那躺在棺木中的老人，身边多了一个很旧的酒囊。

○ 8 ○

“哎哎！怎么说着说着又睡过去了？”客栈的房间里，小和尚戳了戳趴在棉被上的断尾狐狸，转头焦急地问她，“到底怎样？能不能救？”

她抚摸着狐狸光滑的皮毛，自信地笑了。

小和尚一喜：“有救？！”

“它死定啦。”

“啊？”搞错了她自信点的小和尚从云端摔进谷底，“你都救不了？”

“你知不知道尾巴对于狐妖的重要性？”她白他一眼，“它不但自断尾巴，还逞能吞噬上万幽浮，这分明是自己喂自己砒霜再狠捅一刀，我只是个大夫，救不了这样的傻子。”说罢，她又补充一句，“而且，这还是一只少有的‘灰狐’，对灰狐而言，尾巴简直是命脉所在。”

小和尚急了，挠着光头在床前走来走去，嘟囔着：“这可咋办这可咋办？”说着说着，他突然停下来问：“灰狐是什么？”

“狐妖之中有异类，始于亶爰，眼眸如灰雾，故称灰狐，天生黑白两色，生时无雌雄之分，成年后可凭自身意愿，或成雄，或成雌，灰狐之尾尤珍贵，取之则化光，以光喂人，再辅以另一人之姓名八字之咒念，则食光之人对此人必心生喜爱，纵有杀父之仇，亦可放之不计。”她一字一句说道，“这狐狸的尾巴可值钱得很哪，从古至今多少人想要一条这样的尾巴去魅惑他人。也因为这条尾巴，它们的数量才越来越少。”

“这样啊……”小和尚犯了愁。

床上的狐狸动了动，没睁眼，却开口道：“姑娘也救不了我？”

“你想我怎么救你？”她反问。

狐狸睁开眼，回头看了看自己光秃秃的臀部：“断尾可能再续？”

她摇头：“你的身子不中用了，幽浮之怨气已腐蚀太深。纵然我用药替你续生一条尾巴，在这样朽烂的身体上它也是扎不了根的。”

“原来如此……”狐狸叹了口气，“那就算了吧。”

“你自作自受，怨不得人。”她撇撇嘴，拔掉插在狐狸头顶的一根细如牛毛的针，往外一弹，细针化水，落地无形，“你运气也是好，吞了那么多幽浮还能撑到现在。”

“你管那些东西叫幽浮？”狐狸问。

“凡有生命之物，死后多少会留下些寻常人看不见的玩意儿，这些东西也分好坏。”她打了个呵欠，“两万降兵枉死，留于蜀地的幽浮必是怨念深重，恨不得毁天灭地。那个人能平安活到寿终正寝，你也算是操碎了心呢。”

狐狸沉默片刻，说：“倒不是全为了他。蜀国虽遭亡国之祸，我却恋上此地的明山秀水，本欲寻个僻静地修炼，却无意中发现当年降兵被杀之地附近，常有无辜百姓被不明之物伤害，我虽没了尾巴，妖力渐弱，但怎么也比他们寻来的三脚猫道士强。吞了这些幽浮，以自己的身体为封印，是我能想到的唯一的法子。”

“救人是原因之一，原因之二怕是你担心对幽浮放任不管的话，它们越来越强，最后会去找那个人报仇吧？”她蹲在床边，把下巴搁在床沿上跟它的眼睛对视，“冤有头债有主，你何必替他收拾残局。”

狐狸长长地吐出一口气，闭上眼睛：“我欠他一条尾巴。”

她起身，耸耸肩：“随你高兴好了。不过……”她突然像是想到了什么：“你约我在风雪客栈碰面，该不会是想借我的手顺便除掉那几只蛞蝓怪吧？”

狐狸缓缓道：“世间少些枉死之人，于姑娘并无损失。我身子虚弱，硬碰之下未必是蛞蝓怪的对手。只是那四个客商，姑娘眼睁睁看他们丢了性命不肯援手，倒是出乎我意料。”

“我只救妖怪，不救人。”她微笑。

“不管怎样，临死前能得见桃夭姑娘一面，也算了无遗憾。”狐狸把脸埋得更深了些，“害你白跑一趟，抱歉。”

小和尚扯了扯她的袖子，红着眼圈憋着泪看着她。

“你这种表情留到化缘时再用！”她甩开他的手。

小和尚不屈不挠地又扯住她的袖子，嘴瘪得更厉害，哽咽道：“大不了以后我化来的食物多分你一些！”

“老娘要吃肉！”

“你不老……一点都不老！”

她顿时起了一身鸡皮疙瘩，赶紧把小和尚搡开：“边儿去！我告诉你，这狐狸我救不了，除非将它清空重来。”

小和尚双眼放光：“清空重来？”

“就是在它断气前将它彻底打回原形，回到它刚刚出生时的状态。但这个‘清空’的过程很痛苦，熬不过去也是个死，并且就算它熬过来，它也就是一只寻常的小灰狐，妖力为空，记忆为空，一切都是空。”她斜睨了小和尚一眼，“你问它愿意吗？”

小和尚还没开口，狐狸已然抬起头：“我愿意的。”

“还以为你又睡死过去了呢。”她一本正经道，“要是在这个过程里你死了，别怨我。”

“不怨你。”狐狸摇了摇头。

“好吧。”她走回床边，把左手掌伸到狐狸面前，“这也算是我医治了你。那么，照我的规矩，凡是得我医治的妖怪，都得答应做我的药。来，把你爪子伸出来，往我手掌里戳个章！”

“药？”狐狸疑惑道。

“我是大夫，生命里最重要的东西肯定就是药啊。”她嘻嘻一笑，“你答应了做我的药，那么有朝一日如果我需要你身上的任何一部分，你都得无条件献给我，要你的耳朵你就得割下来，要你的爪子你也得割下来，明白不？”

“造孽啊造孽啊……”小和尚捏着佛珠嘀咕，被她狠狠一瞪，马上又闭了嘴。

狐狸想了想，伸出爪子，往她的掌心里摁了一下，说：“这就可以了么？”

“你倒是挺爽快嘛。”她看了看空空的掌心，一道暗光流过，她满意地搓了搓手，“行，我治你。”说着，她解开腰间的布囊，在里头翻了半天，拈出来一个拇指大小的葫芦，不满地嘀咕道：“麻烦，先得把你身上的幽浮弄出来。”

“我替你念经！”小和尚煞有介事地站到她旁边。

“你不念我可能会进行得更顺利！”她把小和尚推开，“去门口看着，别让其他人进来！”

“哦，那我去门口念经……”

当房间里只剩下她跟狐狸时，她从布囊里取了个黑色药丸，在喂给狐狸之前，狐狸突然制止了她的动作。

她挑眉：“咋了？反悔了？”

“我知道你一直想问我的是，为什么要这么不顾一切地去救他。”狐狸缓缓道，“我吃了这药丸便不能再回答你了吧？”

她愣了愣：“你说。”

“我救的不是他。”狐狸本就细长的眼睛像月牙一样弯起来，“我救的是多年前一个寒夜里，在篝火与烈酒中想仗剑江湖的少年。”

良久，她“喊”了一声，说：“张嘴！”

尾

天亮时，衙差们在官府门口发现三口大木箱，打开，里头竟装了六个一两岁的幼儿，都还活着，只是昏睡不醒。

一封书信夹在当眼处，内容只有几行字——客栈偶遇四人，行商是假，窃他人子女牟利是真，然歹人已灭，幼童无恙，染迷药而昏睡，不久可醒，请妥善处置。

衙役们面面相觑片刻，赶紧抬着箱子回府禀告。

入蜀前，她见过几张官府的榜文，上头画了四个男人的头像，江洋大盗，杀人越货，偶尔也做做人贩子。她这个人没别的长处，就是眼神好，记性好，所以说啊，当坏人也要讲运气不是。只可惜四人连个尸体都没留下，不然还能拿去官府换赏钱呢……

清晨的街道上，到处是白晃晃的积雪，虽不能跟北方比，也是足够让人欣喜了。

桃夭一边呵气搓手，一边欣赏着两侧的风景。

身后，小和尚抱着一只比兔子大不了多少的毛茸茸的小家伙，念经一样反复道：“桃夭！留下它吧！留下它吧！”

桃夭充耳不闻，只大声念道：“孤舟蓑笠翁，独钓寒江雪。”

“桃夭桃夭桃夭！留下它留下它吧！！”小和尚追到她身侧继续念。

“柴门闻犬吠，风雪夜归人。”桃夭把脸扭到一边。

“桃夭！它这么小怎么独自生活！你怎么忍心叫我把它扔在路边！”小和尚急了，脱口而出，“你没人性！”

桃夭突然站住，小和尚差点撞到她身上。

“我没人性？”桃夭一手叉腰，一手指着小和尚的鼻子，“当年要不是我这个没人性的把你从死和尚堆里拖出来，又含辛茹苦一把屎一把尿把你喂养大，你能活到今天？我都还没骂你不争气，光吃饭不长个，你倒造起反来骂我？”

小和尚的脸涨得通红，憋了半天才壮起胆子说：“所以啊，反正你都养了我了，再养一个也无妨啊！”

桃夭从鼻子里冷哼一声：“我们家里只能养一个废物。”

小和尚气得跳脚，把怀里的小东西抱得更紧了：“好！你不养，我养！不吃你一粒米，不花你一个铜钱！”

“那你带着它一起滚蛋吧。”桃夭头也不回地走了。

小和尚委屈地站在原地，难受得要掉下泪来。

怀里的小东西伸出脑袋，一只半黑半白的幼狐，滴溜溜地转动着灰色的眼睛，小心翼翼地舔了舔小和尚的脸，然后用力从他怀里挣脱出来，落到地上，抖了抖毛，好奇地打量着这个世界。它什么都好，就是尾巴奇怪，不像狐狸，倒像兔子，圆圆的一坨毛。

桃夭说，等它的小尾巴长成真正的狐尾时，它才能做回真正的狐妖，才有资格进行正式的修炼。

走出老远，桃夭偷偷回了一下头，烦人的小和尚居然没有跟上来！

她转身，十几步开外的地方，小和尚跟小狐狸并排蹲在地上，叫花子似的眼巴巴地望着她，小狐狸还时不时把脑袋歪过来歪过去。

冷风吹过，她一跺脚，咬牙道：“我这是作了多少孽！”

说完，她气势汹汹地冲回去，指着小和尚道：“磨牙，你给我听仔细了，它归你养，以后它吃喝拉撒睡都得你负责，还有，如果它有一天被谁抓了吃了，你自己去救，如果你也被抓了，就跟它一起变成肉汤，别指望我来救你们！”

虽然他一直不满桃夭给他起了这么一个名字，但今天听起来却特别顺耳。

磨牙立刻破涕为笑：“你答应啦？”

“我没答应！”桃夭哼了一声，转身就走。

磨牙赶紧抱起小狐狸，兴奋地说：“桃夭肯收留你了！以后你就跟着我们吧！”

小狐狸歪着脑袋看他，眨了眨眼睛。

雪霁天晴，街市上的人渐渐多起来，桃夭抱着一个热乎乎的烧饼，边吃边打量着身边经过的男男女女。磨牙弄了个背篓，把狐狸装在里头，背着它兴高采烈地穿街过市，边走还边跟它说话，告诉它这是房子，那是包子，这是天空，那是云朵，桃夭觉得这小和尚的样子蠢极了。

狐狸听话地待在背篓里，时不时从背篓的盖子下探出脑袋东瞅西瞅。

桃夭瞟了它一眼。

它在吞下药丸前说的最后一句话是——我还是想活着，想看看这盛世。

桃夭伸了个懒腰，其实她也想看看。

既然磨牙说要云游四海才能当一个好和尚，那她也勉为其难一起去走走吧，比起桃都，这个活色生香的人间有趣多了。

不远处，磨牙站在一个小摊前兴奋地朝她挥手：“快来看快来看，这个面人儿好精致！”

她不耐烦地翻了个白眼：“来了来了！天天就知道看这些没用的东西！”

太阳渐渐升高，久违的阳光落在越来越密的人群中，市井的声音鲜活地扩散开去。

百妖谱
贰·漱金

楔子

一个人真正开心的时候，笑容会发光的。

○ 1 ○

一男一女从眼前这间“元宝堂”里飞出来，姿势很流畅，落地很狼狈，女人发髻散了，长发还被烧焦一大截，冒出来的烟还没散尽。

此刻正是傍晚，街市间来往者众，男女四周很快围起一个圈，窃语窃笑，看热闹不嫌事大。

大开的店门后，闲闲走出个男子来，白头巾，白襴衫，脸也白嫩，黑发束得整整齐齐，二十来岁的年纪，眉清目秀的，懒懒靠在门框上，一手提了把尺来长的白玉算盘，一手捏了只点燃的白蜡烛，平平静静地跟躺地上还没爬起来的男女说：“元宝堂的规矩是不讲价，我可一早就跟二位说过了。”

“不让讲价也不能打人啊！”那年过四旬的男人坐起来，脸上的巴掌印还红艳艳的，指着他破口大骂，“你信不信我这就去报官！”

“报官！必须报官！”回过神来的妇人也哭天抢地起来，一手拍膝盖一手指着他，“你一个做死人生意的下等人，居然敢对我们动手！还烧我的头发！没天理了！

没王法了！”

他呵呵一笑，转身回屋，那对男女见状，骂得更来劲了。

片刻，他又回到门口，仍举着那只白蜡烛，不过另一手的算盘换成了一只大碗，里头盛着满满一碗水似的液体，一句废话没有，照准那两人泼将出去。

空气里顿时漫出一股怪异的味道，像酿坏的酒。

不等二人说话，他手里的蜡烛已落了地，火苗一碰到地上沾染的液体，立刻腾出火焰，迅速朝二人蹿去。

“啊呀！他又想烧我们啊！”妇人嗖一下弹起来，一把拽起丈夫，在火苗蹿到他们身上之前，鬼哭狼嚎地逃了，边逃边骂，“你这杀千刀的疯汉！迟早要封你的店砍你的头！”

他俯身捡起熄灭的蜡烛，也不看众人，只说：“各位也想试试我刚调制好的火凤酒？一旦沾身引火，只消片刻便可燃成灰烬，用来火化尸骨是再好不过的了。”

众人轰然而散，好几个还连声称晦气，对他又怕又恨的样子。

“大家有生意记得照顾我啊！”他把手拢到嘴边，没事人一样朝大家喊，随后回去端了盆水来，熄了地上的火苗。

门外，有个人站着一直没动——绑着两条辫子的红衣小姑娘，横抱着双臂，一言难尽地瞅着他。

“啧啧，来啦？”他看了她一眼，没惊没喜，只左右环顾一下，“一个人？小和尚呢？”

一个小光头从她背后惶恐地探出来，光头上面，又有一只半黑半白的狐狸脸贼贼地冒出来，三个家伙的目光都投在他一人身上。

他看着他们，眨眨眼：“你又养宠物啦？”

“哪儿呀，还是废物。”她一脸遗憾地走上去，抬头看着店门上那金光闪闪的“元宝堂”三个字，“好久不见呢，叶逢君。”

◦ 2 ◦

元宝堂内室，檀香缭绕，四周堆满香蜡纸钱与各式各样的纸扎，桃夭摆弄着一个刚扎好的纸人：“你这手艺没怎么进步嘛，咋扎个这么胖这么丑的姑娘，不怕客人不满意从棺材里跳出来找你啊？”

“客人生前就喜欢丰腴美人。”叶逢君把一盘糕点摆到磨牙跟狐狸面前，分别摸摸他们的头，慈爱地说，“多吃点，看你们瘦的，跟着桃夭就没吃过几顿饱饭吧？”

磨牙眼含热泪，表情里全是大写的“你懂我”。

“叶逢君，你不要杜撰别人的生活。”桃夭头也不回道，“说得就像跟着你就有好日子似的。”她放下纸人，回头对刚把糕点放进嘴里的磨牙说：“我要是你就不吃这种人给的食物。”

“可是……好好吃啊！”磨牙一手抓一个，一个自己吃，另一个喂给怀里的狐狸吃，两个家伙都吃得很幸福。

叶逢君坐下来，开心地看着桌对面的他们，问：“小狐狸很可爱呢，尾巴怎的长得像兔子？它有名字么？”

“滚蛋！”桃夭道。

“骂我作甚？”叶逢君摇头，“脾气怎的一点长进都没有。”

桃夭一翻白眼：“谁有工夫骂你，我说这狐狸叫滚蛋。”

叶逢君“扑哧”笑出来：“你们有仇？”

“不不，它才不叫滚蛋呢！”满嘴糕饼渣的磨牙急急忙忙否认。

“我说过，要么它，要么你。”桃夭指指磨牙又指指狐狸，“也可以它叫磨牙，你叫滚蛋，自己选。”

磨牙急红了脸：“桃夭，你不能总是这么欺负人！不是说好了么，一人让一步，就叫它滚滚！”

桃夭哼了一声。

“滚滚……也没好多少啊。”叶逢君挠了挠鼻子，“你们两个好歹在一起这么多年了，没感情也有亲情才是啊，一点都不温暖。”

桃夭没搭话，目光落到货架正中间一个黑色漆木盒子上，上头没有锁，只拿金漆画上了奇怪的图案。

除了她跟叶逢君，谁也开不了这个盒子。

她的手指只轻轻抚过盒子，盒盖便听话地自行弹开，里头没有露出金银珠宝，只叠着一摞长七寸宽三寸的白纸，每张纸的中心都有个小小的、朱砂记似的红点。

她合上盒盖，放回原处，说：“你找我来，就为了商讨我跟磨牙的相处之道？这样未免太浪费我给你的纸了。”

“何必如此小气。还剩下那么多，往后几年也足够用了。”叶逢君不以为然。

“看起来你生意不错。”她坐到桌前，既不喝他的茶，也不吃他给的糕点。

“还算可以。”叶逢君微微一笑，“人死如叶落，落叶时节又逢君，我这名字是起对了，元宝堂也算是开对了，确实不愁生意。你看，昨天城南的黄老爷为了祭祖，跟我买了一整套纸扎，大手笔啊，那可是我元宝堂里最贵的至尊套系，有大宅有车马有金童玉女……”

“就别往脸上贴金了。当年你落魄之时，除了会折纸啥技能都没有，幸而我眼光独到建议你开个纸扎铺，你这辈子做得最对的事不是起了这个名字也不是开了这间铺子，而是遇到了我！”桃夭不客气地打断他，“还有我不是说你发死人财的生意，我是说‘纸’生意！记得上次我给了你一千张，现在只剩下不到二百张了。”

叶逢君耸耸肩：“这个生意自然更好。”

“我们家滚滚也曾光顾过你。”桃夭朝狐狸努努嘴。

“是吗？难怪我不讨厌它。”他笑，“可惜来找我的妖物太多，也实在记不住。”他顿了顿，话锋一转，“不过你上次给我的数量确实比以前多了许多，一般你就给一百张，怎的突然大方起来？”

“替你多赚钱你还嫌弃？”桃夭反问。

“我是替你着想。”叶逢君认真道，“谁不知你一身懒骨头，虽顶着‘鬼医’的名号，却常年蜗居桃都，鲜少走动于江湖，找你治病那得有祖坟上冒青烟的运气。如今散出去的‘纸’那么多，那来找你的妖物必然也比从前多得多，你不嫌烦？”

“它们找我是一回事，我去不去是另一回事，你不必操心。”桃夭瞟了他一眼，“你只要办好我交代的事，我就不为难你，咱们之间的协议便永远有效。”

叶逢君做出松了口气的样子：“都说‘此人已死，有事烧纸’。落到你桃夭姑娘身上却是‘此人没死，有事烧纸’。说出去也是一段佳话呀。”

桃夭两眼望天：“总结得很到位嘛。”

蜀中元宝堂里的“纸”，是众多妖物眼中的救命符，只要得了这张纸，写上自己的身份病情所在地，焚之，以上内容便能通达桃夭，至于她愿不愿意出手相救，便只能看她心情好坏。她与叶逢君是旧相识，两人有过君子协定，对两人之过往守口如瓶，包括叶逢君的真实身份。总之，他现在只是个长居成都的寻常百姓，靠经营这间小小的名为元宝堂的纸扎铺为生，再暗地里向妖物们贩卖桃夭给他的“救命纸”赚回更多的钱财宝物，小日子过得不要太滋润。

不过，也因为常有妖物来往蜀地，少不得引起某些“行家”的注意，“蜀中多妖孽”的说法也不胫而走，故而这些年除了青城山上的道观越发兴旺之外，从外地入蜀的各行“高人”也从无断绝。这些修道之人，于桃夭而言非敌非友，而她也给叶逢君立了规矩：只贩纸张，莫管闲事。

这个规矩，叶逢君一直守得很好。

但这次，烧纸找她的人，却偏偏是叶逢君。要不是他，她应该已经带着磨牙跟滚滚离开成都往汴京去了，听说天子脚下最热闹，奇人异事数不胜数，很值得一去。

这时，一盘糕点已经见了底，磨牙跟滚滚同步舔嘴。

“好吃不？”叶逢君问。

“好吃啊。”磨牙意犹未尽道，“就是最后感觉有一点点涩。这是什么糕点呀？”

“涩？”叶逢君一愣，脱口而出，“这款毒药里我加了枣花蜜，口感应该微甜不会涩啊。”

磨牙当场石化，张大嘴，指着他：“你……你拿毒药给我们吃？”

“我试试而已。都说蜀中唐门用毒天下第一，我不服嘛。”叶逢君有些生气，“我这种毒药，吃下去不但不会肠穿肚烂，还会让人五脏通透，呼吸畅顺，然后在一场美梦里驾鹤西去。你说厉害不厉害？”

“可我还不想驾鹤西去，我还年轻，我还要化缘。”磨牙急哭了，“古有神农遍尝百草，而今你为何不拿自己试药！”

叶逢君不好意思地摆摆手：“人家不爱吃甜食嘛。”

“你……”磨牙捂着肚子，又忙问狐狸：“滚滚你怎样了？”

滚滚滴溜溜转着眼珠，打了个饱嗝。

“完了……”磨牙哽咽道，“阿弥陀佛，想不到今日便是我磨牙圆寂之时，也不知我死后能否得见佛祖，希望佛祖让滚滚来世为人，不要再做一只稀里糊涂被人毒死的狐狸，呜呜呜。”

桃夭幸灾乐祸道：“你就是嘴馋，我老早说过这个人的东西不能吃。一个生意谈不拢就要放火烧人的奇葩，你们居然敢吃他的东西。”

“桃夭，你不救我也救救滚滚啊。”磨牙悲伤地扑过来抱住她的腿，“以后我不能给你念经了，你如果觉得孤单，我把佛珠留给你做个纪念。”

“别！要是你真被毒死了，他倒是替我做了件好事。”在磨牙的鼻涕掉下来之前她赶紧推开他。

“现在不是交代遗言的时候呢。”叶逢君拍拍磨牙的肩膀，朝他挤挤眼睛，“我有解药的呀！”

“啊？”磨牙转悲为喜，“原来你没想毒死我？”

“你又没买我东西讨价还价，我干吗毒死你？”叶逢君认真道，“我只是要你把服毒之后的所有感受都告诉给我听，然后在你毒发身亡之前我会给你吃解药的，放心啦。”

磨牙哭丧着脸：“现在就给我吃不行吗？”

“都说了我在试药，你不撑到最后一刻怎么行，你跟滚滚就当顺便帮我个忙吧。”他嘿嘿一笑。

“那个，叶老板，我们现在谈论的是一个人跟一只狐狸的命，你能否稍微有一点重视的态度？”磨牙抱着滚滚，想发脾气又怕犯了嗔戒，桃夭身边就没有一个正常的家伙！

话音未落，一阵异常的咕噜咕噜声同时从磨牙跟滚滚的肚子里钻出来，然后，磨牙放了一个响屁，他蹭一下站起来，面红耳赤道：“我要去……去……”

“茅厕在后面！”叶逢君指了个方向，磨牙跟滚滚立刻跑没了影。

桃夭捂着鼻子，怒视叶逢君：“你到底给他们吃了什么？”

“新药嘛，难免会有一些连我都不了解的效用。”叶逢君笑呵呵地给自己倒了杯茶，“你也喝吧，茶水没毒。”

“谁信你。”桃夭不耐烦道，“快说你浪费我一张纸究竟想干吗？”

叶逢君收起笑容：“你替我救一只妖怪如何？”

“替你救妖怪？”桃夭一挑眉，“我以为你只会做死人生意以及炼毒与虐畜呢。”

“我很爱这世界。”叶逢君一本正经，“并且尊重每个生命，包括死去的。”

“什么妖怪？”

“漱金。”

◦ 3 ◦

朱小宝是为数不多的能让叶逢君印象深刻的客人。

原因是：一，有钱；二，不唧唧歪歪；三，不走寻常路。

元宝堂卖的东西，没有给活人用的，但朱小宝偏偏就是为活人来的，并且还让叶逢君欣欣然答应了跟他做生意。

没记错的话，他第一次光顾元宝堂是在一年前的大年夜。

那年并不太冷，算是个暖冬，除夕之夜，街头凡是住了人的地方都挂着喜气的灯笼，贴好了春联，多数店铺都早早关了门。在送走最后一位来买香蜡祭祖的客人之后，叶逢君探头看了看人丁稀薄的街头，心说再等一炷香的时间，若无客上门便可歇业过年了，几个酒友已在著名的天香楼备好了热腾腾的火锅，就等他去大快朵颐了，想想都很开心哪。

然而，就在他关店前片刻，有人气喘吁吁地钻了进来。

“这位小哥，本店打烊，您初三之后再来。”叶逢君打量着这个二十岁上下的青年，因为跑得太急，他满脸通红，鼻涕都出来了。

青年一手撑住大门不让他关，另一手从怀里掏出个小荷包，上气不接下气道：“别别……求老板你宽限片刻，我花不了您多少工夫……我拿金子付账！”

说着，青年忙解开荷包，从里头抖落出三片亮晃晃的小玩意儿，捧在手里送到叶逢君鼻子下头。

“咦？”叶逢君眼睛一亮。

“真金。”青年看着掌上那三块黄澄澄的金片，“薄是稍微薄了点，但绝对货真价实。”

叶逢君想了想，让开一步：“想买啥？进来挑吧。我昨日刚刚扎了一座瑶池仙台，烧给先人再好不过，还有新叠的金银元宝，香烛也比往日的好。要不小哥你买一整套，我给你算便宜些。”

“不不，我不买这些。”青年连连摆手。

“不买这些？”叶逢君立刻垮下脸来，“来我元宝堂不买这些买什么？大过年的，小哥若是专门来逗我玩耍，我可是会生气的。”

“老板您误会了。”青年忙把金片塞进荷包，不由分说放到叶逢君手里，“我来是想买一件纸折的蝴蝶，翅膀能动的那种。我问遍城里的人，都说元宝堂的叶老板折纸之术天下第一，所以这才匆匆赶来。”

叶逢君一愣：“纸折的蝴蝶？”

“嗯！”青年用力点头，“还望您帮忙。”

叶逢君将他上下打量一番，疑惑道：“你家先人生前喜欢蝴蝶？”

“不不，我娘还活着呢。”青年赶忙解释，“她身子不好，平日里也没有别的嗜好，就爱折个小猫小狗小鸟啥的。前几日又在折蝴蝶，可怎么也折不成想要的样子，老太太就犯了愁啦，吃也吃不下，睡也睡不好的。我劝了半天，老太太还是不高兴。唉，这人上了岁数，反而是越活越小，跟孩子似的，犟得很。”

“这样啊……”叶逢君掂了掂那荷包，咂咂嘴道，“我亲手折的东西虽然都是无价之宝，不轻易出售，但看在你一片孝心的分上，我就破例一回吧。听你口音不像本地人，怎么称呼啊？”

青年欢喜道：“我姓朱，朱小宝。两年前跟我娘自洛阳而来，现居城隍巷。”

“朱小宝……行，记住你名字了。”叶逢君一本正经拍拍他的肩，“小子，你是我这儿第一个买东西给活人的家伙，坐会儿吧，小半炷香时间。”

朱小宝赶紧作揖感谢。

叶逢君说小半炷香时间，那就是小半炷香时间。

面前那只精巧别致的纸蝴蝶，只要拉一拉隐于腹下的细线，蝴蝶的翅膀就会翩翩而动，不但手工一流，蝴蝶身上还特意用颜料描画出了花纹。虽只是个玩物，用心与不用心倒也看得明明白白。

“真漂亮！”朱小宝啧啧称赞。

叶逢君微笑：“不过一成功力的小玩意儿。”

朱小宝请他拿了纸盒装好蝴蝶，千恩万谢地离开了元宝堂。

关了店门，叶逢君拿出荷包抖出那三块金片，挨个放嘴里咬了一遍，确是真金，这才满意地收拾妥当，兴高采烈地出门赴火锅宴。

此刻正逢饭点，街头少有行人，四周偶有爆竹声，他甩手小跑，跑着跑着却在一条不见光亮的巷子里停下来，瞪着自己的右手掌，一片隐隐约约的红光浮在掌心，再凑近细看，几粒微小的金屑粘在那里，如此不起眼的小东西，却在幽暗之中散出这般奇异的光芒。

叶逢君皱起了眉头。

○ 4 ○

年初四，朱小宝又来了。

正在扎一间纸屋的叶逢君见了他，停下手里的活，笑呵呵地迎上去：“又要我帮忙折纸？”

朱小宝不好意思地搓着手指：“是……但是……”

“扭扭捏捏干啥？”叶逢君奇怪地问。

“这个……上回叶老板折的那只蝴蝶，我娘是很喜欢啦。但是……”他揉了揉冻红的鼻子，小心翼翼道，“她把蝴蝶拆掉，想看看其中乾坤，谁知拆掉之后却无论如何也无法还原了。叶老板，能不能教我折？回去后我再演示给我娘看，也算去了她一块心病。”

叶逢君摇摇头：“令堂也真是顽皮，我叶逢君的手艺，岂是旁人随便就能破解的。”

朱小宝赶紧掏出个荷包，抖出两块金片：“这次的酬劳少了些，下次补上。叶老板您行个方便。”

叶逢君将他上上下下打量了一遍，戏谑道：“朱公子出手这么阔绰，你娘知道吗？”

朱小宝没吱声，只跟他作揖：“我给的酬劳来路清白，叶老板放心就是。”

叶逢君一笑，接过金片收好：“坐吧，一会儿你仔细看我怎么叠的，我只教一次。”

朱小宝喜上眉梢，连声称谢。

此刻，窗外微雨薄雪，初春的寒意赛过之前任何时候，叶逢君生起火炉，两人并肩而坐，朱小宝认真看着他折纸的每一个步骤，心里赞叹着天下怎会有如此灵巧之人，不借助任何魔力便把一张乏味的白纸变成一个奇妙的世界。

朱小宝不聪明，也不太笨，叶逢君只演示了一遍，他便笨手笨脚地照着记忆中的步骤叠出了另一只蝴蝶，虽然只有一边翅膀会动，但也足够他高兴了。

“这下我娘该高兴了。”他兴冲冲地起身，抱着自己的“作品”向叶逢君道别。

叶逢君把他送到门口，笑眯眯地说：“回头跟你娘说，我还能折会摇尾巴的小狗，会张嘴的小猫，会开的牡丹花，要是她老人家乐意，你可以再来找我学啊！”

朱小宝高兴坏了，连连道谢，最后特别慎重地朝他鞠了个躬：“叶老板，你人真好。”

“这事你心里知道就行，说出来怪不好意思的。”叶逢君紧紧攥着两块金片，“欢迎下次再来啊。”

雨渐渐大了，伞下的朱小宝匆匆消失在越发浓重的寒气里。

如叶逢君所愿，之后的一年，朱小宝成了元宝堂的常客，有时隔几天来一次，有时候个把月来一次，每次都少不了他的酬劳。而他也没有食言，手把手教他折猫折狗折南瓜。这种轻松又赚钱的工作真是让人心生欢喜。

而他对于朱小宝的了解也在一次次的闲聊中渐渐丰富起来。这小子说自己已经二十三岁了，父亲早逝，没有兄弟姐妹，是母亲一手拉扯他长大，家在洛阳城外的石牛村，母亲种地养鸡，他在城里做零工，日子也不算艰难。只是不承想十七岁那年，他稀里糊涂被征入军队，又稀里糊涂随着大军去了太原，皇帝要北伐，要拔掉跟契丹人一个鼻孔出气的眼中钉。然而交战之时恰逢酷暑，兵士们患病者众，又遇契丹派兵援助，皇帝最终无功而返。

那天，朱小宝掀起袖子给他看右臂上的一块伤疤，说幸好撤军了，不然他可能回不来了，打仗多可怕呀。

“为何迁来蜀中？在洛阳不是过得挺好？”叶逢君问他。

“我娘听说蜀地灵秀，美景美食不胜枚举，她便总念叨着来看看。我架不住她天天念叨，终于在两年前跟她一道，带着能带走的家当来了这里。我娘喜欢得不得了，说要在此处安享晚年，我知道她这些年身子越发不好了，既然她喜欢，我就陪她住下来吧。”朱小宝如是道。

叶逢君点点头，道：“那你们母子作何营生？”

“她还是养鸡。”朱小宝老老实实回答，“我有时在酒楼厨房里帮工，有时替别人跑跑腿。”

“日子也是紧巴巴呢。”叶逢君随口道。

朱小宝摆弄着手里的纸，点点头：“是不宽裕，幸而三餐还是不愁的。”

“那你的辟寒金是哪里来的？”叶逢君的口气骤然冷厉，像换了一个人。

朱小宝一愣，半晌没敢抬头。

这些日子他送出去的金片哗啦啦落到他面前，后面是叶逢君面无表情的脸，配上他的白衣裳跟白肤色，真真跟个鬼似的。

“我……我先回去了。”朱小宝不敢看他，垂着脑袋飞快地往大门口挪。

叶逢君也不跟他客气，抓过一条麻绳追上去，一脚把他绊倒在地，以绝对的速度与技术把他五花大绑起来，拖到后院里，绳子一甩，搭上那棵粗大的老槐树，哧溜一拉，朱小宝惊叫着被吊到了半空。整个过程一气呵成，绝无手软。

“叶老板……我怕高……”朱小宝憋着眼泪求饶。

叶逢君端来一张凳子，气定神闲地坐下来，手里还多了一把弹弓和几团废纸。

“朱小宝，我教你折纸只教一次，同样，我问你问题也只问一次。”他把废纸团上到弹弓上，拉开皮筋，眯着一只眼作瞄准状，“任何人在我这儿，都只有一次机会。”

“我……我不知道你在说什么呀，什么叫辟寒金？”朱小宝挣扎着。

啪，纸团准确击中了朱小宝的脖子，虽不伤人，却疼得他龇牙咧嘴。

“那你跟我说，你这么多金子哪里来的？”叶逢君把第二个纸团上好，瞄准。

“是我家祖上传下来的！”朱小宝眼泪鼻涕横飞。

啪，纸团击中了他的脸，疼得他大叫。

“连说谎都不会，你说该不该打。”叶逢君放下弹弓，拿起第三个纸团。

“别打了别打了！求求你了叶老板！”朱小宝哭喊道，“我真不能说啊。但是这金子绝非来路不正，你放了我吧！”

叶逢君一笑：“不放。我就喜欢看你被吊打的样子。”

“我真的不能说！”朱小宝的冷汗跟眼泪汇成了悲伤的小河，“我答应了它要保密，说出来会害了它！”

“它？”叶逢君再次举起弹弓，“纸团用完之后，我就换石子儿。那就不光是疼了。话说我这院子也宽敞，一不小心打死谁了，埋一两个人倒是不愁的。”

在第三个纸团击中他额头的瞬间，朱小宝终于屈服了：“我说我说！”

叶逢君满意地起身，走前几步，仰头看着半空中晃悠的他：“说吧。”

“是……漱金鸟！”朱小宝的脸涨得通红。

叶逢君挑眉：“你怎么得来的？”

“我十五岁那年，它自己飞来的，就落在我家的鸡窝上，浑身黄毛，跟鸡雏一样大。”朱小宝急急道，“它会吐金屑，那些金屑第二天便会结成大小不一的金片。这么多年来，它一直这样。”

“你如何得知它是漱金鸟？”叶逢君冷哼，“这可不是你家养的鸡，随便一个人都认得。”

朱小宝忙道：“我旧居里曾有一本没有封皮的破书，上头记满神怪之事，说早在曹魏之时，有昆明国献上漱金鸟，此鸟大如雀，羽明黄，吐金屑。魏灭之后，此鸟亦踪迹杳然。此书虽已遗失，但我印象深刻。能吐金子的鸟，不是漱金又是何物？！”

“扑”一声响，一个石子从叶逢君手里飞出，麻绳应声而断，朱小宝哀号一声跌到地上。

“这么多年，没人找你麻烦？”叶逢君蹲到他面前，“这只鸟可是许多人梦寐以求的玩意儿。”

朱小宝扯掉身上的绳子，坐起来委屈地说：“我特别低调，并不拿这些金子挥霍。这些年它吐出来的，我都藏起来了，连我娘都不知道。我还是去打零工赚钱，实在困难了，我才悄悄拿个一片半片的去换些东西。”

叶逢君狐疑地打量他：“既然如此，你何苦用这么多金子来跟我换区区折纸之术？”

“我娘只喜欢折纸啊。”朱小宝不顾摔疼的膝盖，哭丧个脸跪下来哀求，“这秘密我守了八年了，叶老板，求你看在我从未借此干坏事也不曾薄待你的分上，不要把漱金鸟的秘密说出去。”

叶逢君起身：“我考虑考虑。”

“叶老板！”朱小宝擦掉脸上的污泥，费力地站起来，“你又如何得知辟寒金这个说法的？”

叶逢君狡黠一笑："魏皇帝养漱金鸟，以水晶筑辟寒台供其居住，故其所吐之金称为辟寒金。你以为天下只有你读过书么？"

"哦……"朱小宝挠了挠头，赶紧跟到他身后，"你不会说出去的，对吧？"

"都说了我要考虑考虑，看心情。"

"不能说真不能说啊！"

"让开让开。你说漱金鸟怎么不落我家屋顶，偏偏落在你这笨蛋家的鸡窝里呢！"

"可能它觉得你家屋顶不如我家鸡窝好？"

"刚刚那个不是问句！"

"哦……"

○ 5 ○

叶逢君没有跟任何人提起朱小宝的秘密。

吊打事件之后，朱小宝也没有就此消失远走他乡，他仍然不定期地来元宝堂，比从前更讨好的样子，不但给金子，有时还给叶逢君拎一篮鸡蛋，目的依然相同，请叶逢君教他各种折纸。

叶逢君觉得这种人能从战场上活着回来只能是老天瞎眼了。

不过，两人都再未提起跟漱金鸟有关的一切。

今年中秋，叶逢君提前关了店门，时已傍晚，暑热未散，街头巷尾都飘着甜美的桂花香。

他端着一碗清热去火的绿豆汤，坐在院子里咕噜噜地喝着。

算起来，朱小宝已有好些日子没来元宝堂了。

喝完，他顺手将空碗放到旁边的木几上，谁知晃了神没放稳，瓷碗落地摔个粉碎。

心里突然就不舒服了一下，没来由地。

一个突来的念头，让叶逢君匆匆地出了门。

晚霞如火，街市热闹，他从一群群嬉闹的孩童中抽身而出，径直往城中城隍巷而去。

他对这座城池熟得很，闭着眼也能走对路。

城隍巷算是个热闹地方，附近设有瓦肆，逢年过节便是张灯结彩、莺歌燕舞的好场面，浓郁的酒香盖过了桂花味。叶逢君无心赏看，一头钻进一条白墙灰瓦的巷子里。谁知，不偏不倚撞上个精瘦的中年汉子，两人都走得快，彼此连退好几步。

那汉子穿件黑袍，扎了一根灰腰带，下巴上的一缕胡须垂到心口上，一手按着腰间的佩剑，一手提了个用布罩住的鸟笼似的玩意儿。

“看路！”汉子凶狠地瞪了他一眼，飞快离开。

叶逢君没吱声，继续前行，没走几步，迎面走来个牵着孩子的大嫂，他忙上前询问朱家母子居于哪处。那大嫂向前一指，说巷尾那户就是。

他道了谢，加快脚步走到巷尾。

朱家大门口摆着一架梯子，朱小宝正提着一盏别致的莲花灯笼往屋檐下挂，另一盏灯笼已经挂好，一盏写着“平安”，一盏写着“喜乐”。

“灯笼你做的？”叶逢君走到梯子前，仰头问。

朱小宝吓了一大跳，差点从梯子上栽下来，晃了几下才稳住身子。

“叶……叶老板？”他低头看着叶逢君，诧异道，“你怎么来啦？”

叶逢君道：“我路过，顺道来祝你中秋愉快。”

朱小宝松了口气，把灯笼挂好，笨拙地从梯子上爬下来，信以为真道：“这怎么敢当，本该我去探望叶老板才是。”

叶逢君盯着他的脸：“被打了？”

朱小宝的左脸一片红肿，鼻子下头隐隐可见没擦净的血迹。

“不小心撞的……”朱小宝尴尬地笑笑，“没事，皮外伤。”

“漱金鸟呢？”叶逢君又问。

朱小宝一愣，说：“在……在家里呀。”

“带我去看。”叶逢君拽住他的胳膊，“放心，我对那东西没有邪念，只是好奇想看看。”

朱小宝死也不挪步子，只结巴着说：“它它……它睡啦！”

“睡到别人笼子里去了吧？”叶逢君直言不讳。

“这……”朱小宝眼见瞒不下去，只得坦白道，“刚刚来了个人，我又打不过人家，又怕他惊动我娘，只好把……”

“没用的东西！”

顾不上听完，叶逢君便从牙缝里扔下这句话，转身就走。

“叶老板！”朱小宝在后头着急大喊，“你别去了！快回来！”

但叶逢君怎么可能回来。

○ 6 ○

叶逢君再回到朱家时，已是翌日清晨。

正在清扫门前落叶的朱小宝又被突然出现的他吓了一大跳，一手抱着扫帚，一手指着他："叶叶叶老板……你这是……"

叶逢君的衣裳脏了，头发散了，脖子上还有几道抓痕。

"那人有几分本事。"他镇定地对朱小宝说，"只是打不过我就跟个泼妇似的用指甲乱挠，实在令人不齿。这种人，也只配拎一只鸡走。"

朱小宝忍住笑，但转念又觉得不对，惊讶道："你知道啦？"

叶逢君瞪着他："换谁去看也知道他笼子里关的是一只黄毛小鸡雏啊！只有那个蠢货自己以为那是漱金鸟！"说罢，他一把抓住朱小宝的肩膀，"说，你干了什么？"

"小鸡雏身上有一根漱金鸟的羽毛。"朱小宝小声道，"对漱金鸟有执念的人，看到的就不是小鸡雏啦。"

叶逢君恍然大悟，旋即重新打量他一番："你这笨蛋也不是太蠢啊。"

朱小宝笑笑："想把漱金鸟据为己有的，岂止这一人。我又不擅长打架，总得想个法子。"

"你不也是把漱金鸟据为己有了么。"叶逢君冷哼，"你若真对它没有邪念，何不放它远走高飞？"

朱小宝沉默片刻，说："是它自己不走呢。"

话音未落，身后传来一个老迈的声音："小宝，门外是谁呀？"

"啊，是叶老板来啦！"朱小宝忙回过头，朝那头发花白、拄着拐杖的妇人跑去，"就是教我折纸的叶老板！"

妇人听了，连声说好好好快请人进来。

叶逢君拢了拢头发，走到妇人面前，拱手道："朱大娘好。"

"快别客气，进屋坐。"妇人高兴得很，忙将他往里屋引。

进屋坐定，朱大娘亲手给他泡了茶，还端出刚煎好的甜饼，十分热情。

他环顾四周，凡是能放东西的地方都摆满了各式各样的折纸，数只纸蝴蝶挂在窗下，栩栩如生。

"我腿脚不便，身子也越发不好，一直说要亲自上门感谢叶老板，却总未成行。"朱大娘坐到他对面，拿起桌上折了一半的小猫继续折，笑道，"我这辈子没别的嗜好，就爱折折叠叠，许多人笑话我是个痴迷折纸的疯婆子。”

“人各一爱，自己高兴便是。”叶逢君咬了一口甜饼，称赞道，“好吃。”

“是小宝煎的。”朱大娘一说起儿子，脸上便笑成了一朵花，“家里大小事都是他操持的。他也喜欢折纸，咱娘儿俩经常一起琢磨，你看那边那套小桌子小椅子，就是他跟我琢磨了一整天才折出来的。”她指着对面柜子上摆着的一套红纸折的家具，笑得特别开心。

“很精致啊。”叶逢君称赞道。

“跟叶老板的手艺比差远啦。”朱小宝插嘴道。

叶逢君笑笑，又问朱大娘：“移居蜀中还习惯么？”

“习惯习惯。”朱大娘连连点头，“不瞒叶老板说，我那早亡的夫君就出生于蜀地，少年时随家人迁往洛阳。婚后我常听他回忆青城之幽，峨眉之秀，他曾说有生之年怎么也要回来看看，可惜啊，他没能回来。”

“你替我爹回来了，也不错呢。”朱小宝笑道，说罢，他走进厨房，端了碗药出来，“喝药吧。”

“人老了，就不中用了。”朱大娘叹口气，接过药碗，突然想起什么，问朱小宝，“郑老太都好些日子没来找过我们了吧？”

“好像是。”朱小宝算了算，“上次她来找你怕是个把月前了。”

“瞧我这记性，这些日子越发不记事了。”朱大娘有些担心，“你寻个时间去看看，她那身子骨还不如我哪。也不知是不是她儿子把她接回去了。”

“嗯，我一会儿就去。你先喝药。”朱小宝又拿出个糖块放到她手里，“喝完了吃块糖，这药太难喝了。”

“好。咦，怎么缺了一块？你又偷吃啦？”

“嘿嘿……”

从头到尾，母子间的交流温暖而平静，他们的家确实不宽裕，吃穿用度都寻常之极，但是，看上去并不缺什么。

朱小宝留叶逢君吃午饭，他没有拒绝。

饭后，朱大娘又坐到窗前折她的小玩意儿，朱小宝领着叶逢君去后院看他喂鸡。十几只鸡在一圈篱笆里走来走去，大大小小，精神抖擞。

“让我猜猜你把漱金鸟藏哪儿了。”叶逢君看着鸡窝，“那里？”

“反正是旁人找不到的地方。”朱小宝有些得意，“我以后会告诉你的。”

叶逢君打了他后脑勺一下：“装神弄鬼！”

朱小宝憨笑，撒了一把谷壳出去。

“你有漱金鸟在手，日子可以过得更好些。”叶逢君四下环顾，实在是很一般的宅子，勉强遮风挡雨罢了。

“这就很好了。”朱小宝喜滋滋地看着他养的鸡，“居有定所，还有鸡蛋鸡肉吃。”他顿了顿，“最重要的是，我们母子说说笑笑，平平安安。”

叶逢君沉默片刻，又道：“没想过博取功名，娶妻生子？”

“功名？我都没看过几本书……再说吧。至于娶妻，也得有姑娘看上我才行啊，哈哈。”朱小宝不好意思地说。

叶逢君不知道该说他不思进取还是说他知足常乐了，又随口问道：“郑老太是谁？”

“算是我娘的朋友吧。以前她俩会一起去买菜散步聊天，我娘还教她折纸。她儿子在城南开成衣店的，不知怎的她没有跟他们住一起，独居在邻街的小宅子里。她常夸她儿子本事，儿媳孝顺，孙儿可爱，可我从没见过他们去探望过她，无非是遣人送些衣物吃食。记得有一年除夕，我去帮她大扫除，她高兴地跟我说儿子一家要来看她，她张罗了一桌子菜，结果热了又凉，凉了又热，直到天黑她还是一个人。我让她跟我回家，她不肯，说再等等。”朱小宝叹气，“吃顿年饭罢了，有那么难吗？”

“是难是易，端看有心无心罢了。”叶逢君揶揄道，“蠢笨如你，也能学到我两三成本事，可见是有心的。”

朱小宝高兴地回过头：“这是夸我么？”

“算吧。”

“阿弥陀佛，我不求夸奖，只求以后你不要再打我就是了。”

“看心情。”

“……”

○ 7 ○

秋去冬来，在今年第一场冬雨落下来时，朱小宝一身疲惫地走进了元宝堂。

这次，他不是来学折纸，而是买香蜡纸钱。

朱大娘病逝。

叶逢君挑了最好的纸扎与香烛，没有收他的钱。

朱大娘下葬那天，叶逢君也去了。

冷清清的坟前，朱小宝披麻戴孝跪在火盆前，把一件件折纸放进去，表情很平静，有时不知想起了什么，还会微笑一下。

叶逢君站在他对面，还没开口，朱小宝忽然说："这是最让我满意的一次告别。"

没头没脑的一句话。

叶逢君没吭声。

"我上次跟人告别，是在皇宫里。"火光在朱小宝清亮的眸子里跳跃，"那是帝国覆灭前的晚上，她们忙着争抢用辟寒金打造的金饰，仿佛谁抢得多，谁就能活下去。我远远地看着她们，连告别的心情都没有了。"

叶逢君微愕，半晌方道："你上一次的告别，已经是很久很久之前的事了吧。"

朱小宝微笑："对人类而言，是很久了。"

寒风吹过，飞灰四散，朱小宝一直跪在那里，不紧不慢地烧着纸。

堆在他身边的折纸越来越少，直到剩下最后一件。

"这是我娘临终前折的，没折完，还差一只翅膀。"他举起一只只有一半翅膀的纸鸟，"我不知她为何会在弥留之际折这个。也许只是个巧合。"

他的目光凝聚在纸鸟身上，沉到了无比久远的过去。

8

飞吧飞吧，随便飞哪儿，反正哪儿都差不多，哪儿都不能留太久。

但是，可能是老了吧，有点累呢。

它俯瞰着脚下的城池，有眼熟的感觉，离开了几百年，好像又飞回来了。

借着月光，它选定了一户人家，理由很简单，他家养了许多鸡，有大公鸡大母鸡，还有一群小鸡雏。

它悄无声息地落进了鸡窝里，跟一群差不多颜色与大小的小鸡雏挤在一起，它怕冷，不然当年的皇帝也不会给它建一座辟寒台了。

不过，显然这里比辟寒台舒服，小鸡雏们又软又暖，毛茸茸的好舒服。最重要的是，跟它们在一起是安全的，没有人会注意到一群鸡雏里多了一只"同类"，说实话它们长得还蛮像的，不过它觉得自己还是要更漂亮一些。

这户人家只有两个人，母亲跟儿子。

根据它躲在鸡窝里数天的观察，它知道这家人姓朱，母亲管儿子叫小宝。

小宝已经十五六岁，是个屁股上长了钉子的家伙，在家里是坐不住的，成天早出晚归，小部分时间拿来做零工，大部分时间用来游手好闲。

他的母亲就勤快多了，家里家外都是一把好手，连养出来的鸡都比别人家的壮实。

她做饭应该也很好吃，因为每到饭点，院子里就会弥漫着浓浓的香味。

可是，小宝很少跟她一起吃饭。即便他在家，只要母亲喊他吃饭，他一定是很不耐烦地应一声，然后胡乱吃几口又出门了。

她喜欢折纸，折了许多花草与动物，她把最满意的小猪摆在儿子的房里，因为小宝是属猪的。然而有一天小宝出门，鞋子上不知哪里沾了泥，顺手便拿过桌子上的纸猪当了擦鞋布。

她见了，也没多说什么，儿子走后，她把那已成一团污糟的东西捡起来，小心展开，那又皱又脏的纸背后，是歪歪扭扭的“小宝平安喜乐”六个字。

她把这张纸叠好，收进了柜子的角落里。

她最近在学写字，跟隔壁教书的刘先生学的，这是她第一次完全靠自己写完整的六个字。

它怎么知道的？笑，是她蹲在鸡窝前，一边撒谷壳一边说的。

她学会折梅花了，她今天在街上遇到好久没见的儿时旧友了，她去卖鸡蛋时不小心打碎了两个……所有琐碎或者不太琐碎的事，她都会在鸡窝前说个不停。

事实就是如此，她跟儿子一天里说的话，还没有跟她养的鸡说得多。

小宝总是很忙的样子，母亲让他天冷加衣，他说知道了知道了；让他出门小心，他也说知道了知道了；想跟他聊会儿天，他不是忙着出门找朋友玩耍，便是躲到房间里玩蛐蛐儿。

她有时候也会对着儿子的背影叹气，但很快又没事了，自言自语：年轻人嘛，总要忙自己的事。

它选择继续留在鸡窝里，直到小鸡雏们脱下茸毛换成了羽毛，它还是老样子。

她再粗心大意，也发现鸡窝里这只异类了。

它扑了扑翅膀，准备飞走。

“你不是鸡啊……”她蹲在鸡窝里，诧异的眼神里并没有恶意，“没见过你这样的雀鸟呢，是受伤了落到我家，还是迷路了？”

它啾啾叫了两声。

“看你这么小，只怕是跟父母走散了，自己又没力气飞回去吧。”她想象着它的经历，伸出手指去摸了摸它的头顶，“你不嫌弃我家鸡窝的话，就留下吧，长大了再飞去找爹娘。你要有事，爹娘多伤心呀。”

它想了想，收起了翅膀，也暂时收起了离开的心。没什么理由，就是觉得可以留下。

从此，撒进来的食物里，除了谷壳，还会有些小米粒，那是她给它的优待。

而它能给她的最好的回报，就是静静地听她说那些她儿子没有耐心听的话。

其实她讲得也不是那么无聊啊，天文地理，家长里短都有，有些事情还蛮有趣的。

可惜小宝并不愿意给她太多时间，他心里有更重要的事。

那年初夏，小宝决然离开了家，他说他要去军队里了，他要为自己的国家与皇帝立下战功，收复山河，他要去更广阔的天地。

她知道自己是拦不住他的。

小宝带着对战争最美好的憧憬离开了，身后母亲的身影还未消失，他仿佛已经看到自己披甲上阵，大胜而归。

只是他从不知道，战场是跟美好无关的。

他也不知道，自他离开后，他的母亲突然像是老了十岁。也不知道她开始不分昼夜地折乌龟，因为她不知从哪里听来，只要折满九百九十九只乌龟，远行的亲人就能平安归来。

可是，九百九十九只乌龟折好了，小宝还是没有任何消息。她托人打听前线的消息，都说己方局势不好。

许多个晚上，它都看见她的窗户会一直亮到天明。

在这个夏天最热的那晚，它飞走了。

找人对它而言并不难，即便是在血流成河的战场上，难的是……找到的人已经死了。

它在一堆无人收敛的尸体里发现了小宝。他还睁着眼，表情定格在惊恐与不解之间。

它轻轻落在他身上，天上，小半牙月亮慢慢从乌云后探出头来……

○ 9 ○

火盆里的火燃尽了，直到最后，朱小宝也没有把那只纸鸟投进去。

“你这么做，基本就是找死。”叶逢君面无表情地看着他，“‘复活’一个死去的人，是你这样老迈的妖怪无法承担的。”

朱小宝笑了：“你看出我老啦？”

“你吐的金子越来越少了吧。”叶逢君道，“并且你最近几年吐出来的金子带着红光，那是你血气将尽的预兆。”

朱小宝耸耸肩：“我曾以为妖怪是唯一能逃脱时间的存在，结果也不是啊。”

“朱大娘于你，并无感天动地之大恩德，我不理解你的做法。”叶逢君直言。

“不服辟寒金，哪得君王心。不服避寒钿，哪得君王怜。”他看着手里的纸鸟，“你可曾听过这样的传言？”

叶逢君不语。

“我曾以为只要我不断给人类金子，他们就会开心。那些皇宫里的女人，为了争抢用辟寒金打造的首饰，甚至闹出了人命。可最后，她们还是在绝望里死去了，跟那个覆灭的帝国一样。我也给过别人金子，但结果也是一样。他们忙着去争去抢，根本没有时间去开心。”朱小宝站起来，轻叹一声，“在许多古书里，都说我是给人带来欢乐的吉祥之物，可我自己越发觉得，我不过是个带来争端的妖怪罢了。”他顿了顿，转头看向朱大娘的墓碑，“直到我住进朱家，遇见了她，才发现给不给金子并不要紧。她想要的，不过是朱小宝能坐下来陪她说会儿话，折折纸，在她还能吃能动的时候，带她去想去的地方走走。”

暮色渐沉，几片零星雪花飞旋而下。

在又一次长时间的沉默后，叶逢君忽然道：“谁说金子不要紧，在我这儿挺好使的。”

朱小宝笑了：“只是叶老板要价也确实太高了。”

“物有所值。”叶逢君理直气壮，“不过，也只有你这样的蠢货会拿黄金来买折纸。”

“我不蠢。”朱小宝纠正，“我买回来的东西，远比我付给你的值钱。你没有看到我娘学会折你那款蝴蝶时高兴的样子。一个人真正开心的时候，笑容会发光的。”

他是没看到，不过眼前却浮现出母子二人在阳光或者灯下研究折纸的场面，多平常呀，一丝亮点都没有，但也许，这正是让他觉得他们什么都不缺的根本原因。

能在活着的时候，快乐地活着，比什么都要紧。

叶逢君抬头，雪花渐渐多了。

“蜀地少有落雪，我也是运气好呢。”朱小宝伸出手，接住触手即融的雪花，“叶老板，第一次见到你，我便觉得你不是寻常人。可惜我修行不够，也看不出什么端倪。能告诉我你究竟是何方神圣么？”

叶逢君想了想，说：“我只是个重新开始生活的人。别的，都不重要。”

“这个回答真好。”朱小宝笑笑，“虽然我看不穿你的身份，还被你吊打过，但我一点都不讨厌你。谢谢你。”

“没有人会讨厌我。”他一本正经道。

朱小宝摇头一笑：“最后一件事要拜托你。”他指着自己，“请代我安葬朱小宝。”

他一怔，旋即点点头。

“多给他烧些纸钱吧。”

“嗯。”

“还有元宝。”

“嗯。”

“他未娶亲，要不再烧个好看的姑娘给他？”

“你不要觉得我现在不敢再吊打你。”

◦ 10 ◦

桃夭看着叶逢君捧出来的盒子，一只毛色明黄的小鸟伏在里头的软垫上，与小鸡雏一般大小，半眯着眼睛，呼吸平和缓慢。

“然州幻明山，有飞鸟如雀大，羽明黄，声婉转，能吐金屑，故称漱金，世人皆以此鸟为吉。”桃夭啧啧摇头，“可惜了啊。”

叶逢君眉头一皱：“你不要跟我说你也没法子。”

“我能有什么法子！”桃夭挠了挠漱金鸟的脑袋，“它并没有病，只是太老了。原本它得了机缘修成了妖，活个几千年是没有问题的，谁让它突发奇想，附身死尸，能撑过七年已是走了大运。你还是给它把香蜡纸钱准备好吧。”她抬头，拍拍叶逢君的肩膀，“行了，你也不吃亏。人家把生命中最后的金子都给你了。”

说罢，她对捂着肚子窝在一旁的磨牙道：“走啦！”

磨牙苦着一张脸，嘴唇都白了，怀里的滚滚也张着嘴哈气，舌头都掉出来一半。也是可怜，一盏茶工夫，两个家伙大概去了五六次茅厕。

“解……药……”磨牙朝叶逢君伸出发抖的手，滚滚也学着他的样子，伸出一只爪子。

小和尚跟狐狸的倒霉样子完全没有触动叶逢君，他完全无视他们，只挡住桃夭的去路：“身为桃都鬼医，你不会没有办法的。”

“每个活着的东西都会老，会死。”桃夭抓住自己的辫梢晃来晃去，不屑道，“医术并没有强大到可以阻止任何死亡。”

“好吧。”叶逢君叹了口气，“那你应该可以阻止小和尚跟狐狸的死亡。”

磨牙一听就急了，惨白着一张脸挪到他面前：“叶施主！我也是一条命啊……”

“你头天认识他呀。”桃夭嘻嘻一笑，“一个做死人生意，还拿炼毒当业余爱好的人，完全不能跟他愉快地玩耍啊。只能怪你们自己嘴馋命薄啦。”

“他是你朋友啊……”磨牙的眼泪又要成河了。

“我们可不是朋友。”桃夭跟叶逢君异口同声。

“你们……”磨牙又气又急，“桃夭，要是我被毒死了，有人一定会找你麻烦的吧！”

桃夭眼珠一转，还没来得及说话，一阵疾风如刀刮来，众人眼前有青影闪过，不过眨眼工夫，中间那张扎实稳当的白玉雕花八仙桌毫无预兆地碎成了一地渣子。

磨牙吓得一屁股坐在地上，滚滚蹬着腿往他衣裳里钻，最后扒着他的襟口伸出半个脑袋来东瞅西瞅，两个不同物种的生物完全一个表情。

半空中有男子声音落下：“小和尚还没到该死的时候，要是在我不允许的时候死了，你们知道会有何种后果。”

闻言，叶逢君皱眉：“原来他也在啊……还真是阴魂不散哪。”

桃夭翻了个白眼，冲着空气道：“你这么有本事你去开药方啊！”

“那是你的事。”扔下这句话后，声音消失了。

“你以为就你会发脾气，喊。”桃夭哼了一声，噘着嘴道，“行行，我给你药方。”

叶逢君眼睛一亮。

桃夭戳着他的心口一字一句道：“不过我不保证这方子一定管用，万一它还是老死了，你别怨我。”

“不会。”叶逢君保证。

“你知道我规矩的。”桃夭朝漱金鸟努努嘴，“得它自己同意，我才能出手。”

叶逢君把漱金鸟从盒子里捧出来，小东西在他手心里懒懒地扇了扇翅膀，眼睛稍微睁大了一些。

“我不知道你现在还听不听得懂人话。”桃夭凑近它，“如果你还想活下去，就把你的手，不是，翅膀放到我的左手里，这样就表示你心甘情愿做我的药，以后只要我需要，你就得献出你身上任何我需要的部分。愿意么？”

她把左手伸到它面前：“你可得想好了。这份约定是不可违逆的。”

漱金鸟眨了眨眼睛，转动着脑袋，看看叶逢君，又看看桃夭，伸出了自己的翅膀，轻轻跟桃夭的左手碰了碰。

桃夭撇撇嘴："还是听得懂人话嘛。"

所有人都松了一口气。

"得救了……"磨牙抹了抹额头上的冷汗，顺便帮滚滚抹了抹额头，虽然狐狸并不出汗。

死了就啥都没有了，必须得活着呀！

◦ 11 ◦

"我送送你们呗。"叶逢君站在元宝堂的门口，喜笑颜开地对桃夭道。

"不用。"桃夭嫌弃地跳开一步，"以后能不见就不见吧。"磨牙跟滚滚则站在离他们更远的地方，磨牙一直跟滚滚说以后再不能乱吃东西了，滚滚点头如捣蒜，两个家伙看都不愿意多看叶逢君一眼。

"随便。"叶逢君耸耸肩，"接下来你们去哪儿？"

"不知道，也许是汴京。"桃夭看着磨牙，"反正小和尚要云游，去哪里都可以。"

"桃夭，"叶逢君突然认真地看着她的眼睛，"桃都出什么事了吧？"

桃夭眨眨眼，咧嘴一笑："没有啊，桃都一直风调雨顺六畜兴旺呢。"

"你可不是那种有耐心陪小和尚云游的人。"叶逢君嘴角一扬，"不过，那是你的事，我不问。总之，此去汴京路途遥远，你江湖经验尚浅，自己悠着点。"

"此去瀛洲也遥远，你也悠着点。"桃夭朝他吐了吐舌头，"如果它就是曹家养于辟寒台的那只漱金鸟，那它极可能是世间最后一只漱金了。以后啊，你可是世上唯一拥有漱金鸟的人了。如果它活下来的话。"

叶逢君凑过来，压低声音道："那它还能吐金子么？"

"你如此煞费心思地救这只鸟，只为了它的金子？"桃夭反问。

"不然呢？"叶逢君挠了挠鼻子。

桃夭笑道："有些人大概羞于表达自己对一只鸟的敬佩吧。"

"是吗？谁啊？"叶逢君左看右看。

桃夭"嘁"了一声，转身离开，挥了挥手臂："告辞啦！"

淡红的朝霞里，叶逢君看着她的背影渐渐远去，一张叠好的药方收在他最贴身的地方，上头写着："瀛洲盖罗湖，有龟如石，龟脑明透如琉璃，漱金食之，可延寿百年。"

他对着桃夭的背影笑笑，自言自语道："我们也出发吧。"

漱金鸟从他手里的盒子里探出脑袋来，啾啾叫了两声。

尾

干瘪的哭声，混着漫天的纸钱落下来。

一队披麻戴孝的人护送着一具棺木往城外走，领头的，正是在元宝堂吃了苦头的夫妻。此刻，两人号得比谁都大声，嘴里大声地喊着"娘啊娘啊"。送葬队伍很长，人很多，大概是老太太一生中最热闹的场面了。

桃夭跟磨牙站在街边，目送着他们远去，磨牙捏着念珠，习惯性地替不认识的亡者诵经。

旁边几个路人窃窃私语："那不是成衣店的郑老板么，听说他老娘病死了。啧啧，这场面真大。孝子啊！"

"可我咋听说他老早就让他娘搬出去住了？"

"是么？"

"好像是。唉，管他呢，人家有钱，能给老母亲风光大葬，也是尽了孝道啦。"

桃夭瞟了他们一眼，看着远去的队伍与一地纸钱，嘴角边露出一丝不屑。

再热闹，再孝顺，也跟死去的人无关了。

有些道理，鸟明白，人反而糊涂了。

难怪叶逢君对他们那么不友善，她想着昨天看见的那一幕，摇头一笑。

"别念了，走走走。"她拍了拍磨牙的光头。

"去哪儿呀？"磨牙问。

"现在是你说要云游，当然你说了算。"

"哦……那我们往汴京去吧？听说那里很热闹呢，有善心的施主也一定很多。"

"随便，先往那儿走吧。"

"桃夭，我有点饿……"

"我没钱。"

"你有，你荷包是鼓的。"

"说好你自己去化缘的！！"

冬日难得的阳光里，两个人加一只狐狸，在熙攘的街市中吵闹着走远。

百妖谱
叁·庆忌

楔子

此一生，你未取我性命，我未负你承诺，无憾。

○ 1 ○

王小牛苦恼地看着蹲在面前的两个人与一只……长着兔尾巴的狐狸？！

“你们腿不麻吗？”他忍不住问。

三个家伙齐齐摇头。

褐色的木盆里，水光闪闪，几尾三四寸长的鲫鱼游来游去，吐着泡泡。

滚滚的眼珠忠实追随着鲫鱼的轨迹，摇着土肥圆的尾巴绕着木盆走了无数圈，还时不时停下来，趴到盆边伸出爪子试图捞鱼，但都被磨牙及时阻止。

“出家人不可沾荤腥，你既然跟从了我，也就是一只出家的狐狸了。”磨牙非常认真地告诫滚滚。

“少来！你自己还不是吞了好多次口水了。”桃夭十分见不惯他一本正经胡说八道的样子，飞了他个白眼，“天晓得你心里还幻想过多少种吃这些鱼的方法，清蒸红烧油炸一样不少吧？”

“罪过罪过，我只是想了，但并没有做。”磨牙急急辩解，“只怪我修行浅薄，还脱不了这红尘俗世的诱惑，佛祖也是理解的，他不会怪我。”

“说得你跟佛祖很熟似的。”桃夭“嘁”了一声，扭头看定王小牛，“我说你咋这么倔呢？几条鱼罢了，卖给我们有什么不行，大不了你再去钓呗。我们是外乡人，风尘仆仆走到利州，你就不能代表你的家乡给我们留个好客的好印象？”

王小牛眨了眨小眼睛：“小姐姐，我说过了，这些鱼是专门给苗爷爷钓的哈。我每个月都来这里等他的哈。”

桃夭左右环顾，微风过处，树影婆娑，田地成片，利州山好水好空气好，就是人不算多，从他们遇到王小牛到现在，只有一个樵夫路过。

“太阳都要落山了，你说的那个爷爷还没来，兴许他今天不来了，趁着鱼还活着，你不如卖给我。”桃夭不死心道，“鱼死了就卖不了好价钱啦！”

“可我刚明明听这位小师傅跟你说一点银子都没有了要饿死了……”王小牛认真地看着她。

“小小年纪就跟我谈钱？现在的孩子究竟怎么了？！”桃夭立刻露出鄙视的眼神，旋即把滚滚举到他面前，认真道，“我拿它跟你换好不？论斤两它也比你那几条鱼重呢，你赚啦！”

“桃夭！”磨牙气得跳起来，一把将滚滚抢回来，“不是说好了要当一辈子的家人吗？！你怎么一没钱就想着出卖家人？”

“怪我咯？还不是你嘴不够甜才化不到缘！”

“谁让你半路上跑去跟人赌钱！现在好了，身无分文！”

“都怪你这个死光头跟在我旁边我才会输！”

“把我早上化来的米饼吐出来！”

“中午的野果子是我摘的，你也吐出来！”

王小牛听得头昏脑涨，赶紧一挥手：“你们别吵了！”说罢，从怀里掏出一个油纸包，打开，露出一个飘着甜香的米糕，“你们拿去吃吧。我只有这个了。”

“这怎么好意思呀。”桃夭咧嘴一笑，赶紧接过来，“你刚才说你叫王小牛是吧？”

“是啊。”他点点头，“你叫桃夭，小师傅叫磨牙，狐狸叫滚滚，对吧？”

“记性真好。”桃夭嘿嘿一笑，“顺便跟你打听个地方。”

“哪里呀？”王小牛来了精神，拍心口道，“这附近没有我不知道的地方，我可是在这里出生长大的。”

“镜花泽。”桃夭望了望前方，“应该不远了吧？”

“不远不远，沿着这条小路再往前走个一里路，见到一棵歪脖树往右拐，那就是了。”王小牛转身指着身后那条埋在田间的小路，随即又不解道，“你们去那里干啥呀？听我奶奶说，早几十年前，那里倒是风景明秀，尤其镜花泽，一到三月，水面倒映岸边桃花，镜花水月，美不胜收。春夏之时，镜花泽还有夜市，人来人往，热闹得很。可惜我没机会见。但如今镜花泽水不成水，山不成山，破败得很，现在就是一片烂泥塘了。平日里几乎没有人再去了。其实利州还有好多别的好玩的地方，要不要我讲给你们听？”

“不用啦。我就是要去镜花泽。”桃夭起身，忽然又问，“你每个月都到这里来送鱼？”

“是啊，每月初三我都在这里等着。”

“等那位爷爷？”桃夭朝他们身后不远处的树林里瞟了一眼，若无其事道，“为何对他这么好？”

王小牛认真道：“三年前，我掉进后头那片林子里的一个枯井之中，是苗爷爷把我救出来的。我要他跟我回家，我奶奶做的饭可好吃啦，可他不肯，他说他只爱吃鱼。可惜镜花泽里的鱼都没了，要吃鱼得去很远的河里捉，所以我就跟他说，以后每月初三我都给他送鱼来。我家北面有条河，钓鱼也容易。”

“三年，三十六个月，你一直给他送鱼？”桃夭眨了眨眼睛，“一个月都没断过？”

王小牛摇头：“没有。答应人家的事就不能忘，我奶奶说的。”

桃夭笑着摸了摸他的头：“谢谢你给我的米糕。”

“不客气，你们路上小心，别掉到镜花泽里去，那里只剩淤泥，掉进去可爬不出来哈。”王小牛提醒道。

“知道了。”桃夭咬了一口米糕，欢欢喜喜朝小路走去。

“你给我留一半！不，一大半！滚滚也要吃！”磨牙赶紧抱着滚滚追过去。

“吃光了。一会儿你们自己挖野菜吧。”

“凭什么我们要吃野菜！”

“就凭你们打不过我咯。”

“……”

“杵这儿干啥，快走！大不了一会儿我吃点亏帮你挖。”桃夭舔着嘴，一手摁在磨牙头上，“往前走啊，别回头，我知道你想回头。”

磨牙一愣：“你看见啦？”

“藏在树后的一只老花猫嘛，探头探脑往这边瞅，我又不瞎。”

“不管啊？”磨牙有点担心，“小牛施主是个好孩子，万一……”

“那猫妖没恶意。苗爷爷……喵爷爷才对吧。”桃夭“扑哧”一笑，“我们不走，它是不敢过来的。”

“它认出你啦？”磨牙疑惑道，“这妖怪也是胆大，大白天也敢乱跑。”

“利州山明水秀，镜花泽附近又人丁稀薄，精怪们日子过得舒坦，自然不像别处的同类那么小心翼翼。”桃夭不以为然，“它未必认识我，但我们来自桃都，上了些年资的精怪应该能感应到我们身上异于常人的气息，能避则避吧。”

“哦。”磨牙点点头，“不过咱们不是要去汴京么？”

“一个方向，不耽搁。”桃夭看着前方的远山，“顺便去围观一个倒霉鬼。”

○ 2 ○

天气越发不好，微微飘起了细雨，寒意倍增。

桃夭把手里的石子儿用力扔进面前的泥沼之中，“噗”一声响，石头没入散发着怪味的淤泥里，很快无迹可循。

滚滚倒是高兴得很，沿着泥沼四周跑来跑去，对着偶尔飞过泥沼的鸟龇牙咧嘴，还不自量力地站起来挥着小短爪试图把人家抓下来，而磨牙就跟老妈子一样跟在它屁股后头，生怕这家伙一脑袋扎淤泥里。

也只有滚滚这种没脑子的小狐狸会觉得这里是个好玩的地方。

镜花泽……眼前所见实在辜负了这个名字，一片烂泥塘，岸边除了野草，便只得些参差不齐的桃树桩，毫无生机，一排破烂腐朽的凉棚式建筑摇摇欲坠地站立着，褪了色的彩旗与店招在风里摇晃，勉强证明这里的确有过一段热闹的时光，不远处的山上也是光秃一片，隐见一片房舍，死气沉沉，也是多年不住人的样子。

真是个寂寞到死的地方呢，寒风侵来，桃夭哆嗦了一下。

滚滚依然很兴奋，对飞鸟死心之后改为蹲在岸边拿爪子往淤泥里刨来刨去，仿佛淤泥里头藏着山珍海味。磨牙累得满头大汗，一屁股坐到岸边的大石头上，问桃夭：“这就是你要来的镜花泽？”

“应该是了。”桃夭左右看看，摇头叹气，“这种鬼地方，没病也住出病来了。”

磨牙四下环顾，疑惑道：“你的‘病人’住在这里？！你究竟打算给什么治病啊？”

桃夭站到一块石头上，深吸一口气，叉腰大喊：“庆忌！”

在她喊出第三声“庆忌”时，回音之中突然响起一阵嘚嘚嘚的车马声——

一辆翠绿色的马车，顶着绿色的华盖，被一匹翠绿色的小马拉着，自凉棚的角落里跑出来。

桃夭跟磨牙循声望去，然后不约而同低下了头。

这辆马车实在太小了，不超过一尺，不细看还以为是个会走动的绿盒子，被一只跟小老鼠一般大的小马拉着。

马车颠簸着过来，停在桃夭脚下。

“嘎吱”一声，车门打开，一个三寸多不到四寸的小人儿跳出来，绿冠绿袍绿鞋，连皮肤都是绿的。它抬头，松了一口气，说：“你总算来了，桃夭大人。”

桃夭目瞪口呆地看着它，两秒钟后，她突然爆发出震天响的笑声，要不是嫌弃地上太脏，她肯定会躺上去滚个十几遍才能止住这发自灵魂的狂笑。

“你……你怎么这么绿啊哈哈哈！你青蛙精附体吗哈哈哈！”桃夭指着小人儿笑得上气不接下气，“你不是黄色的吗？你变色你家里人答应吗哈哈哈！”

完全不能理解她笑点所在的磨牙尴尬地站在他二人中间，捻着佛珠连喊阿弥陀佛，如果这小绿人儿就是她此行的“病人”，她如此丧心病狂地嘲笑人家，真是作孽。不过话说回来,不“作孽”就不是鬼医桃夭了。她之所以被称“鬼医”,并非她跟“鬼”有何关系，而是她心性喜怒无常，行事神出鬼没，哪怕是跟她一起生活了这么多年的磨牙，都不敢说自己有多了解她，她似乎不是一个“定性”的人，前一秒对你笑，后一秒便要你的命，今天同你是仇人，明天说不定就拉你去吃火锅，就连吃饭的口味都是变化不断，今年喜甜，明年爱咸，总之，你以为你跟她很熟，但你始终抓不住她，认识再多年也没用。

小绿人咳嗽几声，无奈道：“我中毒了。本以为不是大事，谁知毒素日积月累，加速了我的衰老。等我变成深绿色，我就老死了。”

桃夭止住笑，揉着笑疼的肚子问：“据我所知，你们庆忌只要晒足日光月华就能存活，不需进食也不需饮水，就这样你还中毒？”她又用力吸了几口空气，说，“虽然这烂泥塘有点臭，但也不至于有毒气。你怎么过的日子？”

小绿人担忧地看了看眼前的泥塘，做了个请她蹲下来的姿势。

“干啥？”她蹲下来，“想跟我说悄悄话？”

“那里有坏东西……”小绿人指了指泥塘，踮起脚小声道，“原本我不住岸上，即便镜花泽干枯成泥，我也没有搬家的念头。可谁知两年前，来了一个自称秋王爷的家伙，非说镜花泽是他的地盘，把住在这里的精怪们都赶走了。你也知栖身于此的都是些小妖，胆小的一早便逃了，胆大的也不是那秋王爷的对手，跟他对抗的结果，不是重伤就是死。”小绿人叹气，伸出右胳膊，上头隐隐可见一排淡黑色的齿痕，“我被他咬伤，幸而跑得快，才捡回一条命。无奈之下，只得在岸边的旧凉棚中找一处角落，挖个洞住下来。身上的伤口虽然愈合，但痒痛仍在，且身体也一天天老下去。半年前，我总算遇到一只路过的好心兔精，把蚌精送我的宝珠交给它，请它帮我去元宝堂买了符纸。从我烧纸给你到现在，足足等了半年，桃夭大人你总算来了。”

磨牙听得直摇头，说：“众生平等，都是妖怪怎能如此霸道！那秋王爷后来还欺负你了么？”

“他彻底霸占镜花泽后，倒也不管岸上的事了。除了捕食就是睡觉。”小绿人皱眉道，“而且他只喜欢吃肉，常有路过的小兽被他卷了去。”说罢，它眼神一亮，抬手指着前面，“咦，看！就是那样！”

磨牙跟桃夭同时回头，磨牙的脸顿时比小绿人还绿——

滚滚不知几时扎进了淤泥里，只剩下后腿在外面用力蹬着。

磨牙大叫着冲过去，却被桃夭拽住后衣领：“你也只是块肉而已。”

“放手放手！再不去救它它就被吃掉了！”磨牙急得眼泪横飞，这小秃驴啥本事没有，就是哭功过人，收放自如……

“谁让它傻兮兮地乱跑，吃点亏是应该的。”桃夭幸灾乐祸。

“你没人性！”

“你第二次骂我没人性了，等到第三次我就弄死你。”

磨牙又急又气，情急之下一把扯开僧袍，从桃夭手下脱身而出，朝烂泥塘奔去，看样子是要不顾一切跳下去。

“可不能跳啊！”小绿人大喊，旋即又跳到桃夭脚背上用力踩，“你快阻止这小和尚，镜花泽深不可测，他掉下去可就没有活路了！”

“溺死了正好。”桃夭干脆坐到石头上，耸耸肩，“反正是个没用的小秃驴，养着他又费钱又费神。”

小绿人错愕：“我以为能跟从在桃夭大人身边的，一定是对你而言顶重要的人。”

桃夭撇撇嘴，不作声。

眼见那头的滚滚连后腿都看不见了，磨牙大喊着滚滚的名字，飞身跃起，往一片淤泥里砸下去。

呼一阵怪风，差一点就挨到泥巴的磨牙居然停在了空中，被一股无形之力卷住腰身，一把甩回来，安全落到桃夭面前。

紧跟着，空中隐现一道青影，闪电般钻入泥塘之下，很快，淤泥像烧开的水一样冒出密密麻麻的气泡，异常的震动从地下荡出，小绿人站立不稳，从桃夭脚背上摔了下来，惶恐不已。

突然，“轰”一声响，淤泥高溅，一条巨大的青蛇，睁着一对深红的眼睛，身上的细鳞寒光刺眼，自泥底飞升而出，口中似衔着什么东西。

小绿人吓得赶紧躲到石头后。

泥雨落地，青蛇也飞到了桃夭头顶，蛇口一张，两个泥团子滚下来。

泥团之一睁开灰色的眼睛，吐着舌头，四脚朝天，哼哼唧唧。泥团之二却跟死了一样趴在那里，一动不动。

“滚滚！”磨牙惊喜地扑过去，一把抱起满身泥的蠢狐狸，“你活着？你还活着？”滚滚眨了眨眼，似受了莫大的惊吓与委屈，赶紧往他怀里钻，生生把他也变成了半个泥人。

小绿人张大了嘴，指着那条青蛇：“你……你……”

青蛇落地，旋风乍起，再看，地上只站了个年纪轻轻的青袍公子，肤如白瓷，眉目若画，黑发似缎垂于腰间，纵然满面怒容，也是赏心悦目。

“呀，你出来啦？好难得。”桃夭冲他嘻嘻一笑。

青袍公子紧抿着嘴唇，似是憋住了天大的怒气。

“我没请你出手，这次是你自愿，不算在你我的约定之中哟。”桃夭笑容不减。

半晌，公子抛出两个字：“小人！”

“谁看到我都知道我不是大人呀。”她冲他吐舌头。

公子攥了攥拳头，说：“若非多年邻居的情分，我老早吞你下肚！”说罢，他又瞟了磨牙一眼，警告道：“小和尚，你下次再如此鲁莽，我便让你尝尝什么叫生不如死！”

桃夭赶紧补充：“他意思是让你吃他做的饭。”

公子冷哼一声：“知道我的厉害就好。”

磨牙听了，松了口气，嘀咕：“还以为是要我听他作诗……那才是生不如死……”

“你说什么？”公子质问。

“没没，什么都没说。”磨牙赶紧摇头，并忙不迭致谢，“多谢柳公子救命之恩。”

公子又冷哼一声，旋即垂头看着自己的袍子，面色痛苦至极：“好多泥！怎的这么多泥！”话音未落，他转身化风，狂奔而去。

“他他……他是……”小绿人目瞪口呆。

“柳公子是我们的老邻居。”磨牙顺口道，“我此番出来云游，柳公子也是形影不离。”

小绿人合上嘴，心有余悸："他是……蛇妖？"

"一只立志当诗人的蛇妖，与李杜齐名是他最大的理想。"桃夭狡黠一笑。

"那他那么匆忙是去……"

"洗澡。他容不得身上有一丁点污秽之物，以前磨牙年幼时，不小心尿到他脚上，他狂奔到河里洗了三天澡。"桃夭撇撇嘴，看着地上那个泥团，"别说他了，先把这厮料理了是正经。"

她走到泥团面前，伸脚踢了踢："喂，这么容易就死啦？"

泥团里睁开一双花生米一般大的眼睛，一条近一尺长的大泥鳅从泥堆里露出来，无力地拍着尾巴。

"这就是你说的秋王爷？"桃夭指着泥鳅问小绿人。

"是的！"小绿人还是有些惧怕，躲在桃夭脚后头说，"只是他从前可比现在大多了，还有牙！"

"修炼不多久的泥鳅精罢了，已被柳公子废了修为。话说精不如妖，你天生为妖，居然被一只泥鳅精欺负到无家可归性命不保……真是活着都没用呢。"桃夭不客气道。

小绿人涨红了脸，小声分辩："我不擅长争斗与殴打，何况我也不是狗，怎能随便咬人。"

"你明明可以去更好的地方安居。"桃夭不解，指着四周，"这镜花泽空剩一个好名字，你看那山上，伐木过度已成秃瓢，再看你脚下，泽不成泽只剩烂泥，又没人拴着你，你非要留在这里被泥鳅欺负，怪谁？"

小绿人沉默片刻，说："我等人。"

◦ 3 ◦

这一年的桃花开得特别久，风一吹便是一场纷纷扬扬的花瓣雨。

马车停在路边，十三四岁的姑娘穿着粗布衣裙，红着眼睛，跟眼前那年纪相若的少年依依惜别。

"多穿衣裳，北方冷。"少年递给她一个布包，"我娘做的棉袄，厚实得很，你拿着。"

姑娘也不推脱，接过布包抱在怀里，杏核似的眼睛紧紧盯着他的脸："我爹说，这一去怕是不会再回利州了，二叔在那边开了铺子，生意挺好，要我们一家也跟去享福。"

他笑笑："好事。"

"二叔还在信里说,在那边替我寻了一门好亲事。"她低下头,把布包抱得更紧了。

少年微怔，但很快又笑道："好事。"

姑娘咬了咬嘴唇："那……我走了。你保重。"

"你也是。"他看着她红扑扑的脸，轻轻拍掉沾在她肩头的花瓣，"好好过日子。"

姑娘默默转身，走了没两步又突然折回来，直视着他的眼睛："任何时候，只要你跟我讲一声，千山万水我都回来。"不等他说话，她扭头就跑，跳进了马车。

车轮转动，尘土如烟，她从帘后伸出一只手，用力挥动着，一只雕花木镯在雪白的腕子上摇晃不止。

马车越来越远，等到完全看不见时，少年抹了抹眼睛，转身离开。

她去的地方是皇都，富庶繁华，人之向往，她又长得这般可爱，定能寻得如意郎君，子孙满堂，白首偕老。

他觉得头有些疼，好多东西在脑子里发胀碰撞，心里也压得发慌。

天色渐晚，沿着那条熟得不能再熟的小路前行，小贩们挑着担子说说笑笑地往回走。虽然并非节日，去镜花泽摆摊叫卖的人依然不少，谁让那里景色宜人，不但是踏青赏花的好地方，还能买到各式有趣的小物件。

他走到镜花泽时，天已黑尽了，弯月如钩，被岸边的桃花簇拥着倒映于水面，青草与泥土的味道淡淡地氤在空气里，风过水摇，微声如歌。这样的夜晚，很适合有心事的人。

人都走光了，最后离开的是在凉棚底下摆摊卖首饰的大叔，临走时，大叔还跟他打了个招呼。以前他常跟她来镜花泽玩，与常来这里摆摊的人都混了个脸熟，去年中秋他在大叔那儿买了一支雕花木镯送给她，很便宜的东西，她一直戴着。

"今天咋一个人来了呀？小姑娘呢？"大叔从他身边走过时问道。

他笑笑："她不住这里了。"

"搬家啦？"大叔又问。

他点头："嗯。搬到特别远的地方去了。"

"哦。那你以后也要常来啊，带别的小姑娘来照顾我生意，哈哈。"

寒暄几句后，大叔的身影渐渐消失在夜色中。

真安静，他看着眼前这光线旖旎的水面。镜花泽果然名不虚传，镜花水月，惹人遐思，只怕整个利州最美的地方就在这里了吧。不知千里之外的那座城池，是不是有一样美的景色？

咕嘟咕嘟，离他最近的水面上突然冒出一串气泡。

一辆小小的明黄色马车浮出水面，被一匹同样颜色的小马拉着，平平稳稳地浮在水上。车门打开，一个面如冠玉、身着黄袍、身高不足四寸的小公子钻了出来，爬到马车前坐下，横抱着手臂看他，问：“为何不留下小玉？她这一走，你再想见她就难了。”

对于小公子的出现他一点都不惊讶，反有些气恼：“你跟踪我？”

小公子耸耸肩：“你说小玉今天走，我好奇，所以跟着你去看看。”

他皱眉：“你藏在哪里？为何我全无觉察？”

“我是妖怪，想隐藏行踪还不容易？”小公子白他一眼，“我问你话呢，为何不留下她？”

他沉默许久，说：“何必呢。”

“啥意思？”小公子不解。

“留下与远行，后者更容易让她幸福。”他笑笑。

“你是觉得你没钱？”小公子作思考状，“好像确实没钱……”

他笑出声，若不是隔得有些远，他忍不住要去敲这小家伙的脑袋。

“不是钱。”他出神地望着在水中摇摆的月色，“她最想要的东西，我给不了。”

“不是钱？”小公子挠头，“那一定是嫌你长得难看？”

“我哪里难看了！”他翻了个白眼，无奈道，“反正你这妖怪是不会明白的，所以别问了。”

小公子想了想，说：“万一有天你后悔了咋办？”

后悔……他耳畔忽然响起她的声音——只要你跟我讲一声，千山万水我都回来。

“小玉说，任何时候，只要我跟她说一声，她千山万水都回来。”月色在他眼中荡漾，把淡淡的失落都摇了出来。

闻言，小公子顿时来了精神，一下子站起来，拍着心口道：“找我啊找我啊！如果有一天你想她回来了，跟我说，路途再远我都能在一天之内把你的信儿带给她。”

“我知道你等这天很久了。你是妖怪庆忌嘛，最擅长日行千里，通风报信。”他看着小公子，微笑，“再次多谢你，如果有一天我想念她了，会拜托你帮我传信的。”

“这次说定了哟！”小公子认真道，“我等你。”

“好。”他点头。

没记错的话，他跟这个叫做“庆忌”的妖怪已经认识两年了。准确说，是他把这妖怪真真实实地带进这世界的。

父亲说过镜花泽是灵气之地，青山依傍，绿水如镜，最易滋生精怪之地，且《管子·水地》篇亦有云——“谷之不徙，水之不竭者，生庆忌。”这天生驾着车马的小妖，可说是山水孕育之灵物，打他记事之时起，就不止一次在家中见过庆忌的身影。父亲每隔几年，就会从外头带回一只庆忌，养在家中的大水缸里。他说庆忌这种妖怪通常藏身于水泽之中，但须得靠人类叫出它的名字，方能自虚无化为实体。只不过随着时光推移，焚林而田、竭泽而渔的事越发频繁，加上战火四起，这世间的好山好水越来越少，庆忌的数量也越发稀少了。

父亲为何知道这么多？因为，他是一个巫医。喜欢他的人喊他活神仙，不喜欢的人喊他神棍。他家祖祖辈辈以此为业，精怪之事自然耳熟能详。只怪他生来体弱，学不了半点跟家业有关的本事，顶多帮父亲去卖些香烛纸钱。三年前父亲病逝，资质平庸的姐姐也没能继承衣钵，一家人只能靠母亲替人做衣裳度日，到了他们这一辈，祖业终是断了。

记得那天是父亲的忌日，拜祭完父亲之后，他心中愁闷，独自去了镜花泽散心。那时已近深夜，四下无人，他望着满目碧水，不知怎的动了心念，对着镜花泽大喊了三声“庆忌”，本是无心之举，却不料真的引出了这只妖怪。

看到水面上的小人小车小马时，他并未觉得害怕，毕竟早就见过这小东西，知道他们性情温良，于人无害，但惊奇是有的，原来庆忌真的是靠这种方式出现的。

“你喊我呀？”一身黄袍的小公子从马车里钻出来，跳到前头的小黄马上，仰头看他。

他一时间忘记该怎么说话，只用力点头。

“哦。谢谢啦。”小公子高兴地甩甩手又动动腿，“我在镜花泽下飘了好些时候，总是没法子到水面上来，还担心永远都没人来喊我名字呢。”

他拍了拍自己的脸，总算从失神状恢复过来，问：“你就是传说中的，生于水泽之中的妖怪……庆忌？”

“是咧。”小公子点头。

“那……为何我从前也在镜花泽喊过你的名字但你没有出现呢？”他确实不是第一次喊这名字，当年父亲也常去镜花泽，去时都喊过庆忌的名字，有几回他跟在父亲身后，也好奇地喊过，但从未得任何回应。父亲说，或许还差些机缘。只是彼时年幼，他并不太懂什么叫机缘。

“因为我两年前才出生呀。”庆忌认真道，“好山好水总得持续多年，方有灵气集聚，积到足够的量，才会有我出世，然后我就像一条没有实体的鱼，在镜花泽下游来游去，没人喊我名字的话，我就得一直这样游下去，若有朝一日此处山水有变，灵气受损，没有实体支撑的我也会随之消失。所以呀，你是来得刚刚好，没有太早也没有太晚。”

他恍然大悟，没有太早也没有太晚……大概，这就是父亲说过的“机缘”。

“那你现在有实体了，可以离开这里到处去玩了吧？”他瞅着这个面容和善的小家伙，原来每只庆忌都长得一个模样，他想起父亲曾经带回来的别的庆忌，也是驾着小马车，乖巧得像个玩偶。

“是你喊了我的名字，所以，我一定要替你送一次信才会离开。”庆忌认真道，“日行千里，往返瞬间，是我天生的本事。”

他愣了愣，说：“可我没有千里之外需要送信的朋友呀。”

“也许以后会有呢？没事，我等你呗。”

它说到做到，两年来哪里都没去。

他没有告诉任何人庆忌的存在，包括小玉。夜深人静时，他偶尔会偷跑出来，往镜花泽去看看它。其实是怕它闷，想陪它说说话。可它每次都说一点都不闷，镜花泽下头有好些特别话多的鱼精螃蟹精，光是听它们谈天说地讲笑话就足够打发时间了。

去年的七夕节，他领着小玉去镜花泽的花灯会上玩，遇上放焰火，五颜六色的烟花在夜空里绽放出绮丽的图案，引得无数男女驻足观赏，欢声笑语不断。身在热闹之中的他，无意中回了一下头，不远处的水面上，从不在人前露面的庆忌，顶着一片荷叶作掩护，骑在它的小马上，仰头看着漫天烟花，脸上是特别满足的笑容。

岸边与水面，热闹跟寂寞也只差一步罢了。

第二天晚上，他又去劝它离开，既有日行千里的本事，就更不该委屈自己栖身于小小的镜花泽。可这妖怪也是固执，非说自己许给他的承诺，不兑现是不行的。

他觉得，自己不会有需要庆忌的那一天，因为他在意的人都在身边。关于未来他想过很多，唯独没有想到的，是小玉一家的离开。

但她是应该走的。他在镜花泽边坐了一夜，也咳嗽了一夜。

天将亮时，他跟庆忌道别，说娘亲给自己找了个师父，学习木工，以后怕是不能像从前那样常来看它了。庆忌表示理解，说不需要来看它，它等的只是他的拜托，为他奔赴千里，传信小玉。

他慎重地给它鞠了个躬，慎重地说了一次谢谢。

然后，如往常一样，它又一次沉入水中，岸上，他的背影越来越远，渐渐隐在如烟的晨雾里。

一个月过去，他没来镜花泽。

三个月过去，他没来镜花泽。

一年过去，他没来镜花泽。

直到两年都没再见过他，庆忌才觉得他一定是遇到了严厉的师父，不给他留一丁点空闲时间。

它总共离开过三次镜花泽。一次是偷跟在他身后去了他居住的村子，他家的窗户上贴着好看的红色窗花；第二次是悄悄围观他跟小玉的道别，看着他红着眼睛离开；第三次就是这回，它趁夜又去了他的家。

他家大门挂着铜锁，它从破掉的窗户溜进去，屋子里空空如也，没有人，也没有人居住的迹象，仅剩的几张桌椅柜子上落满灰尘。

他搬走了?

它没有变身的能力，无法扮作人类去询问他家的邻居，它在屋子里见到几只老鼠，可它又听不懂鼠语，几番比画之下，它大概猜出老鼠们的意思是住在这里的人已经搬走了。

它闷闷回到了镜花泽。想来想去，也许是他的木工活学得好，师父把他带到城里去了？毕竟那里比这乡野之地要繁华得多，他不是还有娘亲跟姐姐么，身为家中唯一的男丁，有义务让她们过得好一些。

嗯，一定是这样的。想到这些它便不再生气了，反正他肯定不会忘记自己，也不可能忘掉小玉，他总有一天会回来请自己帮忙的。

那就等着吧，就在这镜花泽等着。

○ 4 ○

桃夭撑着下巴，打了个呵欠，问："你就这么干等着他回来啊？"

"怎么能叫干等呢？以前的镜花泽里是有水的。"庆忌认真道，然后遗憾地指着那片秃山上的房舍，"多年前有人在那里盖起一座染坊，污水四溢，许多长了多年的树木也被人砍走，不知是伤到了这山水的哪里，此后的镜花泽也慢慢枯竭，成了一片烂泥塘。"

磨牙连声叹息："阿弥陀佛，糟蹋了糟蹋了。"

"你等了他多久？"桃夭忽然问。

庆忌想了想：“几十年了吧……”

“从未动过离开的心思？”

“我走，他回来便找不到我了。”庆忌挠了挠头，“万一他后悔了，没人给他送信就太糟糕了。”说着它跪下来，特别严肃地给桃夭磕了一个头：“所以我不能死，桃夭大人，你救救我。”

磨牙赶紧把它拎起来：“你放心，她一定会救你的。解毒只不过小菜一碟。”

“小菜？”桃夭拧了拧他的耳朵，“那你去做小菜呗！你说你除了话多还有啥用处？”

“我会念经！”磨牙一手牵起念珠，一手抚摸着怀里的滚滚，“我还会照顾狐狸。”

“一个废物照顾另一个废物有什么值得夸耀的吗？”桃夭不客气地戳了戳他的光头，旋即看着地上那半死不活的泥鳅精道，“这种货色的毒，倒是不难解，我瞧你的模样也没到会送命的地步。替你医治也可以，不过我的规矩还是得守的，我替你治好了身子，你就是我的‘药’，将来我需要你时，哪怕要割你的肉你也不能皱眉头，契约结成，不可反悔。”

“行！”它毫不犹豫地点头，“不过，如果你要割我的肉，能不能等我替他送完信之后？我怕我万一疼死了，就没法兑现承诺了。”

桃夭“扑哧”一声笑出来，看着这个绿绿的小东西：“我也算见过无数精怪妖物的人了，但脑子像你这么简单愚蠢的妖怪，真不多。”她顿了顿，收起笑容，扭头看着这片已经被毁掉的镜花泽：“你有没有想过，他可能永远不回来了。”

庆忌一怔，沉默良久，说：“万一他回来了又找不到我呢。”

说了半天，又回到原点，这只小妖怪啊，脑子里装的大概都是泥巴。

桃夭都不忍心骂它了。

“手伸过来。”她自己也伸出手去，“盖个章。”

大小两只手，一白一绿，在小和尚跟小狐狸的围观下，拍到了一起。

○ 5 ○

翌日，年轻的红衣小姑娘，领着一个小和尚，出现在离镜花泽数里之外的王家村里。

正在井边打水的王小牛老远就认出了他们。

“桃夭姐姐？”王小牛吃惊不小，“你们死心吧，鱼已经给苗爷爷拿走了！话说你们咋知道我住这里？”

“鱼的事你就别担心了。我们还是决定吃素。”桃夭吃吃一笑，“我们也不知你住在这里，今天来也不是找你的。”

王小牛这才放下心来，问：“你们不是外乡人么？咱村子里有你们认识的人？”

桃夭看着前方的某间屋舍，说：“我来看看王大仙的旧居。”

“王大仙？”王小牛不解道，“我从没听说过村子里有这号人物呢。”

桃夭戳了一下他的脑袋：“你这般年纪，自然是不知道的。你家大人一定知道。”

王小牛挠了挠头：“那我带你们去问问我奶奶。她是村子里年纪最大的人啦，她一定知道。”

热情的王小牛将他们领到自家屋里，头发银白的老太太正在纳鞋底，难得一把年纪还耳聪目明。

“你们说王大仙？”知道他们来意之后，老太太打开了话匣子，“他可不得了哟，会法术，会治病，听说还能降伏妖怪。咱们村子当年好多人都受过他家的恩惠。按说这样的好人，应有好命的，可惜年纪轻轻就没了，剩下孤儿寡妇艰难度日，更可惜的是，他儿子才十四岁就没了。”

“没了？”桃夭一愣。

老太太叹气：“生了病，没治好，那年冬天就走了。之后他娘亲带着他姐姐离开了王家村，再没回来。这丧夫丧子的伤心地，走了也好。”

磨牙看了看桃夭，没说话，默默地捻起了念珠。

桃夭想了想，问：“听说，他家儿子曾跟一个叫小玉的姑娘青梅竹马？”

“小玉？”老太太连连点头，“是有这么个姑娘，当时我们村里最好看的一个。不过在他病逝前一年，小玉便举家迁往北方。一转眼都五十年啦。前几年，听外出做生意的人回来讲，小玉嫁了一个大官，生了三个孩子，日子过得很风光。”老太太摇摇头，说：“各有各的命呢。”

桃夭笑笑，说：“我算是他家远房的亲戚，此次经过利州，顺便来看看。他们家一直空着？”

“空着。咱们村子里的人一年比一年少，年轻人都喜欢去城里谋生，没有人愿意留在这乡下地方啦。”老太太嗤啦嗤啦地拉着鞋底上的麻线，“王大嫂离开前，把屋子托给我照顾，还有他家儿子念的一些书，说太重就不带走了，烧了又可惜，也留给我了，那会儿我刚生了我家老大，心想我虽不识字，留给他将来看看也好。哪知我家没有读书的命，四个儿子没一个喜欢念书的，大字都不识几个。哪像她家的孩子，三岁就能识字背诗，啧啧。你既是他家远亲，不如把这些书带走吧，留在我这儿也没用处。”

他留下的书？

在王小牛家的角落里，桃夭在老太太的指挥下，从一堆杂物下拖出一只两尺见方的旧木箱。

打开，一摞五花八门的书籍凌乱地散在里头，幸而老太太还算细心，往里放了几块樟木，书本虽然黄旧，但保存得还算完整。

她逐一翻阅着，无非是一些闲书。但是，夹在其中的一本手札引起了她的注意。

里头是他的笔迹吧，每个字都写得工工整整，记录的都是些日常的生活，还附着日期。

她坐下来，一页一页地翻——

“十月初七——阿爹又带回了一只庆忌，我记得这是来我家的第八只庆忌了。阿爹说如今战火纷乱，山穷水恶，能生出这妖怪的地方是越来越少了。它又被养在了水缸里，跟以前的庆忌一样，它把阿爹视为朋友，对我也友善。可是，它越对我好，我心里就越不舒服。”

“十一月初二——阿爹让庆忌去替人送信了。阿爹高兴地说，这次是替一位大官给千里之外的儿子送信，急事，所以大官给的银两也多，今年是不会饿肚子了。晚上，庆忌回来了，驾着它的小马车。跟以前一样，它跟阿爹说：信已到。然后，它就死了。阿爹把它埋到了后院，跟它的同伴们在一起。阿爹说，庆忌善驰，正常奔走倒是无妨，可一旦动了妖力，使出那一日之内往返千里的本事，就没法活下来了。他还说，若这种妖怪数量能多一些就好了，毕竟世上许多人有这样的需求，靠正常手段送信到远方，若是人命关天的大事，只怕信送到之后，人也没了。可是，我一看到那空荡荡的水缸，心里还是不舒服。阿爹为人送信是为银子，庆忌送信，却仅仅是因为它觉得应该要帮阿爹。我问阿爹，庆忌知道自己会因此而死吗？阿爹说这种妖怪有些蠢，所以应该是不知道的，不然求生的本能会让它们拒绝人类的请求吧。”

“六月初八——镜花泽里真的有一只庆忌！可惜阿爹看不到了，不过我也不希望他看到。”

“三月二十三——小玉走了。我的病好像越来越重了。娘说，她怀着我时，阿爹曾被人寻仇，那人会法术，给她下了咒，说她腹中胎儿活不过十四岁。其实我并不太信，但我身子一直不好是事实。小玉喜欢我我知道，但万一我真的死了怎么办。我连一个跟她白首偕老的承诺都不敢做。还是让她走吧，等我能平安活过十四岁，再去找她。这些事，我谁都没说，包括庆忌。也是今天，我跟它告别了。最近咳嗽得越来越厉害。”

“十二月二十——好久没去镜花泽了。吃的药都吐了，可能我真的快死了。昨晚我梦见小玉了，她长高了，更好看了。真想叫她回来呀，跟她说说话。要是今天还能梦见她就好了。庆忌说它一直等着我，要替我送信喊小玉回来……我看还是算了吧，它也是条命呢。”

风平浪静的记录，到此为止。

桃夭合上手札，对老太太道：“能把这本手札给我带走么？”

○ 6 ○

笔直的大路上，一个老汉赶着牛车前行。

牛车上，磨牙抱着一个馒头吭哧吭哧地啃，滚滚嘴角挂着馒头渣，心满意足地躺在干草堆上睡得口水横流。

桃夭瞪着磨牙，死死抱着怀里装着馒头的纸包，骂道：“你是猪啊？都吃四个了！告诉你，你的午饭已经包括了晚饭，晚上的份额没有了！”

“你自己吃了五个！”磨牙不卑不亢地回敬一句。

桃夭望天：“你数错了。”

“桃夭，”磨牙突然问，“咱们这就走了呀？”

“不然呢？留下来去那片烂泥里打个滚再走？”

“你不安慰一下庆忌么？挺可怜的。”磨牙放下馒头，“一个人在那个地方孤单地待了五十年，就为了守着一个承诺。如今，一直等待的那个人却永远都不可能再来了。”

“杀妖怪我在行，救妖怪我也在行，但安慰妖怪……你什么时候见我干过这种无聊事？”桃夭不屑地睨了他一眼。

“可是……”磨牙想了半天也没能憋出反驳她的话，只好气鼓鼓地把馒头塞回嘴里。

牛车嘚嘚地往前走着，耳背的老汉大声唱起了当地的山歌。

今天有太阳，最冷的时候怕是已经过去了吧。

桃夭看着远去的山水与田地，说：“人们都以为妖怪无所不能，对它们又怕又恨，可他们不知道，妖怪里也有许多跟庆忌差不多的家伙，它们微不足道，可能连一只嚣张的泥鳅精都打不过，它们甚至弱小到一生只能做一件事，但即便如此，它们还是愿意守着承诺，不肯敷衍，从生到死，对这个世界都毫无敌意。”

磨牙吸了吸鼻子，有点想哭地嚼着馒头。

见他这般模样，她笑笑：“所以这种小妖怪是最蠢的，也是最容易丢掉性命的。这就好比磨牙你在人类中的处境一样，若不是我救了你，照顾你保护你，你都不知被人吃掉多少回了！”

淡淡的悲伤突然被奇怪的话打断了好吗？！磨牙瞪着她：“我掉进泥塘的时候，你不是说我溺死了才好吗？”

桃夭吐了吐舌头：“反正柳公子会救你啊。我随便说着玩儿的，别这么记仇嘛。”

磨牙重重哼了一声，又道：“那你说，庆忌知道自己只要动了瞬间往返千里的妖力就会死去这件事吗？”

她躺到干草上，双手垫在脑后：“就算知道，它们也会遵守自己的承诺，愿意为第一次喊出它们名字的人奔赴千里，灯枯油尽。大概在这些蠢妖怪的心里，不负承诺才是活着的全部意义。”

磨牙吞下最后一口馒头，若有所思道：“那王小牛也是个蠢孩子，每个月都给那老猫送鱼吃。”

桃夭一笑：“是啊，这孩子也蠢得很。不过，好像也没什么不好的。”

“啊，我们这样在背后说人是非很不好吧？好歹我们的馒头是王小牛给的呢。”

“他又听不到。”

“可佛祖会听到啊。”

“佛祖也只会听到你说王小牛是个蠢孩子，我不信佛，佛祖听不见我。”

“胡说八道！”

“小师傅，你造口业了！”

“阿弥陀佛……”

尾

这本手札太大了，庆忌趴在上头，看了好多天才看完。

原来，他真的不会再回来了。

它呆坐在手札的最后一页上，抹了抹眼睛。

手札的最后一页上，有一段不属于他的笔迹，歪歪扭扭，难看之极——

“你的身体如今归属于我，在得到我允许之前，不可再乱许承诺为人送信。这人间比一个镜花泽大了太多，去看看也并不吃亏。”

那就……去看看吧？！

它起身，走到已经毫无姿色的镜花泽前，几个泥泡冒出来，一条大泥鳅傻头傻脑地钻出来又钻回去。

她说，泥鳅精罪不至死，被废了修行也就是条普通的泥鳅，就把这烂泥塘给它吧。

都说桃都的桃夭大人性情狠绝，杀妖如麻……难道是传言有误？

它挠了挠头，跳上马车。

月光之下，一辆黄色的小马车奔出镜花泽，在夜色的掩护下，往从未去过的远方飞驰而去，了无牵挂，一身轻松。

此一生，你未取我性命，我未负你承诺，无憾。

百妖谱

肆·蜉蝣

楔子

朝生，暮死。

众生皆如此，可否不辜负。

○ 1 ○

市集一角，灰墙在后，绿树成荫，春日的光线与稀疏的柳絮儿相亲相爱地洒得到处都是。

“买定离手！押多赢多！！”

“快开快开！！”

“开！一二二小！”

“我去！连开五把小你逗我玩儿哪！”

小小赌档前，桃夭恼羞成怒地跳着脚骂，磨牙紧紧抱着滚滚，如丧考妣地站在她旁边。

“嘿嘿，小姑娘，手气这事儿不就这样嘛。”赌档老板笑呵呵地把桌上的钱没收干净，两颗金门牙闪闪发光，“有赌未为输，再试试？”

桃夭低头捏了捏已经一干二净的钱袋，突然指着磨牙：“老板你收和尚吗？”

磨牙脸色大变，转身便逃，被她一把拽住后衣领："吃素的很好养的！"

老板满脸大写的尴尬："我又不念经，要和尚干啥……"

桃夭又指着滚滚："那老板你收狐狸吗？也是吃素的，好养！"

老板张大了嘴，半晌才道："小姑娘，没钱就回家吧。我虽开赌档，但可不干收售活物的勾当。"

众人窃笑，桃夭瘪着嘴，正打算灰溜溜地挤出去，有人却将一串钱扔到桌上："再开，押小，算我替这个姑娘下的注。"

桃夭扭头一看，却是个年纪跟自己一般大的小子，嘴里不羁地叼着一根野草，看起来像个男的，可说话又细声细气像个姑娘。

"啧啧，小七姑娘，你这是路见不平掏钱相助么？"老板嘿嘿一笑，"有这闲情出来玩，你该做的工夫都做完了？"

对方白他一眼："少废话，快点！"

原来是个长得性别不明的姑娘……桃夭打量她一番，指着自己问："你认识我？"

被称作小七的姑娘"呸"一声把野草吐出来，摇摇头："不认识啊。"

"那你干吗给我钱！"桃夭觉得这个长得不像姑娘的姑娘真是利亭镇最美的人了。

小七盯着骰盅道："不白给。这把若是赢了，本钱我拿走，剩下的一人一半。若是输了，你也不必还钱给我，替我做三天事儿就行。"

这假小子一点都不美了！桃夭眼珠一转："杀人放火拦路抢劫？"

小七从上到下把她打量一番："你受过什么伤害吗？"

桃夭眨眨眼表示不明白。

小七耷拉着眼皮道："你当我们利亭镇是强盗窝子么，谁会让你干那些事！看你人模人样的，怎的满脑子都是暗黑思想。"

桃夭也不生气，这丫头怪有意思，她嘻嘻一笑："那你要我帮你干啥？"

"等你输了我再告诉你。"小七扭头道，"放心，不是杀人放火的事儿。我的品行可是很高尚的。"说罢又不耐烦地冲老板喊："咋还不动手啊你等着吃晚饭啊！"

"好好好。"老板端起骰盅用力摇了十几次，"啪"一声放下，揭开，金牙又露了出来，"七八九，大！"

桃夭气得指着老板鼻子："你你……"

"愿赌服输啊小姑娘。"老板喜滋滋地把钱收起来，又朝小七挤挤眼，"小七姑娘要不要再伸援手？"

小七笑："嘻嘻，你当我傻呀，一个人连输六把只能说明她今天霉运缠身，我拿多少钱出来也会被她连累干净的。"

堂堂桃都鬼医，被个小丫头片子咒霉运缠身，横竖都不爽快呀，她压下火气盯着小七："既然你断定我霉运缠身，又何必糟蹋自己的钱？有病就去看大夫。"

"你不走霉运，谁帮我去洗碗！"小七横抱双臂摆出地头蛇的无赖样，"刚刚你答应的，总不会现在就反悔吧！"

桃夭皱眉："洗碗？你要我替你做的事？"

小七伸出三个手指："三天！你替我去未晴湖边的好吃馆洗三天碗，等我回来你就能走了。"

"未晴湖边？好吃馆？"桃夭的眉头一下子舒展开来，"只是洗碗？"

小七不耐烦道："要是好吃馆那个老头子要你做点浇花扫地的工夫，你也捎带着做了吧，别跟老家伙斤斤计较。就这么说定了，我跑了。"

她刚走出几步，又停下来，回头朝桃夭一笑："千万别食言，不然我生气的话可是会吃人的！"说罢又朝她摆出一副要吃人的凶恶样子，还故意张大嘴，露出两颗小虎牙。

桃夭也咧嘴一笑，朝她挥挥手："我素来言出必行，你慢走。"

小七很快跑没了踪影。这样一个假小子野丫头，爹妈一定很头痛吧，人类的孩子尚且不好管，何况这位的身上还流着妖怪的血，不过并不算多，总体来说已经很像人类了。从小七站到自己面前那刻起，她便清楚看到那隐约的黑气组成了模糊的轮廓，在小七的身体上悠闲飘浮。世间所有以人形为掩护的妖物，血统越"纯"，依附于人形之中的妖身便会越清晰，看穿其真面目的眼力是桃夭的本能，不过也有失效的时候——当对方特别弱，或者特别强的时候。

小七是前者。桃夭不知她是什么种类。

"小七在好吃馆干活么？"她转身问赌档老板。

忙着数钱的老板头也不抬道："哪儿呀，好吃馆就是她家开的呀，她曾祖父就是好吃馆的老板。小七在咱们这儿可是出了名的野丫头，成天就想着玩，压根儿没心思在好吃馆帮忙。我要是她家里人，早被气死了。"说着，他似是想起了什么要紧事，抬头对她道："你既答应那丫头去好吃馆帮忙，可别忘了管她曾祖父要工钱，有了钱，你再回来翻本啊！"

桃夭眼里有了光彩："对呀！"

磨牙赶紧拽着桃夭离开，边走边语重心长道："你醒醒吧，再这么赌下去，早晚把自己都输进去。女子不怕长得不好看，就怕长得不好看还沾染上恶习！桃夭施主，赌海无边，回头是岸。”

桃夭一听就炸了，伸手便朝他的光头上狠狠弹了两下，骂道：“你一个出家人，成天关注姑娘家模样好不好看，合适吗！再说我哪里不好看了？桃都第一美女的称号至今由我担待着，你瞎呀！要不要给你配眼药啊！”

磨牙疼得眼含热泪，抱着脑袋嘀咕：“山中无老虎，猴子称霸王……桃都里都是歪瓜裂枣，你自然是第一美女……”

“你大声点再说一遍！”

“我就不说。”

滚滚趴在磨牙肩头，无聊地打了个呵欠。

桃夭气哼哼道：“要不是陪你出来云游，我至于这么辛苦地赚钱吗！只靠你去讨饭，早晚饿死街头。”

“阿弥陀佛，说了许多次，那叫化缘不叫讨饭。”磨牙义正词严，“何况云游本就是对自己的磨炼，高床暖枕，华衣美食，于我皆是毒药。步行千里，渴饮晨露，偿宿荒野，扶助众生，这才是云游的真义。”

桃夭翻了个白眼：“简单说就是自己坑自己呗。”

磨牙叹气，最终鼓足勇气道：“其实你并不需陪我走这一遭，你大可舒舒服服留在桃都当你的鬼医，想吃就吃想睡就睡，想治就治想杀就杀，又何苦陪我受罪。”

“你知道吗？”桃夭也叹气，“我最后悔的就是当年把你从金佛寺里救回来，把屎把尿养到现在却养成这么个白眼狼。不过你放心，我跟柳公子可是有约定的，等他替我做满一百件事，就把你送给他吃掉，到时候咱们谁都不用再陪谁了。但在这天到来之前，我得让你活着，你的命现在是我的，以后是柳公子的，除了我们，谁都不能动你。所以你不知所谓的云游，我虽然不喜欢，但一定会陪你到底，不然你纵有十条命也不够妖怪们吃掉。你再敢跟我说分道扬镳之类的话，我就把滚滚的毛剃光卖给肉铺老板！”

滚滚打了个寒战，差点从磨牙肩头滑下去，眼神里只有一个疑问“这他大爷的关我什么事？！”

空气中传来柳公子的声音：“就是这么个意思。小和尚，你且专心云游，做你想做的事，不然被吃掉的时候可是会有遗憾的，呵呵呵。”

磨牙抓着自己的佛珠，瘪着嘴道：“此生我最想做的，便是度化你们两位，好歹这么多年交情，这么熟的人，居然也下得去嘴！阿弥陀佛，若能清除你们身上的戾气，纵是让我入地狱，我也愿意。”

磨牙的脑袋又挨了一下，桃夭斥道：“现在没人让你下地狱，现在是让你闭上嘴去好吃馆！”

“你……你真要去那什么好吃馆？”磨牙龇牙咧嘴地摸着后脑勺，“还有，你会去洗碗？刚我还担心你会偷偷把那位坑你的姑娘杀掉呢……”

“我要治的妖，就在好吃馆。”

“啊？！”

○ 2 ○

未晴湖的景色不算好也不算坏，湖面不大，偶有渔舟划过，湖边绿树成林，青石绕岸，洗衣裳的大小姑娘们边捶衣服边唱着当地的小曲儿。

好吃馆紧靠湖边，不大不小的一间食肆，招牌菜是荷叶饭，糯米裹了秘制的香料，蒸了出来，拆开荷叶，满室飘香，里头没有肉，却比有肉还好吃。

磨牙跟滚滚一口气吃了三份，人肚狐肚都撑得滚圆，多一步路都走不了，瘫在椅子上满意地打饱嗝。滚滚始终是个狐狸，居然挣扎起来跑到外头，回来时叼了一个布袋子，然后哈着气蹲在磨牙面前，指指桌上没吃完的糯米饭，又指指布袋子，一副连吃带拿不要脸的画风。

好吃馆的主人郎老板被滚滚逗得哈哈大笑，说：“不用装，你们想吃多少吃多少，离开时想拿多少拿多少。”一点都不心疼的样子，还热情得很。这个鸡皮鹤发、年过九十的老头子，除了左腿是跛的，其他零部件尚算健康，连老脸都还透着一股红气。

但，烧纸给桃夭的也是他。

吃饱喝足，暮色已临，最后一丝霞光落在微澜的湖水上，几只倦鸟自水面掠过，留下啾啾的鸣叫。

桃夭凭栏而坐，跷着腿剔着牙，面前小桌上摆着一杯上好的碧螺春，可惜桃夭不擅品茶，举杯牛饮，一口便去了一半。

“饭后饮些茶，听说不易发胖。”桃夭抹抹嘴，笑，“你这小日子不错呀，山水相依，鸟语花香。”说着她又将郎老板上下打量一番：“你看起来也不似病入膏肓。”

郎老板笑道：“我命不久矣。”

桃夭皱眉，笃定道：“你没病。”

“我一度以为桃都鬼医是个风霜满面的老头子，却不承想是这般有趣的女娃娃。”

郎老板像个长辈，慈爱地看着淘气的晚辈，“江湖上把你描述得太凶恶了。”

“你焉知我不凶恶？”桃夭干脆地站起身，“你既没病，就莫要浪费我的时间。磨牙，走。”

“站住！”郎老板脸色一变，突然起身挡到她面前，仰头一声长啸，好好的脑袋瞬间异化成一个尖耳长嘴、红眼利齿的狼头，覆于其上的每根黑毛都跟针一样硬，随便拔一根就能扎死人似的。

狼首人身的家伙，比桃夭高出一个头，鲜红的眼睛死死盯着她："没有问诊就想走？"

“哎呀好大个狼！”磨牙吓得一屁股坐在地上，滚滚被他不小心压在屁股下，吱哇乱叫。

不等桃夭回话，一把扫帚从天而降，狠狠打在狼头之上，背后，八十来岁的老太太气哼哼地骂："老不死的正事不干，小七那死丫头现在还没回！厨房里一堆碗没洗，你不去找，还在这儿胡闹！"

狼首重化为人头，郎老板抱着头，委委屈屈对老太太道："我吓吓他们……"

“吓个鬼啊！人家都说你没病，你还想怎样！”老太太扔了扫帚，上来拧住郎老板的耳朵，换了张抱歉脸对桃夭道，“姑娘你别跟他一般见识，他是脑子有病。”

凶险的气氛突然像肥皂泡一样破掉了。

“这位女中豪杰是……”桃夭打量着这个腰比水桶、矮胖敦实的老太太。

“我夫人，春花。”郎老板捂着耳朵道。

老太太松了手，忍不住又揪了他一把，斥道:“被旁人看到的话，我看你咋办！”

桃夭看看她，又看看郎老板，好奇道："郎夫人，你知他……"

“我知他是妖，还是半人半狼的妖。”郎夫人爽快道。

桃夭微愣，旋即笑道："刚听郎夫人抱怨小七不见了，没人洗碗？"

“可不是嘛，这丫头成天没个正经，简直跟我家老头一个死样子。”郎夫人叹气，“儿孙们各有各的前程，大都不在身边，就留下小七这皮猴子给我们两老添乱，让她好好洗个碗都不行，唉唉。”

桃夭赶紧道："您老别急，也是巧了，白天在镇上遇到小七，她帮了我的忙，我答应替她来好吃馆洗三天的碗。"

“啊？”郎夫人一听连忙摆手，“使不得使不得，您是什么来头别人不知，我们两个老东西还不知么，怎能让您屈尊干这些事！”

“不不，碗还是要洗的。”桃夭把目光挪到磨牙身上，笑，“对吧，磨牙小师父？”

各种表情在磨牙脸上轮番交替之后，小和尚颓然地点点头："对，我洗。"

反正，在桃夭那里，他拒绝的唯一结果就是不能拒绝。

"咦，这位小师傅是？"郎夫人的表情顿时缓和下来，"那我替你找个围裙，这样洗碗时就不会被水溅湿衣裳啦，走走，我带你去厨房哈。"

真是一点都不拿他当外人呢……磨牙垂头丧气跟了上去，天知道自己脑门上是不是刻着"请尽情欺负我"之类的话。

郎夫人走了几步又回来，把桃夭拉到一旁，小声道："桃夭姑娘，我知你有本事，我家老头能把你找来也不容易，他是有病，不过是心病吧，您看在吃了我家这么多荷叶饭的分上，帮帮他。"说完又拍拍她的手，"夫妻一场，谁不盼着对方好。"

看着这个其貌不扬的老妇人风风火火的背影，桃夭重新坐下来，对郎老板道："你运气不错，她不怕你，更不害你。"

郎老板不好意思地笑笑："你咋不说她运气更好，我年轻时可是非常英俊的呢。"

桃夭吃吃一笑："行，方才你责问我为何不问诊，看在荷叶饭的份上，我且替你瞧瞧。"

郎老板也坐下来，有些后怕道："刚刚我只是同你开个玩笑，但我确实怕你就此离开，我知世上除了桃都的桃夭姑娘，再无一人可帮我。"

桃夭想了想，问："我治病的规矩你可知道？"

"知道知道，以后我就是姑娘你的'药'。"郎老板拼命点头，旋即又为难道，"只是我这把老骨头，只怕对姑娘来说也没什么用了。"

"规矩是规矩，有没有用我说了算。"桃夭白他一眼，"说吧，你的病情。"

郎老板沉默起来，夜色下的银发白得耀眼。

许久之后，他问："桃夭姑娘，你有过特别艰难的一段日子么？"

◦ 3 ◦

这天清晨在下雨，河水多得漫了出来，淹死的小兽的尸体时不时被推出来。

他蹲在山洞门口，手里举着一片芭蕉叶遮雨，眼前只有灰黑的乱石，身后只有空无一人的死寂。

他被抛弃了。

昨天山洞里还有他的族人、父母、兄弟姐妹，今早一觉醒来，就只有他一个了。

他们走得干脆而且干净，连平日里用的锅都带走了……

大概，他还不如一口锅重要。

雨越来越大，他却不想再回到山洞里，宁可让雨水在芭蕉叶上淌成一条小河，再落到自己脚上。

身为一只狼人，速度与力量是与生俱来的标志，也是赖以生存的方式，但……他低头看着自己的左腿，用力地捶打下去——不痛，一点都不痛，完全没知觉。

他一生下来左腿就是跛的，没有知觉，没有力气，族人们奔跑跳跃时，他只能羡慕地看着，大概双手也受了牵连，连比他年纪小许多的家伙都能一拳击碎一块石头，他却连搬运一桶水都吃力。

狼人是半妖半人的存在，凶猛的天性让他们一生都在战斗，占山为王的老虎与巨蛇、试图活捉或者以杀死他们为荣的收妖人、恶劣的天气与疾病，都是他们的敌人。狼人是人，却得不到作为人应得的对待；狼人是妖，却又没有妖物应有的寿命。在妖的眼里，他们是人，在人的眼里，他们是妖。不过百年的寿命，活得比谁都尴尬，都艰难。

所以他对于被抛弃这件事，并没有什么怨恨。他这样的家伙，注定是整个族群的拖累。老实说他的听觉也不及同族们灵敏，被收妖人跟踪也不自知，那次若不是兄长出来巡视时发现他被尾随，天知道后来会发生什么。

没用的东西，本来就该扔掉。

可是，他还是想再等等，万一呢，万一母亲或者兄长会回来呢。

雨小了，停了，山洞外还是只有石头，没有亲人。

雨又大了，天黑了，他看见的还是石头。

他等了七天，除了一头野猪两只兔子来过，没有别的活物了。

嗯，他们不会回来了。

○ 4 ○

他不是第一次往人类聚居的地方来了，狼人不是野人，常住山林不代表与世隔绝，相反地，他们偶尔也以人的面目往红尘俗世里走，用人类的方式换回各种物品，甚至不乏有同族选择离开深山，从此辗转人世，隐姓埋名。但，大多数狼人依然留在原处，因为他们说，在山里生活，要跟天斗，出了深山，就要跟人斗，他们不怕天灾，怕人祸。

以前，他都是随着兄长往人世来，拿野味或兽皮换米面——狼人也不是只吃肉，人类种出来的粮食也很香，可惜他们学不会，他们的食谱里只有生肉与烤肉，市集上随便一家小店里的菜谱对他而言都是个宏大而奇妙的世界，同样的食材，人类怎么就有那么多的花样。

兄长回答不了他的问题，而他也没有机会再向兄长提问。红尘滚滚，江河万里，从此只得他一人。

那天，他在人来人往的街市一角从日出坐到日落，直到饿得头昏眼花才做出了决定——不回山里了，他连还未成年的野猪都打不过，或许，混迹人群，做个普通人会有活路。

首先，要填饱肚子，要在人类的地方填饱肚子，就得有钱。

他鼓足勇气选了一间有个看起来很面善的老板的饭馆，说自己什么都能干。老板说，正好缺个杂役，你来。

他觉得这真是个太好的开始，哪怕每天有洗不完的碗，擦不完的地，劈不完的柴，哪怕每天只有早晚两餐饭，饭里的馒头太小，咸菜太咸，粥跟清水没两样，他还是吃得津津有味。在这里，他不是任何人的包袱，他只是那个叫小郎的杂役，他觉得安稳。

一个月后，放工钱的日子，他被老板撵了出去，理由是老板的女儿说她丢了一只珍珠耳环，而那天只有他进过她的房间。他笨拙但坚决地辩解，说那天只是把她交给他洗好的衣裳送过去，放下衣裳就走了，莫说偷，他连见都没见过什么珍珠耳环。老板跟他的女儿都愤怒了，连推带搡把这个跛脚的少年推出了大门，连啐带骂让他滚，再不滚就报官抓他。

他怕被抓，听说被抓进官府的人会被打得皮开肉绽，有罪未必受罚，无罪未必被赦，反正人世的规则，他还不是很懂。

他被打出来时，有人围观，各张面孔都抱着看戏的姿态。他灰溜溜地爬起来，离开时，有人在背后窃笑："老刘那铁公鸡，雇杂工从来都不花钱的……这都是第几个被撵走的倒霉蛋啦哈哈！"

并没有人关注他的去向与未来，他跟来到这里时一样，独自顶着夜色一瘸一跛地走了。原来，长相跟善良没有必然的联系，他饥肠辘辘地想。

他不再去饭馆谋生了，去了一间客栈，主要的工作就是把客栈里的所有垃圾包括夜壶马桶清理干净，搬运出来的垃圾还不能马上扔掉，他得在熏天的臭气里从垃圾堆里寻找还有什么可以再利用的东西，掌柜说最需要注意的，是有没有粗心的客人把荷包或者别的值钱物当垃圾扔掉，虽然这种事不会太多，但每一天都不能放弃寻找。他从垃圾里找到过银手链、丝帕、印章……原来粗心的人真的不少。所有东西都交给了掌柜，哪怕一条普通的手链都能让他喜笑颜开，即便他已经够有钱了。

不过，不到一个月他又被赶走了，原因是他把一锭裹在油纸里的银子还给了那个带着病儿去京师求医的妇人。

肚子饿，得吃饭啊，但是要吃饭的人那么多，随便一个地方只要贴出“招工”二字，很快就会人满为患。他好多次都被挤出来。最后他只能去做谁都不愿意做的事，帮街市上那个瘦得像风干的老腊肉一样的老头运送尸体，世上天天都有人死去，不愁没有生意。但是，做了不到七天，他被吓跑了，那天老头让他大半夜送尸体去乱葬岗，去那里的路太窄，有一段路连板车都通不过，只能靠人力背过去，他背着那流浪汉的尸体，才走了几步路就“扑通”一声跌倒，沉重的尸体压在他身上，恰巧一阵阴风掠过，仿佛有人往他后脖上吹气，他汗毛乍起，拼命挣扎出来跑掉了。但第二天他就后悔了，毕竟老头没有亏待过他，运送一次就会付他一次的工钱。他去求老头让他继续做这份工作，但老头只是斜睨了他一眼，指了指一旁那个矮胖敦实的年轻人，慢吞吞地说：“已经有人替你了。”

什么时候，连这份工作都变得如此抢手了……

身上本就不多的钱很快花光了，他在熙攘的人流里茫然张望，难怪狼人要住在深山里，要在人世中活下去太艰难了。

他偷了一只烧鸡，还没来得及咬一口，失主就追到了，他直接被扭进了衙门，昏昏欲睡的县官让他赔钱，他说没钱，于是挨了三十大板。

漏水的破庙里，他趴了三天，在臀部的疼痛中回顾了自己糟糕的一生，得出的结论是——没必要再活下去了。

左也不对，右也不对，无论做什么，都是失败的。

他在饿晕过去之前，看到了一条麻绳。

上吊不知道会不会难受，不过比起回到深山中被豺狼虎豹撕碎吃掉，这种死法可能会舒服一点。

于是他上吊去了，但破庙的横梁被他吊垮了，没吃饭还这么重，也是一言难尽。

活下来的他突然找到了人生的新目标——如何不难受地结束自己的生命。

割腕？太疼了吧……

跳崖？万一一下子没摔死……

服毒？连买砒霜的钱都没有……

要不就静静躺在这里等死？可是肚子饿的感觉太煎熬了……

记得这附近有片湖，不如投水自尽！“扑通”一下，一了百了。

就这样吧！

他挣扎着爬起来，一瘸一拐地出了破庙。

○ 5 ○

他躺在草地上，浑身湿透，被湖水呛得直咳嗽。

旁边，淡绿衣裙的小姑娘，捂着额头上新冒出来的包，嗔怪道：“你要死也死远一些啊，砸到人很疼的！”

又没死成，纵身一跳，却撞上这个正在水里游泳的姑娘……

脑子里嗡嗡乱响着，他坐起来，捂着还在流鼻血的发红的鼻子，小声抱怨：“哪有人天没亮就来游泳的……”

“热呀！”姑娘夸张地拿手扇风，“今年夏天如此炎热，夜里都没有一丝凉气，我怕热，来湖里凉快凉快怎么了！”

“热吗？”他茫然地抬起头，空气确实湿热，但也没到不能忍受的地步，原来世上还有怕热怕得要摸黑游泳的人啊……

姑娘转着溜圆的大眼睛，将他从上到下仔细打量一番，拿胳膊肘碰碰他：“你真投水自尽啊？我可是眼见着你一闭眼一跺脚跳下来的。”

需要否认吗？连命都不要了，还要面子吗？

“没错，我就是来自尽的。”湖水顺着他的头发往下滴，“所以你不该把我拖上来。”

姑娘难以置信地瞪着他：“为啥不要命了？”

“因为每一天对我来说都很多余。”他苦笑，“活够了。”

姑娘皱眉，托着腮歪头思索了片刻，突然站起身，扯起他的胳膊：“那你死之前先陪我去吃个早饭吧！我要吃清汤馄饨，汤里加葱花那种，你一定知道哪里能吃到！”

他诧异地望着她：“姑娘，我是个要投水自尽的人……”

“我又没说不准你自尽。”她执拗地摇晃着他的胳膊，笑嘻嘻地喊，“起来起来，先陪我去玩，晚上你再来跳湖，不耽搁。”

哪有这样的人……他硬是被她从地上拽了起来，趔趔趄趄地朝前走去。

她力气并不大，但有奇怪的力量从她的掌心里渗出来，莫名消减了他挣脱对方的念头。

集市东边的拱桥下，有个卖馄饨的小摊，生意会从半夜做到天亮。

她一口气吃了三碗馄饨。她吃得太香了，不饿的人看着她的吃相也会饿吧，何况是好几天没有吃饭的他。但是，他此刻偏偏连半个馄饨都吞不下去，饿极的人反而没有了食欲？还是生无可恋的必然后果？

她打了个饱嗝，看看他碗里的馄饨，说："不加葱花不好吃！"说着就顺手抓了一撮白绿相间的葱花撒到他碗里，又拿过装酱油的小瓷瓶，往碗里不多不少滴了三滴，说："现在吃吧。"

"我并不饿。"他无奈道。

"吃！"她又抓住他的胳膊摇晃，"试试看嘛！你不吃怎知道自己不想吃。"

那种不想被她放开的感觉又出来了，他终于点点头。

他只吃过一次馄饨，还是在客栈打工时遇到了一个什么节日，掌柜为表庆祝，嘱咐厨房煮了一锅几乎没有馅儿的馄饨给大家吃，他只记得那淡而无味的面皮在嘴里滚来滚去很难下咽的感觉。

他的筷子从浓郁的猪骨熬成的汤汁里伸进去，夹起一块沾着碧绿葱花的馄饨放进嘴里，温热鲜甜的肉汁从咬破的面皮里跑出来，加上葱与酱油的辅佐，从未体验过的美好滋味刺激着他倦怠太久的味蕾。

第一口之后，一发不可收拾。

这顿早饭，两人一共吃掉了七碗馄饨。她付的钱。

最高兴的还是馄饨摊的老板，边揣钱边跟他们说以后一定再来，他天天都在这儿摆摊。

走在拱桥上，她打着饱嗝，脸上的表情满足得像得到了全世界。

几碗馄饨而已。

"你……究竟是哪家的姑娘？"他揉着撑圆的肚子，"你一个人跑出来，家里人不着急？"

她停住，站在拱桥中央，双手把着桥栏，兴致勃勃地看着桥下淙淙流动的河水，以及这个尚未从黎明中醒来的镇子。

"一天罢了，不着急。"她把他拖到身边，指着东方，"太阳会从那个方向出来的。"

"太阳天天都从那里出来。"他望着她手指的地方。

天渐渐亮了，云朵镶上了金边，渐渐跃出的太阳在河水上印下一片微微摇动的光斑，稀薄的雾霭散去，屋舍里走出醒来的人，有伸懒腰的汉子、哼小曲的大嫂、提着桶去打水的姑娘，每个人，不论老少美丑，都被朝阳眷顾着，脸上身上都是光彩。

“真好看呀。”她习惯性地托着腮帮子，看着河水两岸最普通不过的早晨，“像一张画儿似的。”

他天天都看见相同的场面，哪里美如画了？

不过，她这么一说，好像又确实比往日看着顺眼，也许是因为他们站在桥上，角度比较好？

经过河水的风是有凉意的，卷带着土味与花香，拂动鬓角发丝的同时，好像也轻松地吹进了心头的缝隙。

这个早晨跟以往不一样，因为他从未在这个时候被人拖去给人唱歌，对，就是唱歌。

她拖着他从桥上跑到桥下，一个老太太正坐在家门口择菜。

“老婆婆，你择菜呀？”她笑嘻嘻地蹲在人家面前。

小姑娘长得不难看，笑起来像朵刚开的花，所以连唐突的问话都比较容易被原谅。

老太太看了看明知故问的她，点点头：“对啊，摘菜。”

“一个人择菜很无聊吧，我给你唱首歌吧。”她眨巴着大眼睛，特别认真地说。

老太太有些蒙：“唱歌？啊，你唱吧。”

“好咧！”她高兴地站起来，又匆匆跑去河边捡了两块小鹅卵石回来，塞到他手里，“替我伴奏！”

他握着两块光溜溜的石头，急忙道：“我不会！”

“随便打个拍子都不会吗？”她白他一眼，“别闹了，照做。”

说罢，她站到仍然发蒙的老太太身边，清了清嗓子，唱道：“河水清清弯又长，大姑娘水边浣衣裳，轻风卷过白云旁，飞鸟载来春花香，朝霞换夕阳，重逢是梦乡。”

从没听过这样的歌，居然很好听，她的声音清脆，还带着一点点甜味，他情不自禁地按着她的节拍轻轻敲击着手里的石头。

一曲唱罢，老太太连择菜都忘记了，只说小姑娘你唱得好听啊，还说旁边这小哥的石头也敲得正是时候，你们俩是哪个戏班子的娃娃么？

石头敲得正是时候？这是夸奖？他有些手足无措，捏着两个石头不知该说什么好，第一次被人夸奖，心情好复杂。

“我们只是路过的。”她朝老太太一笑，“我就是想唱个歌给人听，能得到夸奖就更好了，谢谢您。”

说罢，她拉着他欢天喜地地离开。

他跟着她一路小跑，阳光越来越亮，从没有哪一天是以这样的方式与心情开始的。

她没有一刻想闲下来，集市上她帮卖水果的大叔吆喝叫卖，去铁匠铺里求人教她打铁结果被人撵出来，又跑到卖胭脂水粉的地方把能试的脂粉都试了一遍，脸都擦成了猴屁股，最后买了一包香粉，一半洒到自己身上，另一半不顾他的反对全洒到他身上，然后带着一身浓香跑进裁缝店里，叽叽喳喳地向裁缝师傅说要做一件怎样怎样的裙子，裁缝替她量身时这家伙才闭了嘴，拼命收紧肚子。中午时，她选了人最多的饭馆，把菜单上有的饭菜挨个点了一遍，堆了一大桌，没吃完的菜打包，带出去送给了街口的乞丐。路上经过一间书店，吃饱喝足的她跑进去把所有书都翻了一遍，然后抱着一本李白诗集摇头晃脑地念："人生得意须尽欢，莫使金樽空对月。天生我材必有用，千金散尽还复来。"他站在店门口，哭笑不得地看着她的蠢样子。

不止这些，她还爬上墙头偷看万花楼里的姑娘，被里头的打手叫骂着追出来，把他吓得拖起她就跑，最后机智地藏在墙边一堆杂物后才躲过了追兵。他吓得半死，她却笑个半死，说里头不就是姑娘嘛，看看又不会掉块肉。不等他狂跳的心平复下来，这家伙又不怕死地去劝两个在街头打架的悍妇消消气，结果被人一拳头打在右眼上，负伤退败。她的行为在他看来简直触目惊心，要不是他及时上去解围，她定然被泼妇们当成送上门的出气筒。

"你太乱来了。"他背靠在一棵大树上，气喘吁吁地看着她，"你究竟在做什么？"

她还是笑眯眯的样子："我在做任何我想做的事呀。"

"这个世界不是你想怎样就怎样。"他沉下脸，"这里的危险与艰难，远不是你这样的小姑娘能承担的。"

她挠了挠头，说："是你承担不了，不是我。"

他一愣。

"不然你也不会投湖自尽了，对吧？"她笑，"我猜在这之前你一定还试过别的结束生命的方法吧。"

他皱眉，一言不发。

她靠近他，踮起脚在他耳边小声道："我跟你讲，不管哪种方式自尽，断气前都会非常痛苦。但如果你真不想活了，我倒是有法子让你死得舒舒服服。"

他眼睛一亮："真的？"

她狡黠一笑："当然。我家世代都是药师，制一颗这样的毒药能有多难。"

"你……你是药师？"他诧异道，旋即他像是抓到了黑暗里唯一的光亮，一把握住她的手，“你能给我这样的药？”

“能啊。”她一口应允，“不过我有条件。”

“我没有钱……”

“我知道。”她白他一眼，“只要你陪我过完这一天，我就给你这颗药。”

“当真？”

“快走吧！我还有好多事要做哪！听说市集上还有变戏法的？带我去！啊，还有猫，我想抱抱一只长得很肥的猫，狗也行。”

“……”

○ 6 ○

从他出生到昨天，他做过的所有事加起来好像都没有今天多。

这个丫头对什么都兴致勃勃，哪怕是蹲在墙脚看蚂蚁搬食物。

但不管做了多少事，夜还是不可阻止地到来了。

她挽着他的手从演木偶戏的园子里走出来，一脸大惊小怪地跟他讨论刚刚演的木偶戏有多精彩，说嫦娥为啥那么蠢，一个人在广寒宫有什么好，连热馄饨都吃不上。他不知道该怎么回应，只能默默听她说。

走出戏园子门口时，她趁人不备，把戏班立在门口的牌子上扎的红绸子给扯了下来，塞进袖口里。

小镇又到了快入梦的时间，四周只有蛐蛐儿还在聒噪，今天不是十五，月亮只有一半，懒洋洋地挂在未散的暑热里。

她渐渐变得安静起来，行走的方向朝着湖边。

当波光微动的湖水远远出现在前方时，她才说：“我要回去啦。”

他怔了怔，脱口而出：“这附近并无人家啊。”

她“扑哧”一笑：“谁告诉你我家在湖边的。你再陪我去做一件事吧。”

“你还想干啥？”几乎精疲力竭的他差点跳起来，“你不会让我陪你游泳吧？我不会！”

她拉住他的袖子往前拖：“去了就知道啦。”

很快，他们又站在了他们初相识的地方，湖岸边的泥地上还留着他躺出来的印子。

她拿出那块红绸子，盖到自己头上。

"我们拜个天地吧！"

一语既出，吓得他一屁股坐到地上。拜天地？那可是夫妻才能干的事儿啊！他认识她还不到一天，连她的名字都不知道……

他连连摆手："啥事都可以，这事不行！你是要嫁人的，怎么能跟我拜天地！"

"嫁给你不行吗？"她把红绸掀开一个角，噘着嘴看他。

"当然不行！"他觉得自己受到了戏弄，有些生气，转身就要走。

"站住！"她喊住他，"跟我拜天地，我给你毒药。"

他停住，回头："说不定你根本不是药师，只是个疯丫头。"

"你答应还是不答应？"她跺脚，"连死都不怕，还怕跟我拜天地？我说过会给你药就一定会给你！"

他想走，又犹豫起来，万一她真有这样的药呢，可以迅速结束他一切苦难的药……

最终，他走回了她身边。

反正，也没有谁看见，她不说出去，是不会影响她嫁人的吧。

她开心地把红绸放下来，拉着他面对湖水跪下来，拖长了声音道："一拜天地！"

他咬紧牙关，跟她一道拜了下去。

"二拜高堂……哎呀，没有高堂，就拜湖水吧。"她嘻嘻一笑，"二拜湖水！"

他拜下去，哭笑不得。

"夫妻对拜！"

两人面对面站好，躬身一拜。

"揭盖头揭盖头！"她迫不及待。

他暗自叹气，迟疑片刻，终是将那块红绸从她头上揭了下来。

月色湖光之下，她的面容比白天更端正了，眼睛里的幸福都快漫出来了。

他看着她的脸，有些入神。

"好高兴……"她微笑，像之前那样拽着他的胳膊摇晃着，"谢谢你。"

有那么一瞬间，他不忍心破坏她此刻的心境，准确说，是破坏他们两个人的心境。但是……

他深吸了口气，伸出手："药！"

她笑着打开他的手："制药需要时间，一年后你来这里找我。包你死得舒舒服服。"

"一年？"他瞪大眼睛。

"算快的了。"她耸耸肩，说着，她坐下来，拍拍身边的位置，"你也坐。反正你闲着也是闲着，我再跟你讲个秘密吧。”

他将信将疑地挨着她坐下来：“什么秘密？”

她望着眼前的湖水：“这片湖水是有名字的，叫未晴湖，但它并没有什么名气，景色也平平，所以平日里少有人来。但是，我敢说未晴湖是世上最漂亮的湖。”

他左右环顾，这片湖水确实找不到任何亮点。

她伸出手：“握住我的手，闭上眼。”

他狐疑着照做。

她的手还是缠绕着那股奇异的力量，握住就不想放开。

他闭上了眼，短暂的黑暗之后，星星点点的光逐片亮起，整个未晴湖清清楚楚出现在他没有睁开的眼里，不同的是，水波微澜的湖面上，漂浮着一片片萤火般的光，温柔旖旎，似是有人将整条银河搬来了这里，亦真亦幻，宛若仙境。

这就是她说的秘密？未晴湖是一个闭上眼睛才能看到它美貌的地方？好神奇……

“好看吧？”她的声音轻轻传来。

“好看！”他由衷道。

“嘻嘻，记住啊，一年后来找我。”

“你别骗我啊！”

“你累不累啊？”

“有点累。”

“那就睡会儿吧，别睁眼，未晴湖的景色不是谁都能看到的。所以你看，多活一天就能多看到好多东西吧！”

“哦。”

他闭着眼跟她交谈，越说越累，眼皮也重得想睁都睁不开。

迷迷糊糊中，她的歌声在回荡——

河水清清弯又长，大姑娘水边浣衣裳，轻风卷过白云旁，飞鸟载来春花香，朝霞换夕阳，重逢是梦乡。

这一觉，睡得好舒服。

翌日清晨，他被飞过的鸟儿吵醒。

他揉着眼睛坐起来，身边空无一人，只有那块红绸子还捏在他手里，那个丫头……他慌忙站起来四下寻找，却一无所获。

他攥着红绸，呆站在晨曦里。

她连名字都还没跟自己说……

○ 7 ○

“你还是被她骗了。”桃夭同情地看着对面的郎老板。

郎老板叹了口气：“一年后我如约来未晴湖边找她，她没来。我不甘心，又等了一年，她还是没来。第三年，我依然没等到她。直到第四年，我站在未晴湖边，突然发现，我已经在这人世走过了四个年头，这四年里我为了等一颗可以舒服地结束我性命的毒药，反而有了盼头，我拼命压制自己的恐惧与消沉，努力让自己活下去，其间还是受过欺负，但也遇到过帮助，我渐渐发觉人世间的事并不绝对，比如并不是所有的饭馆老板都像我第一个老板那样。我在她离开后的第二年，进了一间饭馆，在一个胖厨师手下做学徒，我的师父虽然人很胖脾气又不好，跟我赌骰子的时候还常常输了不认账，但他把他所有的本事认认真真地教给了我。”说着，他突然笑出来：“不止他的本事，他还把他的女儿也交给了我。我家里这个母夜叉呀，小姑娘那会儿就特别粗鲁残暴，又能吃又能打。为了给我缝一件过年时穿的衣裳，不会针线的她硬是找三姑六婆学了来，磕磕碰碰地熬了好多个夜，手指被针扎成了马蜂窝，新衣裳居然做得有模有样。原本我是不敢娶她的，我是狼人啊，虽然我也有人的面貌，但我怕哪一天我不小心露出狼的样子，吓死她就不好了。所以我想了很多借口拒绝她，可她哪里肯信。最终我扛不住了，把她约到一个僻静地，把我的身份一五一十告诉了她，甚至露出了我的狼头摆出凶恶的样子。唉……没想到这母夜叉只是眨了眨眼，问我，你要吃我么？我说当然不，我吃饭不吃人。然后她就松了口气，跳过来挽住我的胳膊，说我就算只有一半是人，她也不要跟我分开。”

桃夭吃吃地笑：“你夫人当年也真是想不开啊哈哈哈。”

“我说过我年轻时的人样不差的。”他哼了一声，“总之，日子就这样渐渐安定下来了。此一生我未曾大富大贵，却也儿孙满堂，无病无灾。”

“无病无灾……”桃夭挑眉，“那你又找我看什么病？”

“狼人一半是人，且我们跟人类的寿命相同，我已经九十岁了。”他咳嗽了几声，“这几个月来，我总有大限将至的预感，毕竟我还有妖的血统，你也知道妖的感觉往往是敏感而准确的。”

桃夭想了想，直言道：“要我替你延寿？或者让我解你心病？”

“这些年，我从没有放弃过寻找她。”他转过头，看着月色下的未晴湖，“可她就像从世上消失了一般。未晴湖上的银河，我也只见过那一次。我几乎将整个利亭镇的人家都打听了一遍，没有一户人家有这样一个女儿。我妖力又十分有限，可说就是个摆设，除了变出个狼头吓唬人，根本不能像别的大妖怪那般有通天彻地的本事。”他顿了顿，又道：“我将好吃馆建到未晴湖边，也是寄望有朝一日她一回来我就能看见她。时至今日，我怕我至死也等不到关于她的哪怕一丁点消息。这块心病，我自己治不了。”

桃夭沉默片刻，也望着这片湖水：“如果她是人类，只怕已经不在人世。”

“就算寻到她的埋骨处也好，我就想去她坟前拜一拜。再把这个交还给她。”说着，他从袖子里取出一块颜色如初的红绸子。

“她当年跟你拜天地时戴过的那块？”桃夭看着那块红绸。

“嗯。”

“给我瞅瞅。”

她握着那块已有几十年历史的绸子，光滑温柔的触感依然如少女的双手一般。

绸子上，还留着一丝只有她才能感受到的气息——那是一点点淡得不能再淡的妖气。

她闭上眼睛，“看”向未晴湖。

真美啊，那些微小的家伙聚集在一起，竟然像银河般绚烂。只可惜这般美景，寻常人永远无法亲见，就连这个半妖的狼人，也只能靠“她”的力量才有幸欣赏。

桃夭缓缓睁开眼，说：“好吧，我离开之前，会给你开药方。”

○ 8 ○

三天后的傍晚，跑路的小七如约回到了好吃馆。

“不错啊，很讲信用嘛。”小七把扛在肩上的包袱放下来，满意地拍了拍桃夭的肩膀，“洗碗洗得还开心哈？”

“阿弥陀佛，碗是我洗的。”磨牙双手合十。

小七哈哈一笑：“随便啦，有人洗就行。”

话音未落，郎夫人急吼吼地从内室冲出来，一把拧住了小七的耳朵：“你个死孩子跑到哪里去野了？你要气死我啊！”

“哎呀哎呀，疼疼疼！”小七指着桌上的包袱道，“老头儿最近不是老咳嗽吗，我去飞云山里翻了三天才翻到几株白霜藤，我听张大夫说这玩意儿对止咳润肺有奇效！”

郎夫人一愣，下意识地松了手："你去采药？"

"不然能干嘛！"小七撇撇嘴，"正好去的路上遇到这个傻妞跟人赌钱，心想与其看她浪费时间输钱，还不如把她弄到好吃馆来替我洗碗。"

傻妞？！

桃夭的脸一阵红一阵白，她觉得要是再在这里待下去，小七可能会遭受到人身伤害。

趁她们祖孙对话时，她朝磨牙使了个眼色，两人一狐静悄悄地退了出去。

昨天夜里，郎夫人来给她送宵夜时，她试探着问郎夫人是否知道她夫君的那段往事。郎夫人说她什么都知道，包括他们拜天地的事。

你不介意么？桃夭问她。

郎夫人摇头，为何要介意，没有她，老头子已经淹死了，又哪里来的他们如今这一家人，做人讲良心，得谢谢人家。

桃夭心想，心宽体胖这句话，倒是应验在这老妇人身上了。

站在好吃馆门口，桃夭最后一次打量着未晴湖。

药方她昨夜就写好了，放在郎老板卧室的桌子上——

"世有一虫，幼时隐于水下，成虫后出水，寿极短，朝生暮死，称蜉蝣。而万物生灭，有清灵之气不散，结群游走，依灵山，傍秀水，得日月精华，机缘造化，可成妖。此妖初成即为人形，貌韶秀，性慧黠，晓万事，然妖寿只得一日，故此妖不论本体来自何物，亦统称蜉蝣。蜉蝣命绝后，其身化光浮于妖变之地，通妖力者可观之。知此，心病可解。"

就是这样了。

蜉蝣一日即为一生，每一个被你我视为多余的今日，是它们永远得不到的明天。

朝生，暮死。

众生皆如此，可否不辜负。

她回头看着沐在夕阳下的好吃馆，笑笑，背对着未晴湖挥挥手，自言自语道："你也算做了件好事，后会无期。"

说罢，她头也不回地离开。磨牙背着一口袋荷叶饭，滚滚背上还驮着一小袋，心满意足地跟了上去。

"洗碗洗得还开心哈？"野花开满地的小路上，她顺口问磨牙。

"累。"磨牙双手合十，"幸而有滚滚帮忙。"

"它会洗碗？"桃夭诧异道。

“不啊，它用尾巴帮我把碗盘擦干。”

“等等，你是说这些天我们用过的碗盘都它用屁股擦出来的？”

“是尾巴。”

“尾巴不就长在屁股上吗！你一个出家人怎么能干出这种丧心病狂的事！狐狸会掉毛的！”

“滚滚并不掉毛啊。”

“……”

尾

“郎老板明明不算有病嘛，为何你会选中他？”顺水而下的小船上，磨牙边吃饭边问她。

桃夭静静地看着她立在船头的钓竿，说：“他家开饭馆啊，靠你要饭咱们只能喝风去。”

“是化缘……”磨牙叹气，旋即又问，“蜉蝣这种妖怪很少吧？”

桃夭摇头：“恰恰相反，蜉蝣数量很多，灵山秀水之中常见此物。众生万物皆有灵气，没准你圆寂之后也会留下一缕清气，飞到哪片湖水或者深山里歇着，机缘一到就化成个美少年或少女，用一天时间过完一生。记住啊，一定要好好珍惜那一天，别只顾着要饭了。”

磨牙连念三声阿弥陀佛：“我只求佛法留众生三界，至于我自己，来时无一物，去时也如此吧。”说着他又问：“既然蜉蝣数量众多，为何知其者甚少？”

“因为它们短命啊。只活一天的玩意儿，又能有多少人记住。”她盯着钓竿出神，“也有例外。毕竟是无害的小妖怪，牵着它们的手会感受到奇异的力量，有幸感受过的人，就一定不会忘记。”

“奇异的力量？”

“大概是想活着的人才会有的力量吧。”

“哦。真神奇。”

河水哗哗流动，两岸新绿层叠，小船上只有小和尚跟狐狸吧唧吧唧的吃饭声，春天就是个适合吃跟睡的季节呀。

“磨牙，”桃夭忽然转过头，“要是你只有一天命了，你最想干啥？”

不等磨牙回答，空气里抢先传来柳公子的声音：“第一，开一场诗词朗诵会，只念我写的诗。第二，把小和尚洗干净放到最好的瓦罐里，加上最上等的香料，小火慢炖。”

“应该用大火，小火的话你时间不够。”桃夭认真地说。

“也对……”柳公子难得认同她一次。

磨牙对于自己会怎么被吃掉这个话题已经十分淡然，他认真思索一番，说：“若我只得一天可活，最想做的，大约还是重建金佛寺吧。”

明明说的是愿望，小和尚眼里的希望却隐着不易察觉的黯然。

都这么多年过去了，他还是忘不了那个血流成河、状如炼狱的夜晚，忘不了将他护在身下的小师兄，也忘不了那双将他从尸堆中拖出来的桃夭的手。

他唯一忘记的，是自己的年龄。自桃夭将他带离被毁的金佛寺后，他的外貌便再无变化。他人一口一个小和尚地喊着他，却不知连他自己都不知究竟有多少岁了。

气氛突然就沉默了。

良久，桃夭道：“你心中有佛，有无寺庙又有什么要紧。”

“不是你在问我么。我如实回答罢了。”磨牙道，“我也知那不可能，你我连饭都快吃不起了，哪有钱修庙。”

“有慧根。”桃夭拍拍他的肩膀。

“你呢？”磨牙反问她，“若你只得一天可活，最想做什么？”

桃夭笑笑：“没想好，等我只有一天可活的时候再回答你。”

会有这一天么？

磨牙看着她的钓竿，说：“你这样如何能钓到鱼？不但鱼钩不静，还不上鱼饵。”

“万一呢！”桃夭白他一眼，“只要你没死，人生就有无数可能啊。”

话音未落，鱼线突然有了动静。

桃夭得意地瞟了磨牙一眼。

她用尽全力拽动鱼竿，生存之道不外如此，先得活着，才能钓着鱼呀！

桃夭姑娘，你有没有一段特别艰难的日子——

郎老板的问题，直到离开时她都没有回答。

再艰难，也都是过去了。

太阳从云层后钻出来，闪烁的河面上倒映着桃夭觉得自己马上要钓到一条大鱼的兴奋的脸。

百妖谱
伍·乖龙

楔子

我不乖。

○ 1 ○

桃夭从没想过自己也有脑袋进水的一天。

单脚跳进行时，跳了左脚换右脚，右脚跳完换左脚，恨不得从耳朵眼儿里倒出一片海。

磨牙双目紧闭地躺在草地上，全身湿透的滚滚在他胀鼓鼓的肚子上旋转跳跃不停歇，每蹦一下，磨牙就吐出一口河水来。

柳公子背靠树干，若无其事地拿一条丝绢小心翼翼地擦着自己的指甲。

甩着两条滴水的辫子，落汤鸡似的桃夭朝柳公子喊道："我的鱼呢？！"

"鱼？"柳公子用看智障的目光扫她一眼，"方才若非我及时出手，你们两人一狐狸不是被雷劈死就是葬身河底，你不谢我，还挂念你的鱼？"

她撕心裂肺道："那是我迄今为止钓到的最大的鱼！一半拿来烤一半拿来蒸，剩下鱼头还能做个酸辣汤锅！连条鱼你都抓不住！你赔你赔！"

"恕我不能忍受鱼鳞的黏腻，哪怕只碰到我的手指尖也无比恶心，会吐的。"柳公子继续擦手。

桃夭狠狠翻了个白眼："说得就像你身上没有鳞片似的，怎没见你一边恶心自己一边吐呢！"

柳公子一笑，风情万种地撩开一缕垂到身前的长发："正如你从不觉自己长得丑，老以豆蔻美女自居，我们总是习惯对自己无条件宽容，一个道理。"

她停下单脚跳，朝柳公子做了个抹脖子的动作："纵然我不是天姿国色，走在街上也没因为有碍观瞻被罚过钱。你不就想说你最美么！不就是长了一张勾人的蛇精脸吗，呸！"

"确实美过你的月饼脸。"柳公子微笑着摸了摸自己线条优美的侧脸。

"你隐身吧我不想看见你。再见！"她朝他摆摆手。

"那这玩意儿呢？"他低头，朝自己脚下努努嘴，"交给你？"

"啥玩意儿？"她一愣，顺着他的目光朝下看去。

一个非常不起眼的黑色软体动物，顶多三寸长，细细的一条，半睁着一对朱红色的小眼睛，乍一眼看去像一条肥胖的且长了满身细鳞的蚯蚓，只是多了四只爪，头顶还生了一对犄角，柳公子的脚尖正踩着它的尾巴，它似乎没什么力气挣扎，喘着气趴在原地。

桃夭眨眨眼，又凑近几步细看，待她终于确定以及肯定他脚下的活物是什么玩意儿时，她立刻跟吃到一碗有虫子的米饭一样怪叫着跳出好几米远，夸张地指着那个小东西道："快拿走它拿走它！不许靠近我！不许出现在我周围百米范围！不不，是一百里范围！！"

柳公子冷哼一声："现在怕啦？刚刚是谁还惦记着鱼头汤呢？"

桃夭简直连看都不想看到那东西，无比嫌弃地把脑袋扭到一边："我咋知道是这个东西！"

画面倒退半个时辰，原本是河上泛舟、闲聊垂钓的好时光，最重要的是，桃夭钓到了一条大鱼，她甚至已经把它的头部拽出了水面，但这条鱼可能做过什么善事，命不该绝，出水前那一瞬间，大晴天的突然一个炸雷，兜头往他们的小船上劈下，顿时舟成木板，四散而飞。桃夭只觉眼前有电光闪过，耳中脑中都嗡嗡响作一团，还没回过神一船人就落进了河水里。

这也是撞了大运啊，她桃夭还从来没被雷劈中过，且还劈得这么准，你说赌大小的时候咋就没这种运气？！起初她真以为是巧合，自己最近也没干啥坏事不是？不过就是在好吃馆连吃带拿，贪心是有一点，但不至于五雷轰顶吧！难道是磨牙纵容滚滚用尾巴擦盘子遭报应了？她想了无数理由，但都没想到被雷劈不是他们的报应，而是遇到了这个家伙——乖龙。

○ 2 ○

桃夭让柳公子站在原地不要动，她捡了块石子儿围着他画了一个圈儿，边画边说：“从现在开始，你不出这个圈儿我们还能做朋友。”紧跟着她还特别加重了语气，“尤其是不要松开你的脚！！”

柳公子横抱双臂，全程用冷静的目光表达着“我真的不屑跟你这样的二百五当朋友”的内心。直到她画完了圈儿，他才说：“那么，这就算我又替你做了两件事了，加上刚刚从水里把你跟小和尚捞出来，就是三件事了。”

“你说怎么算就怎么算反正你不能出这个圈儿也不能让乖龙出这个圈儿！”她跳到离圆圈老远的地方，忧心忡忡地望着天空，嘀咕道，“它在这儿，说明那个玩意儿也在附近……真是让人不高兴啊！”

已经清醒过来的磨牙坐起来咳嗽了几声，不解地看着圈儿里的柳公子，问她：“桃夭，你为啥把柳公子圈起来？方才我们落水，是他把我们救上岸的吧？我知道你是不会游泳的。”

“他把你救起来还不是为了以后能吃上新鲜肉！”桃夭白他一眼，“你没看见他脚下踩着的那个东西吗？”

“脚下的东西？”磨牙站起来走到柳公子面前，蹲下来揉了揉眼睛，旋即一脸惊讶，“有个小黑虫子！啊不是，头上有角，是条小黑龙？！”

滚滚凑过来，拿鼻子往小东西身上东嗅西嗅。大概是不喜欢这种行为，本来蔫蔫儿的小黑龙突然耍起了脾气，一甩头就用龙角戳在滚滚的鼻头上，疼得它赶紧弹到一旁，哼哼唧唧地转了好几圈，又不解气地跑回去，飞快地对着小黑龙的脑袋放了个屁再飞快地跑开。也是一只有报复心的狐狸啊！

桃夭捏着鼻子对滚滚说：“私人建议你不要靠近这个东西，随时会没命的！”

“桃夭，这到底是什么啊？”磨牙习惯了她的夸大其词，不但没有害怕，反而特别好奇，“世上还有这么小的龙啊？”

“这是乖龙。”柳公子道，“但跟那些能翻江倒海与神匹敌的真龙还是有区别的，严格说来，乖龙只是跟龙沾了一丁点血缘关系的妖怪，天生有行云布雨的能力，所以很久以前就被天界收服驯化，归于雷神部，按照上头的要求往人间降雨解旱。说来乖龙也算是妖仙一级的存在了。不过呢，据说此物天生懒惰，常常嫌弃自己的工作又苦又累，所以经常逃跑。”

“阿弥陀佛，原来如此啊。”磨牙又凑近了些，觉得十分稀奇，“竟有这么小的妖仙。”

“你还往前凑！磨牙你不要把我的话当耳旁风。”桃夭又往后退了一步，“刚刚我们的船四分五裂之前，你没有听到一声巨响吗？”

磨牙回忆了一下，点头：“有。我记得听到了一声特别吓人的雷声。”他诧异道，“难道是我们被雷劈中了？”不等桃夭回答，他马上双手合十，“阿弥陀佛！桃夭，我老早提醒过你要与人为善，要戒杀戒贪戒赌，须知因果循环报应不爽，你看这就是警告，万一因你的过失连累众生，你如何心安？”

一块小石头砸到磨牙的光头上，桃夭指着柳公子脚下道：“你睁开眼睛看清楚，我们可爱的小船说毁就毁不是我的报应，是这家伙把雷神引来的！差点害死无辜众生的是它不是我！逃跑的乖龙最喜藏在人的身上或木器里躲避雷神的追捕，被追得厉害了，它甚至会慌不择路地躲进牛角里，然后连累骑在牛上的牧童被雷劈死。这些都是有证可查的乖龙的黑历史！”

话音未落，闷闷的声音从柳公子脚下传了出来：“这一次雷神必然是喝多了，不然你没有机会在这儿大呼小叫。”

众人一愣，原来这家伙还是会说人话的。

但是真不会说话啊，开口就惹人愤怒。但桃夭再生气也不愿靠近它，眼珠一转，压下怒气冷笑：“我虽不是天界的人，但跟他们多少也有点交情，你的行踪我随随便便就能泄露给某些家伙。你躲得了几回？”

乖龙发出了呼呼的声音，像是在笑：“我最擅长的就是逃跑与躲藏，也不是没被抓回去过。我不管你跟上面有多少交情，你如果去告密，那以后，我奉劝你做好随时被雷劈的准备，因为我会对你不离不弃。”

柳公子拍掌：“你的计划我很欣赏。”

桃夭盯着柳公子：“到时候我也会不离不弃地抱着你的腰，我们从此以后做一对幸福的烤焦的鬼鸳鸯。”

“抱歉我喜欢美人，你不是我的菜。”柳公子微笑，“你这般姿色的顶多只能做邻居。”

桃夭呵呵一笑，挽起袖子：“我们只能打一架了。”

见状，乖龙对柳公子道：“你可以把脚拿开了，不然怎么跟她打架。”

"我从不跟女人动手。"柳公子低头瞄它一眼,"你觉得我会那么容易放走你么?"

"我不走。"它坦然道,"因为我受伤了,想走也走不了。不然你以为凭你一只脚就能阻止我离开么?"说着它略为费力地伸出右前爪,"你们既看出我的来历,那应知我们没有翅膀,一旦四肢受伤,哪怕只是小伤,伤愈之前也飞不起来了。"

一道灼伤似的痕迹落在上头,泛着红色,皮肤还豁开了一道口子,露出里头的肉来。不轻不重的伤。

柳公子一瞧,是真伤,想了想,松开了它的尾巴。

它甩了甩尾巴,确实没有离开的意思,用一个更舒适的姿势趴下来,说:"这个圈儿现在是我的了,你们没别的事就走吧。想告密的也请便。"

桃夭"哼"了一声,朝它背后的大树努努嘴:"你就趴这儿吧,更方便雷神劈中你。你这样的懒东西,劈死就劈死了吧,还给天界省粮食。"

它把脑袋换个方向趴着,根本不搭理她。

"我们走。"桃夭转身就走。

磨牙没动,说:"这就走啊?我看它伤口不浅,你还是给包扎一下吧,这么小一只,看着怪虚弱的。"

桃夭听了,迅速转回来戳着他的光头道:"如果不是它,我们现在还好好地在船上钓鱼晒太阳,方才我们差点一命呜呼也是因为它,你要发善心的话还不如可怜可怜我们自己!"

"可大家都没事啊。"磨牙指着它,"但它受伤是事实。帮助它不是你的职责跟义务么?日行一善啊桃夭施主!"

"我不需任何救治。"它突然插嘴道,"生了病的懦弱妖怪才会把桃都来的家伙奉若神明。而我不是。"

柳公子听罢,笑:"原来你知道我们的身份啊。"

"没吃过猪肉也见过猪跑,没见过桃夭也听说过桃夭。"它懒懒道,"刚刚那小和尚一口一个桃夭的叫着,这女子模样不美,脾气又坏,倒也合得上那传闻中凶神恶煞的桃都鬼医。"

桃夭硬是忍住了一脚踩死它的冲动,也忘记了靠近它就可能遭雷劈的危险,一步蹿到它面前,斩钉截铁道:"求着我医病的,我可以不医;不要我医的,我偏要医。"

它赶紧把受伤的爪子藏到身下,抬头朝她翻了个白眼:"传闻都说你是天下最擅长治妖怪的高手,若传闻属实,你应有病患无数,忙到不可开交才是。如今一见,只怕高手是假,无聊的闲人才是真。"

桃夭突然伸出两根手指捏住了它的脖子，把它从地上拎了起来，笑："你用什么激将法都没用，我说过要医好你就要医好你。"

它突然急了，在半空中扭动着身子，喊道："不要治好我！至少这三天内不要！"

在场所有人都愣了愣，柳公子道："你的伤是方才躲避不及为雷击所致，你我心知肚明，凡被雷神所伤之妖物，不但皮肉要受苦，伤愈之前还会妖力尽失，你飞不起来也是这原因，还口口声声不要被治好。要知此处乃红尘人间，危机暗藏，就你此刻的模样，一个三岁孩童也能一脚踩死你。"

磨牙听了，赶忙站到乖龙面前，双手合十道："乖龙施主，你就不要再闹脾气了，我们并没有责怪你的意思，大家能在茫茫人海中相遇，雷劈而不死，这可是天大的缘分，你还是快些治好了伤回天界去吧！"

乖龙急得翻白眼，说："我不是跟你们怄气！我千辛万苦才等来这个伤口，我要拿这个去帮人的！"

桃夭大惑不解："还有受伤了才能帮人的道理？方才雷神把你的脑子也劈坏了么？"

"我要对付旱仙！"

◦ 3 ◦

飞鱼村外两里远的三岔路口上，桃夭坐在那简陋的茶摊前，咕噜咕噜地把一大碗茶水灌下肚。难得现身的柳公子坐在她对面，嫌弃地看着并不太干净的茶碗，连碰都不想碰。磨牙正襟危坐，闭目捻珠，滚滚趴在他脚边打盹。平日里用来装狐狸的竹篓放在桃夭跟柳公子中间的空凳上，里头偶尔有窸窸窣窣的动静。

乖龙说的，今天必须到这里来。

他们天没亮就来了，好不容易等到茶摊摆出来才有个像样的地方坐着。

春天的太阳虽然不毒辣，但接近午时也是微热的，桃夭懒洋洋地把下巴搁在桌沿上，眼珠子斜向竹篓，说："你说的，那家伙午时必到。我话说在前头，要是你骗我，我就立刻把你的伤治好，再把你亲手交给雷神邀个功。"

竹篓里没动静。

"睡着啦？"她抬头，扭身过去抓住竹篓使劲摇，"我都几天没睡午觉了你好意思睡！"

乖龙在竹篓底部被她摇得滚来滚去，不耐烦道："说了是今日午时就是今日午时。

你明明可以不用理会这件事，自己巴巴地跟来，如今又处处埋怨，难怪天下的妖怪大多不喜欢你。”

“对，虽然我跟她是邻居，我也不喜欢她。”柳公子及时插嘴，“没钱没貌脾气还不好，偶尔能有一点智慧但也不持久。”

桃夭微笑着听他们说完，一字一句道：“我的存在不是为了让你们喜欢，是为了让你们敬畏。”

柳公子翻了个白眼，不屑接话。

这时，磨牙突然睁开眼，各看了桃夭跟柳公子一眼，正当所有人以为他又要苦口婆心劝他们人生苦短相识是缘不要吵架时，他忽然扭头对不远处的茶摊老板喊道：“麻烦来个烧饼！”

桃夭一巴掌拍在他的光头上：“你有钱买烧饼吗？茶钱都是我给的，现在身上一个子儿都没有了，我要去赌档你们又拦着我！”

“你要是去赌档，我们连茶都喝不起了。”磨牙嘀咕着，把可怜巴巴的视线挪到柳公子脸上，憋了半天就憋了俩字，“我饿！”

“饿瘦点好。”柳公子若无其事地捂紧了挂在腰上的钱袋，一本正经道，“我不爱吃肥腻之物。”

磨牙无言以对，哀怨地看着他们的脸：“我一个心中有佛胸怀大爱的出家人，在你们眼中竟还比不过一个烧饼！”

桃夭打了个呵欠：“我养个烧饼还能咬两口呢，养你啥用都没有。”

“你一定要这么伤害我吗？”磨牙瘪着嘴问。

正说话时，老板端着几个热乎乎的烧饼过来了。

磨牙咽了咽口水，对老板道：“抱歉，您还是端走吧，我没钱。”然后又看了看桃夭他们：“那两个家伙也没钱。”

老板先是一愣，旋即哈哈笑道：“那这几个烧饼就算我请客吧，我看小师父你好像很饿了。吃吧吃吧，别饿坏了。”

磨牙两眼放光：“可以吗？”

“当然可以啊。”老板点头，“我这茶摊摆在人来人往的岔路上，少不得有跟小师父一样的僧侣经过，跟我讨杯茶要个饼的，也不在少数，我是从不拒绝的。不瞒你们说，我虽不是佛教徒，但也是信佛的。”

“阿弥陀佛，能遇到施主，是我们的造化。”磨牙双手合十，感激道，“好人当有好报，但愿施主今后生意兴隆，福泽绵长。”

老板又哈哈一笑："小本生意，兴隆不兴隆也就这样了，我只求风调雨顺，咱们飞鱼村的村民们三餐温饱，平安度日就好了。"说着他又道："也不知是不是飞鱼村的风水好，打我记事起就甚少受旱涝之灾。我瞧着别的地方常年供着神佛像，比咱们村子里的人可虔诚多了，但该遭的灾一样也没少。回头想想，倒也是猜不着神佛的心思啊，哈哈。"

听他说完，半个烧饼已经下了桃夭的肚子，她边嚼边问："既如此，你还信佛？"

老板挠挠头，好像被问住了的样子，憨笑道："这个，我还真没想过……人生在世，信点什么会舒服些吧？ 你们慢慢吃，我那边还烧着水呐。"

"真是一个憨厚的好人。"柳公子把最后一口烧饼咽下，"烧饼如满月，一口咬个缺。腹饱神自清，坐看远山雪。"然后自己把自己感动坏了，连声说"好诗好诗"。

桃夭从筷筒里迅速抓出一支筷子对准柳公子的咽喉："不要再作诗了，我怕我会忍不住弄死你。"

柳公子撇撇嘴："夏虫不可语冰。"

起了一身鸡皮疙瘩的磨牙默默地啃着饼，然后像突然想起了什么，坐到竹篓旁，伸头问里头的家伙："你不吃东西么？"

乖龙白他一眼："我是妖仙，不吃人间粗陋的食物。"

"哦。"磨牙把烧饼塞回自己嘴里，左右看看，压低声音道，"旱仙真的会来么？他长什么样子呀？"

乖龙翻了个身，道："什么样子都有，可能是个老太婆，可能是个老头子，也可能是个愚钝的小和尚。"

磨牙惊讶道："这么厉害啊！那你能认出来么？"

"为何你的问题这么多？"乖龙不耐烦道，"就不能让我在午时之前清净些么！"

此言一出，乖龙干脆装睡不再理会他。

就不能让我清净些吗——它记得第一次对阿忙说的话，也是这个。

◦ 4 ◦

阿忙这个人跟他的名字一样，又忙，又盲，是个十岁的小瞎子，跟奶奶一起住在飞鱼村。祖孙俩没有血缘关系，阿忙是被人扔在飞鱼村外头的，腊月的天气身上只裹着薄薄的襁褓，要不是那天奶奶早起赶集，他连被起名字的机会都没有了。

看不见这个世界确实是很麻烦的，但阿忙在各种程度的磕伤摔伤碰伤的陪伴下，慢慢摸索着成为了一个可以靠盲杖与想象跟这个世界和平相处的人，甚至他还顺利地从河边挑过水，拿家里的鸡蛋跟来村子里卖杂货的小贩换过东西。

奶奶心疼他身上大大小小的伤，但她从不在嘴上表达出来，这些伤口是能让他生存下去的资本，他还有那么长的人生要走。

阿忙家墙角边废弃的木椅，是乖龙这次选中的躲藏地。它老早就算不清自己是第几次从天界逃跑了，真看不惯雷神那副高高在上的鬼样子啊，在他手下当差，起得比鸡早，干活比狗累，还得不到半点称赞，仿佛一切都是它该做的。自己大小也是个妖仙吧，虽然它的本事不能跟那些正仙正神们比，一出手就是百里江山降甘霖，一日成河两日成海什么的，但它跟它的同类们好歹也能兢兢业业地往一个村子或者一片山头上降个大半天的雨，遇到山火突发或大旱之年，它也是能救下人命的。可是看看人间那些俗人，祭河伯祭水神祭龙王，满天神佛都祭了，就是没有它们乖龙的份儿，事实上连知道它们的人都很少，没办法，谁让它们干的是不起眼的工作。最可气的是天界那些别的正仙，他们看不起自己，背地里说它们始终是妖，就算收归天界也改变不了这卑微的身份。他们又有什么厉害的，撇开那些日精月华天地灵气孕育出的真正的神，其他家伙往上数个八辈不也是从人修成仙的么，人跟妖，自打有了这片天地起就在同一个世界中生存，谁又比谁高贵，嘁！

不干了不干了！狗屁妖仙，让雷神找别人去帮他灭火降雨吧，反正它不伺候了。不过每次都跑不了多久就会被抓回去，惩罚是绑在柱子上看别人吃饭，妖仙不吃东西也是饿不死的，但还是会饿啊！这就是雷神的阴险之处……

但是它不管，不逃跑的乖龙不是真汉子。

不过有些同类不太厚道，你躲就躲呗，柱子屋檐家具都可以，你偏要躲在动物或者人身上，雷神一个雷劈下来，一条人命就被连累了，并且这个罪过不会算在雷神头上，虽然很少听说雷神劈死了哪个无辜的人，但这样的意外也不是没发生过。反正它是不会躲到活物身上的，比如这回，他选了这个山明水秀的飞鱼村，并且是村子里人口最少的一家，只有一个老太太跟一个小盲人，清清静静地躲一阵再说吧。

它知道这个小盲人叫阿忙，名字起得贴切，眼睛看不见每天还忙忙碌碌的，一会儿擦窗户一会儿洗衣裳，屋里屋外的路线熟得很，也没见他撞到哪根柱子。

他的奶奶年岁已经特别大了，脸上的褶子都能夹死苍蝇了，是个话不太多的面容慈祥的老太太。在没有病倒前，天天都能看到她拿着扫帚在门前扫来扫去，扬起的灰尘好几次害它差点打喷嚏。

但是几天前她病倒了，阿忙请了大夫来看，大夫说是伤寒，不能大意，不小心养病的话会丢了性命。于是阿忙就更忙了，要抓药要熬药，还要陪奶奶聊天说话，好几次他差点因为忙昏了头撞到门前的柱子上。

也是在奶奶病倒后没多久，阿忙除了干这些事之外，每天早中晚三次，雷打不动地往墙角的地上插三根香，然后跪下来，唠唠叨叨地说什么求土地公公保佑奶奶早日康复。

一连数日如此，阿忙不觉得烦，但它是真烦了。终于在一个昏昏欲睡的午间，当阿忙又点起香祈祷时，它终于忍不住喊了一声："就不能让我清净些吗！"

阿忙吓了一跳，一屁股坐到地上，问："谁？是谁在那里？"

它顿时有点后悔，不该忍不住的，现在怎么说？

最后它只能硬着头皮咳嗽两声，说："小孩，我就是土地公公。"

阿忙一愣："真的？您真是土地公公？"

"嘘！"它把声音压低，"你不要这么大声，我是看你天天烧香喊我，才出来看看你的。"

毕竟还是十岁的孩子啊，容易上当。信以为真的阿忙伸出手在空气里摸索，惊喜地说："土地公公您长什么样子啊？可以让我奶奶早些康复么？"

"别摸了，我是神仙，你这样的凡人怎么可能触碰到我的身体。"它一本正经道，"至于你奶奶，放心吧，我已经赐福给她，她会好的。所以你以后不用再来这里烧香，也不要再来吵我了。"

阿忙赶紧收回手，连连点头："我以后都不来打扰您了！"

真是说到做到，那天之后，这孩子好像忘记了这件事，真的再没来墙角。但是，每天早上它醒来时，都会看到自己面前摆着一些食物，有时候是块烧饼，有时候是几个野果子，有时候又是一束鲜花。

这是它第一次受到人类的供奉，还是盗用了土地公公的名义。

不过奶奶的病确实慢慢好转了，阿忙每天都开心得很，有时候会站在离墙角老远的地方，朝这个方向合十叩拜。

它只是翻个白眼，蠢孩子。

飞鱼村真是个好地方，景色好，空气好，人也不错，没有任何乌烟瘴气的地方。只要雷神不找到这里，它打算继续躲下去。

这几天，阿忙干的最多的事，是拿一把锄头给院子里一块空地松土，它偷偷地看着，真担心这瞎孩子一锄头下去挖到他自己的脚，好在没有。但他毕竟年岁小，这样的活儿太耗体力，他花了好几天才整出来。

然后，阿忙从外头带了十几二十株青色的小苗回来，把这些小苗一株一株地埋到土里。为了保持整齐，他蹲在地上用手比画着青苗之间的距离，一不小心就会被土里的石子划破手。总之他花了一整天把所有的青苗栽种完毕，浇了水，最后带着满手的伤口，心满意足地坐在地边。

它终于忍不住了，从木椅里跑出来，落到阿忙身边，问："你种的这是什么？"

阿忙又被它吓了一大跳，结巴着说："土……土地公公？"

"呃，我路过你家，顺便看看。"它随口道，又问了一次，"你种的什么？"

阿忙赶紧说："是甘蔗。"

"甘蔗？"它不解道，"我记得你们村子后头就有一片甘蔗林啊，你干吗还种在你家里？"

阿忙老实回答："是我管甘蔗林那边的李大叔要的甘蔗苗。奶奶说她年轻时爱吃甘蔗，现在老了啃不动了，所以平时都是榨汁喝。每次收甘蔗的时候，李叔都会送几根到我家。"

"所以你何必要自己种呢？"它不解道，"论种甘蔗的经验跟本事，你肯定不如那个李大叔啊，就算种出来也未必好吃呢。"

阿忙擦了擦额头上的汗水，憨笑道："虽然我比不了李大叔，但是我也能做到一样的事啊。肯定没有他做得好，但那会让我觉得自己是有用的。我奶奶以前说过，世上没有谁是多余的，都是有用的。"然后他又顿了顿，似乎看着眼前这一片绿油油的幼苗，认真道："这是我第一次做这样的事，一想到以后能吃到自己种的甘蔗就觉得好奇妙。"

它想了想，抛下一句："多此一举。我走了，小孩。"

其实它是想说好好照顾你的甘蔗的，但是它不习惯这么温柔地对待别人，所以还是算了吧。

之后的日子，它天天都看到阿忙在这块小小的甘蔗地里忙碌的身影，对于一个盲人来说，照顾不会说话的植物实在是个很难的难题。

它远远地看着，心说我是不会去帮忙的，又不是我的甘蔗。

时间一天天过去，排列得歪歪扭扭的甘蔗苗在阿忙的精心照顾下明显拔高了一寸，他每天都会拿根杆子去量甘蔗苗的高度，哪怕只长高了一点点，他都能高兴得在原地蹦几下。

等他的甘蔗成熟之后，一定会拿一根给它吃吧，它打了个呵欠，沉沉睡去。

半夜，弦月当空。

睡得迷迷糊糊的它突觉一股异常的灼热之气从身上扫过，虽只是一刹那，但也足够惊醒它，因为这种感觉太熟悉了。

它从木椅中钻出来，落到墙头上，稀薄的月色中，院墙外弯弯曲曲的小路上飘过一团暗红的影子，影子行走的路线上，拖出一条熔岩似的痕迹，转眼即逝。

旱仙？这讨厌鬼跑这里来可不是什么好事。

它偷偷尾随，只见旱仙在飞鱼村里绕了一周，最后离开了村子，临走前还在村口的地上写了一个凡人看不到的数字——七。

按照旱仙的规矩，那就是七天之后他会回来，然后飞鱼村会一夜焦土，大旱三年。

它太熟悉这个家伙的风格了，每当上头要以旱灾惩罚人界时，旱仙们就会奉命出动。但这回好像有哪里不对头，至少在它逃跑出来之前，并没有听到任何处罚人界的命令，何况，上头一旦要出手，那至少是百里之地皆无幸免，从没有单单针对一个芝麻绿豆大的村落的先例。更何况飞鱼村风平浪静，更无奸恶之事，不至于招来上头的惩罚。

它越想越不对，思索一番，照着旱仙刚才走过的路线也走了一圈，并没有什么异常，只是在村子南边的一个角落里，发现了一座安在地上的用石头打成的神龛，里头的石像上刻着“旱仙”二字，但显然这里已经很久没有人来参拜供奉了，神龛与石像都破败不堪，蛛网处处。可真正引起它注意的，是留在神龛上的一个黑黑的掌印，它伸出爪子去碰了碰，居然还是热的，十之八九是愤怒的旱仙一掌拍下去的。

回到村口，它看着地上那个只有它能看见的数字，回想着在天界时听到的传闻，一些经常来往人界的小仙，很是介意人类对他们的供奉，据说受的香火祭品越多，他们的仙力就会越强，且受到的敬畏越多，越有利于他们的升迁，因此也常有香火不够而触怒小仙招致报复的传闻，毕竟天高皇帝远，人界又那么大，真要有气量狭小的家伙背着上头搞些小动作，也是防不胜防。反正，据它所知，旱仙可不是胸襟广阔之辈。

而且，它走遍了村子也没看见天惩印，天界惩罚人界，不论派谁去用何种方式，都会事先交给对方天惩印，被罚之地一定会被打上这个印记，以示此地罪孽滔天，当受天谴。既然没有天惩印……那就更证明这是私怨！这个旱仙，少受点供奉就记恨成这样……

它没有再回到阿忙家，而是在旱仙留下的数字前发了整夜的呆。

旱仙虽然听起来破坏力很大，但毕竟是普通小仙，而人界万物并非任人宰割的羔羊，山水土地也同活物一样有强有弱，即便是被罚之地，若气数未尽，单靠旱仙之力，根本不可能一夜焦土三年大旱，所以才要先以天惩印泄掉此地的“气”，之后旱仙才能一展所长。

可旱仙若没有天界旨意拿不到天惩印，而是想纯粹靠自己的能力去祸害一个地方，那就一定要推算出被报复对象的“灾日”，并且在灾日午时进到这个地方才能成事。灾日是这块地方地气最弱最易受到危害的一天，听说每隔十年才有个灾日，这家伙也不知怀恨多久了，憋着劲儿等着这一天，如今眼看要等到了呢。

怎么做呢？回天界检举揭发？不行，那不是把自己也检举了么。要不装看不见不知道，换个地方藏身？

可是，一想到阿忙那片刚刚才长高的甘蔗苗，它又犹豫了。或者，还有别的法子？

天亮前，它从飞鱼村消失了。

○ 5 ○

日上中天，桃夭已经喝了三杯茶，双目无神地看着远方，柳公子打了无数个呵欠，磨牙捻着佛珠，时不时左右瞟两眼。

就在所有人都百无聊赖时，三岔路的另一端，蹦蹦跳跳过来一个扎着冲天辫的小男孩，旁若无人地从茶摊前跑过去，径直往飞鱼村而去。

乖龙突然从竹篓里跳了出来，爪子里捏着一枚细如牛毛的绣花针，针尖上沾着它的血迹。就在其他人还没回过神来的瞬间，它已经落到地上朝那小孩子追了过去，虽然跑得一瘸一拐，但速度一点没耽搁。

在离孩子还有几步远的地方，一点细微的银光从它爪子里飞了出去，无声无息地扎到了孩子裸露在外的后脖子上。

孩子的速度慢下来，又走了几步，突然停住了，反手摸向自己的后脖子，还来不及回头，他的身体便“嘭”一下消失在原地，地上只留下一个四分五裂的泥娃娃，一团没有轮廓的红影从泥娃娃里钻出来，恼羞成怒地看着乖龙，怒道：“你这妖孽，居然暗算我！”

它咧嘴一笑：“是我暗算你，还是旱仙你暗算飞鱼村，你我心知肚明。”

旱仙更怒：“我与你井水不犯河水，你倒是管到我头上来了！”

“别这样嘛，人家不供奉你了你就要报复人家，好歹是做了仙的，吃相太难看了。”它朝旱仙吐舌头。

“你……你等着，你看我怎么收拾你！你……”愤怒的旱仙还没说完，便吧嗒一下糊在了地上，有气无力地挣扎着，“有本事你别跑，你看我不打死你！”

它翻了个白眼：“省省吧，咱们现在都法力尽失，谁都收拾不了谁。等着别人来收拾吧。”

它们背后，桃夭柳公子磨牙并排而立，滚滚站在磨牙头上，三人一狐兴致勃勃地围观着两个天界神仙的对峙。

“原来那就是旱仙啊。”磨牙惊讶道，“长得好一言难尽啊。”

桃夭左右看看，说：“幸好没有人经过，不然看到神仙就长这个样子肯定好失望的。”

“你傻呀，就算有人经过，凡夫俗子也看不到它俩的原形，顶多以为我们三个人有病，站成一排发呆。”柳公子淡淡道，“刚刚在茶摊时，那老板就看了磨牙好几次，一个跟空竹篓说话的和尚，也是一言难尽。”

乖龙慢吞吞地转过头看着他们三个：“我觉得你们不说话更好。”

“所以这就完结了？”桃夭拍着手走到它面前，又看了看趴在地上的有气无力的旱仙。

“旱仙天生不喜白昼，且只能在夜间行动自如，白天则必须依附泥偶化成人形才能在人界行走，但为了赶上灾日午时，也只能受累了。”它看着旱仙道，“虽然白天的旱仙本就法力微弱，但也足够它利用这一个时辰让飞鱼村受苦三年了，只要它走进飞鱼村，什么都不用做就能达到目的。所以我必须要它法力尽失，一点不剩。等过了今天午时，它就算再想报复飞鱼村，也要等十年之后了。”

旱仙听了，虽然很想把它往死里揍一顿，奈何已经无力动弹，索性把它听过的所有脏话挨个骂了一遍。

当神仙当成这样也真是尴尬啊。

乖龙只当听不见，转身突然慎重地朝他们鞠了一躬，说：“现在我可以跟你们道歉了，害你们被雷劈也是无奈之举，毕竟河面空旷，你们的船最容易被发现。”

桃夭冷哼一声：“天界中人凡被雷神劈伤，伤愈之前必会法力尽失，在此之间若将伤者之血涂于利器再伤同僚，会令对方法力消失一天。你也是豁出去了啊，居然能想到这种馊主意，故意暴露行踪惹雷神劈你。你没想过雷神可能没劈到你，又或者劈过头了么？”

“我觉得雷神不会要我的命，毕竟他是一个喜欢折磨他人多过于让人死个痛快的怪物。”乖龙认真道，然后如释重负地趴在地上，“好了，我的事办完了，说实话爪子还真是有点疼。你来治我吧。”

桃夭撇撇嘴："治你可以，但我治病是有条件的。"

"当你的药嘛，我知道。"乖龙一动不动趴着地说，"我倒是好奇有朝一日你要取我身上哪部分去做药。呃，剪指甲行不行？"

"那就不是你该担心的事了。"她蹲到它面前，摊开手掌，"想好了就给我盖个章呗。"

乖龙伸出自己的爪子："不必想了，虽然你们半路杀出来什么忙也没帮还说些蠢话惹我生气，但我居然不讨厌你们。我以前的生命主要用来逃跑，几乎没什么机会跟别人说话。"它顿了顿，说："但以后我不想再逃了，让雷神把我抓回去吧，只要他不弄死我，大不了我以后都按命令行云布雨，累就累点吧，被人看不起也无所谓，说我妖怪也无所谓，至少我还是有用的，哪怕就那么一点点用处。"

"嗯，起码你替一个孩子守住了他的甘蔗。"桃夭白了他一眼，只从布囊里取了一枚很小的药丸，在手里捏碎了，敷到了它的伤口上。

"其实我没吃过甘蔗，好吃吗？"

"很甜。"

尾

乖龙被雷神带走了，就在飞鱼村村外的竹林里。

在主动通知雷神之前，它要求桃夭他们把它装在竹篓里，再次去了阿忙家。

它没有进去，只站在门口远远看了看那片在春风中摇摆的甘蔗苗，阿忙正拎着水桶，小心翼翼地用木勺往地里浇水，十岁男孩的小脸上充满了幸福跟期待，满头白发的老奶奶坐在不远处的躺椅里，边晒太阳边嘱咐他小心些。

离开时，乖龙在竹篓里说了一句："他种得太辛苦了，要是一夜间都没了，怪伤心的。"

竹林里，黑冠黑衣、高窈健硕的雷神从天而降，面无表情地看着它，伸出手："回去吧。"

乖龙老老实实地跳到了他的手掌里。

桃夭全程盯着雷神，在他离开前突然叫住了他。

"有何贵干？"雷神看着这个貌不惊人的小丫头。

她仰头道："我是桃都来的桃夭。"

"原来是鬼医桃夭。"雷神点点头，"不过我与桃都素无往来。你不在桃都，跑到人界游荡，本也不关我的事，但还是提醒一句，来了人界便要守人界的规矩，若有行差踏错，落到我手里也不是好过的。”

桃夭黑着脸道：“我呢，就不劳大神你操心了，桃都的人自然有桃都的规矩。我叫住你，也是想提醒你，以后别动不动就拿雷乱劈，你有嘴，可以讲道理的。实在要劈谁，麻烦也看清楚他旁边有没有无辜百姓。”

雷神打量她一番，摇头一笑，走了，连句回应都懒得给她。

就在她的脸色难看得能掐出水时，雷神突然站住，回头道：“你以为，在我不允许的情况下，乖龙真的能一次又一次逃脱？你以为，在我不愿意的情况下，乖龙能想受伤就受伤？你以为，你们真是命大死不了？”

桃夭一愣。

雷神浅浅一笑：“神也罢人也好，总有那么一段长不大想不开的时候，过去了就好。”说着他又想起了什么，看了看自己的袖口，里头装着瘫痪的旱仙，笑道：“有些小仙的过分行为我也略有耳闻，让他们吃些苦头倒也无所谓。”

桃夭脱口而出：“你什么都知道？包括乖龙想出了这个阻止旱仙的法子？”

雷神笑而不语，转身离去。

“喂，你别太折磨乖龙！”桃夭在后头大喊，“它很乖，而且比谁都更像个称职的神仙。”

这时，乖龙从雷神手掌里探出脑袋来，挥着爪子跟她说：“回去吧，别惦记我，我不乖。”

金光闪过，雷神与乖龙再无迹可寻。

磨牙念了一声阿弥陀佛，说：“庇佑与否要看有无供奉、商人之行；无分别心，有慈悲念，方为神佛。”他欣慰地摸了摸头顶上的滚滚：“乖龙施主已悟正道，滚滚施主你要以他为榜样，毕竟你还有一条漫长的修炼之路要走啊。”

滚滚哼哼唧唧地叫了几声，跳到他肩膀上，抱住他挂在脖子上的念珠就开始啃。

磨牙无奈道：“先从管住自己的食欲开始吧，你不能一饿起来就什么都吃啊！”

咔咔咔，啃啃啃。

“喂喂，松口啊，我只有这一条念珠！”

咔咔咔，啃啃啃……

旁边，柳公子奇怪地打量着桃夭：“你很反常啊。”

“有吗？”桃夭斜睨他一眼。

“在我的印象里，你很少主动跟人提起你的身份。”他说，“而且对方还是个头回见面的家伙。”

桃夭沉默片刻，突然两眼放光，一把抓住柳公子的胳膊：“他长得太帅了！怎么能有男人长得这么好看！我一直以为雷神是个乌漆抹黑一吹灯就看不见的老头子，没想到他居然是这样的雷神！我一定要他记住我的名字！你说他有心上人没？神仙也可以成亲的吧！”

柳公子看着她兴奋到发红的花痴脸，毫不留情地泼了一盆冷水：“万一他不喜欢女人呢。”

桃夭呵呵一笑：“那也轮不到你。”

“我无龙阳之好。”

“你说点让我开心的话会死么？会死么！”

“不会死，会生不如死。我还是隐身吧，不然我们彼此都会痛苦的。”

“总有一天把你做成蛇肉火锅！”

“我怕你找不到那么大的锅！”

原本安静的竹林，吵成了一锅粥。

百妖谱
陆·腾根

楔子

既然能遇见个让你不想离开的人，就留下吧。

◦ 1 ◦

巫城并不太大，人却多，热闹得过了头。

春天的温度也越发高了，午后的太阳晒得多了也会发热流汗了。磨牙抱着快喝光的水壶，蔫蔫地缩在一棵跟他一样蔫蔫的树下，浓郁到辣眼睛的香火气从前头那一片暗红色的围墙里扑出来，伏在身边的滚滚连打了好几个喷嚏。

磨牙虽然在看地图辨方向这件事上不是太擅长，但也依稀觉得巫城的方向跟京城的方向并不太一致。他质疑过桃夭选择的路线，说往巫城走的话，好像是绕路了，往京城去的路不该是往这里。但桃夭非要来这里，还说条条大路通京城，不论路途远近，都是修行，不该存有分别心，身为和尚居然连这个禅理都不懂，还成天去计较多走几步少走几步，如此狭隘，又如何得成正果……好吧，磨牙无言以对，一个明明走错了方向还能如此一本正经的女子还是不要试图同她辩驳了。

可是，也实在绕得太远了，本来身上就没多少盘缠，单靠化缘来果腹只能是饱一顿饥一顿，不过幸好桃夭暂时管住了自己，路过赌档啥的也没再手痒去试运气，顶多眼睛发亮地往那边瞅几眼，然后搓着手嘀嘀咕咕不知说什么，反正往巫城的路上她心情都挺好，也不知道在高兴个啥，就连对滚滚的态度都好了不少，还说有朝一日要替它寻个小母狐狸当老婆……

面前这片暗红的围墙后，是巫城里最热闹的地方，有吃喝玩乐的店铺，有香火旺盛的道观，还有一座比道观的香火更旺的叫“神女阁”的地方，就在道观斜对面——一个跟普通商铺差不多大小的场所，门口挂着一块披了红绸的匾额，写着“神女阁”三字，每个字都拿金粉细细涂了，阳光下闪闪发光，奢华得很。大门左手边立了一个半人高的石制大香炉，里头插满了粗粗细细的香；右手边坐了个头发梳得溜光，往脑后挽成个髻的中年妇人，身形丰腴过头，还穿了件水红色的袍子，宛如庞大的红包坐在一张宽大的木几后头，摆弄着堆放在上头的香。一只青铜造的大蟾蜍张大嘴巴蹲在木几一角，脖子上还挂着铃铛。凡是以神女阁为目的地的人，都会在进去之前，往蟾蜍的嘴里扔进数目不等的银钱。然后中年妇人会递给他们一把香，点燃之后他们会虔诚地对着神女阁的匾额拜拜，最后插进香炉里。做完这一切后，再从中年妇人那里领一张写了数字的木牌，十号以内的可以进神女阁等候，十号外的只能在门外排队，连个坐的地方都没有。

神女阁的来客是真不少，香炉的香前赴后继从未有熄灭之时，蟾蜍肚子里的银钱不用多久就会爆满，中年妇人一天大概要好几次揭开蟾蜍下的底座，把钱倒进口袋里。

几个小道士提着蔬菜瓜果从神女阁前走过去，脸上尽是鄙视嫌弃但又隐隐羡慕的神色，一个又非寺庙又非道观的地方，香火竟然旺过他们，是个人都会不高兴呢。

早在还没有进巫城城门前，就已经听到“神女阁”的大名了，几个结伴而行的妇人，手里拎着鸡鸭，风尘仆仆地往城里赶，其中一人还顺势扯住同往城里去的桃夭，问她神女阁怎么走，桃夭说她也初来乍到并不知晓。妇人们很着急的样子，又扯住另一个当地人问，这才得了答案，一路小跑地去了。看她们急匆匆的样子，桃夭好奇地问那当地人，神女阁是什么地方，一个庙么？当地人连连摆手，说那地方既不是庙也不是道观，里头只得一个妇人，人称古婆婆。大约是一年多前吧，古婆婆带着她的几个手下，租下了那间铺子，开了这间“神女阁”，据说是专为人解决姻缘之事。时日一长，不知怎的就兴旺起来，以前那些常去道观里求姻缘符的人都成了神女阁的客人，一传十十传百，慕名而来的人越来越多。

桃夭觉得奇怪，说这神女阁莫非干的是替人扯红线的媒婆勾当？那当地人却神秘起来，说古婆婆可比媒婆厉害多了。撇开寻常男女不说，那些面容丑陋的、身有缺陷的，被所有人都认定嫁不出去的女子，听说去了神女阁之后不久也都觅得良配，还有那些哭着骂自家郎君不是东西、发了小财就不要糟糠的妇人，或者跟夫君有各种各样矛盾的女子，只要去找过古婆婆，就没有化解不了的。甚至有人说古婆婆是月老临世，那些从中获益的人简直要把她当活神仙供起来。而且这巫城之外就是巫山，素来有神女传说，这古婆婆又对外说她来自咱们这巫山深处，大家对她的能力更是深信不疑了。

听罢，桃夭居然高兴坏了，问清了神女阁所在，二话不说就往那里去了。

围墙之外，磨牙总算追上了桃夭，扯住她："你去那里做什么？"

"雷神啊！！"她两眼放光，"真有这么厉害的'神女'的话，我得让她撮合撮合我。"

空气中传来柳公子的叹息："人说十八年华春心动，你都过了好多个十八岁了吧。"

桃夭倒也不生气，摆了个扭捏羞涩的姿势："可人家还是想成家立业啊，若是跟雷神这般的男子结为夫妻，做梦都会笑醒呢。太帅了，真是光看他那张脸就觉得拥有了全世界！"

"你就见了人家一次而已……"磨牙双手合十，"而且人家对你并不上心的样子。桃夭施主，心魔还是早早克服的好。"

"心魔个鬼啊！"桃夭打了一下他的光头，"定是天天同你这一辈子不可能有姻缘的秃驴以及一条很可能喜欢男人的男蛇在一起，阻碍了我的姻缘，不然以我的资质，孩子都能打酱油了！"

柳公子怒："你哪只眼睛看到我喜欢男人了！造谣能让你吃饱饭是不是？"

"那你一把年纪也不找个老婆！"

"我要求很高，庸脂俗粉怎入我眼！"

"要不你跟我一起去神女阁吧，没准咱们都能走进人生的新阶段。磨牙是没指望了，除非他还俗。"

"你们要去便去，不要扯上我。"磨牙连连摇头，"我虽称不上博览群书，但比文盲总要强些的。那古婆婆说她从巫山来，故意带上神女的光环，可据我所知，神女传说里的巫山根本不是巫城后头这片山脉好吗？！"

"管它是不是呢。"桃夭铁了心的样子，"你们不去拉倒，我自己去。"

真是一点办法都没有呢。

堂堂一个桃都鬼医，到底还是逃不出小女儿家的那些事。

磨牙望着那些飘上天的香烟，无奈地念起了经。

再说那雷神有那么帅吗？不还是两只眼睛一个鼻子？喊！

○ 2 ○

“生辰八字？”檀香浓郁的屋子里，桃夭愁眉苦脸地坐在一方铺着红布的长几前，“我没有他的生辰八字呢。”

她对面那年过四旬的妇人，也是穿了水红色的袍子，发饰妆容料理得很是精致，除了笑起来时眼角会有细细的纹路，但皮肤亦算得上细致光滑，比起在门口发号牌的那位，传说中的古婆婆显然赏心悦目得多。不过还这么年轻就自称婆婆，倒是跟许多拼了命想把自己往年轻里靠的女人很不相同。屋子里除了她们两人，古婆婆身后还站了个女子，年纪比外头那胖妇人年轻些，但膀大腰圆有过之而无不及，一张胖脸上没有任何表情，横竖跟个打手似的。

“没有八字……”古婆婆又道，“那么名字呢？”

桃夭继续愁眉苦脸：“我也不知道他具体叫啥。”

雷神只是他的职务吧，哎呀，早知如此，该把他打听仔细了再来嘛。

古婆婆一笑：“这就比较麻烦了。也曾有不少小姐公子与你一样，对可能只有一面之缘的人动了心。”

“所以是没办法了么？”桃夭失望道。

“倒也不是完全没有法子。”古婆婆笑道，从放在身旁的锦盒里取了一对扎得跟小包子似的香囊出来，“若能再见此人，务必将这香囊置于对方枕下，三夜之后，或可有转机。”

“真的？”桃夭眼睛一亮，伸手就去拿香囊。

“姑娘且慢。”古婆婆及时避开她的手，笑，“我虽是本着一颗帮扶他人的心，但这神女阁日常开销也不低，所以……”

“要收钱！”桃夭立刻明白过来，旋即把身子凑近了些，“可我没钱了，我这一路都是靠讨饭过活的，仅剩的钱刚刚都扔蟾蜍里了，我以为这就够了呢。或者，您收狐狸么？会拿尾巴擦碗筷的那种！狐狸不行的话，会念经的小和尚呢？以后你们要想做法事都不用在外头找和尚了！”

很快，桃夭被那打手妇人拎住后衣领直接扔出了神女阁。

在众多看热闹的目光里，桃夭灰溜溜地爬起来，揉着屁股灰溜溜地走了。

“喊，一点都不亲切。”桃夭嘀咕着，又回头朝神女阁那边一看，排队的依然还在那儿排队，烧香磕头的依然在那儿忙着，生意是真的好。

正在这时，一个丫鬟打扮的小姑娘和另一个年岁稍大些的家丁，急匆匆地往神女阁这边跑来，门口的妇人见了他们，二话没说就把他们放进去了。

桃夭撇撇嘴，一准是哪个大户人家的客人派了下人来办事，也不知主人家曾给了古婆婆多少好处才能如此畅通无阻。不过世人也是有趣，放着好好的道观不去，非得削尖了脑袋往妖怪窝里钻。她耸耸肩，他们高兴就好呗。

没意思，她回过头，阳光晒得她半眯起了眼，左看右看，她径直往前头走过去。

“懒回顾……”她抬头看着这间几乎是存在于夹缝中的小铺子，说它是铺子都不准确，仅仅是个从狭窄的屋子里支出来的小摊子，上头摆了些廉价的发钗镯子、胭脂水粉以及扇子、针线之类的杂物，摊子一角随意拿竹竿挑了一块粗布，布上绣着“懒回顾”三个字，如果这也叫店招，确实太潦草了。

摊子后头，倚门坐了个六十来岁的老伯，麻衣粗布，两鬓飞霜，从眉眼看来，年轻时也不见得是个英俊的人，五官平庸到见几次都未必记得他的模样。此刻他正眯着眼睛靠在门框上，手里托着一包花生米，细嚼慢咽的。

桃夭从摊子上捡了一把折扇，打开扇了扇。

“老板，扇子怎么卖啊？”她喊了一声。

老伯慢慢睁开眼，转头看向她，沉默了片刻，说：“一文钱。”

她摇着扇子，啧啧道：“卖这么便宜，亏本了吧？”

老伯笑笑：“姑娘觉得这个价便宜？想来是不缺钱的人。”

“呃……钱这个东西嘛，我肯定是有的。”桃夭嘿嘿一笑，“我就是担心靠这点微薄的收入，老伯你的生活会比较困难。”

“是不宽裕，但也够了。”老伯扔了颗花生到嘴里，“起码没有因为没钱而被人从店子里扔出去。”

桃夭脸色一变：“那么远你都看到啦？”

老伯又笑：“他们家出了名的认钱不认人，你也不是第一个被扔出来的人了。”说着他又将桃夭上下打量一番，问：“看姑娘年纪也不大，这就操心起自己的婚事来了？据我所知，去神女阁找古婆婆的人，大多都是陷在一厢情愿的苦恼中呢。”

被捅一刀再补一刀的感觉太尴尬太痛苦了！桃夭强作欢颜，从牙缝里挤出话来：“为自己的幸福争取，有什么问题？”

“问题是强扭的瓜不甜啊。”老伯直言，“没准瓜没下来，反把自己扭伤了。世间任何一种关系，不都得你情我愿才可长久么？”

桃夭眨了眨眼睛，笑：“老伯，你平时的生意一定很差吧。”

“这话怎么说？”他反问。

“因为你好闲啊。”桃夭白他一眼，“不然哪来这么多时间想这么多道理！”

“你又在跟客人瞎扯啥？好好地把东西卖给人家不就行了。”不等老伯回话，他身后走出一个人来，穿了素色碎花的衣裤，腰间扎着一条深蓝色的围裙，花白的头发在脑后挽了个简单的圆髻，手里挽着好几件衣裳，左手背不知是受伤还是怎样，缠着白布条。这个跟老伯差不多年纪的妇人，瘦削但利落，一看就是操持家务的一把好手。

“拿去叠好。”妇人将手中的衣裳往老伯怀里一堆，然后朝围裙上擦擦手，转身对桃夭笑道，“姑娘是要买扇子？一文钱一把。”

桃夭把扇子放回原处：“我随便看看，今天也不算很热。”

“她没钱。”老伯一点面子也不给，“刚刚才被神女阁的人扔出来。”

听罢，妇人“扑哧”一笑，打量着桃夭：“我家老头说的可是真的？”

桃夭垂头丧气地点点头。

“姑娘看起来面生，莫非也是为了神女阁而来的外乡人？”妇人又问。

“那倒不是，我是来见个朋友。只是还没进城门就听闻神女阁的事迹，好奇之下便去看了看，却不知她家里外都要收钱。”桃夭可怜兮兮道，“我千里迢迢来会友，路上吃尽了苦头，不曾想连钱袋都被贼扒走了，已经一天没吃上饭了。”

“这小姑娘家家的，真是可怜……”妇人直摇头，又看看天色，道，“你不嫌我家茶饭粗淡的话，就……”

“打住！”老伯赶紧打断她，“连饭都吃不上，还拿仅剩的钱扔到那癞蛤蟆里，这能怪谁。”

“不要这样啦，老伯。”桃夭委屈地瘪起嘴，“我自小没了父母，身边的人不知为何又都不太喜欢我，所以一切都只能靠自己，至今也没遇上个可托付终身的人。我终究是个女子，不想再这样孤单下去。”说着她还硬生生挤了一滴眼泪出来。

桃夭生得娇小乖巧，随便扮个可怜相就能招人心疼，妇人见状，忙走出来，挽起她的手：“走，跟大娘回家去，晚上怎么也能吃上顿饱饭。”说着又狠狠朝还想阻止的老伯瞪了一眼：“不许再说了！这小姑娘身世多可怜！”

“她这么说你就信呐！”老伯瞪大眼睛，“这年头骗子可多了！”

妇人哼了一声：“纵然她是个骗子，顶多也就骗我一餐饭，她若不是，咱们就是帮了个可怜人。横竖也没吃亏！”

老伯说不过她，闷头边吃花生边嘀咕：“生意没做成还捡个吃白饭的回来……”

“姑娘，你叫啥名字啊？”妇人慈祥地摸了摸她的脑袋，朝老伯努努嘴，“那是你张伯，我是你张婶，这几日你若手头紧，就吃住在我家吧。”

“那就打扰了！”桃夭立刻破涕为笑，“呃，我叫桃子。”

“好生可爱的名字。”张婶笑道。

“还有件事，这个，我还有同伴在外头等我，能不能……”

“是吗，那快去把他们也喊上吧，晚上我多备些饭菜就是了。”

“谢谢张婶！”

桃夭笑成了一朵花，趁张婶不注意，又故意朝气哼哼的张伯吐了吐舌头。张伯狠狠剜了她一眼。

○ 3 ○

“多谢女施主赐饭。”饭桌前，磨牙双手合十朝张婶道谢，说罢又戳了戳蹲在身旁舔嘴角饭粒的滚滚：“滚滚，你也该有些表示！”

直到最后一颗饭粒进了嘴巴，滚滚才满意地打了个饱嗝，然后立起身子，合拢前爪，朝张婶做了个恭喜发财的姿势。

张婶顿时乐了，说：“这小狐狸是成精了吧，竟这般通灵性，长得也有趣，半白半黑。小师父身边能有这等灵物自愿相随，将来十之八九会成一位高僧呢。”

“没这样的本事，如何骗吃骗喝。戏班的猴子得了好处还会翻俩跟头呢。”张伯不屑道。

张婶拿筷子敲了他一下：“你怎能拿戏班的猴子来形容小师父，不怕佛祖怪罪么！”

“我不信佛。”张伯擦擦嘴，“他拿我没办法。”

张婶尴尬地朝桃夭他们笑笑：“你们别多心，我家老头一贯这样，嘴上没个把门的，但他没有恶意的。”

“既白吃了你们的饭，让张伯唠叨两句也是没话讲的。”桃夭笑眯眯地看着张伯，“对我们还有啥不满的，张伯你可以继续。”

张伯一翻白眼，把筷子一拍：“睡觉去了。”

“施主，刚吃完饭就睡觉容易积食。”磨牙好心提醒。

“撑死拉倒！”张伯撇撇嘴，径直回了里屋。

“越老脾气越坏。”张婶看着他的背影直摇头，“你们莫见怪。”

“我帮你收拾吧。”桃夭挽起袖子收拾碗筷，“张婶啊，我看你家门口的店招上写的是‘懒回顾’，拿这个做店名不太好吧，做生意不都希望客人一来再来么。”

“我没念过书，大字不识几个，这名字是老头起的。”张婶边擦桌子边道，“不过我们也不指着这小摊过日子，这些小杂货能赚几个钱？平日里我跟老头都会寻些别的活来干，老头上个月还在一间客栈里帮忙，我最近只要逢单日就去城中的甄家做些打扫清洗的零活。甄家是巫城的大户，难得一家子都没有仗势欺人的坏毛病，待我们这些人也是极和气的，工钱也从不短缺。尤其甄家小姐，知书达理，对我们上了年纪的人特别体恤照顾，经常送一些吃穿用的东西。可惜这么好的女子，偏偏幼年时被火烛烧到了左脸，如今年已二十有三，还未出阁。前俩月听说甄老爷好不容易给女儿寻了门婚事，是友人之子，有学识家底的年轻公子。甄小姐对这公子一见倾心，所有人都以为两人可结秦晋之好，哪知前不久公子还是反悔了，婚事作罢。为这事，甄小姐大病了一场。我前几天去做工时还去看了她，可怜的，瘦得皮包骨头。”说着，她不好意思道，“张婶是不是话太多了？你们听得烦躁的话，就早去歇息吧。”

“不烦躁，我就爱听别人闲聊。”桃夭笑眯眯地看着这个善良的老妇人，“以貌取人确实是比较愚蠢的行为。”

“可不是！”张婶有些无奈，“娶妻求淑女，甄小姐人好，必是个贤妻。唉，只怪两人没缘分吧。”

这时，磨牙跟滚滚同时打了个呵欠，一人一狐神同步地揉着眼睛。

“小师父困了啊？”张婶忙道，“快去里屋睡吧。”

桃夭也打了个呵欠：“大概是这些日子太奔波，我也困得不行了。”

“都去睡吧。”张婶放下擦桌布，“走走，我带你们去里屋，床铺都收拾好了，只是要委屈小师父跟小狐狸打地铺了。”

“谢谢张婶啊。”

“多谢女施主！”

“唧唧……”

○ 4 ○

巫城的夜跟白天完全是两个极端，居民们几乎都早早睡了，城中除了那些个烟花酒肆之地尚见灯火，其他地方都默默地融在了黑夜里。

虽然桃夭没钱是事实，但这并不折损她对药材的熟悉与敏感。此刻，磨牙跟滚滚在张家的地铺上睡成了两头死猪，拖出去宰了也未必醒，可见饭菜里的蒙汗药还是有效的。反正那两个家伙醒着也是没用，还啰里吧嗦的，不如睡觉，反正有柳公子看守着，出不了大事。

桃夭站在甄府的围墙外，就在刚刚，换了夜行衣的张婶像猫一样跳了进去。不多时，一层很淡很淡，淡到只有像桃夭这么好眼神的人才能看见的蓝雾从围墙里蔓延开来，很快便弥漫到整个甄家。

一只从围墙上经过的老鼠，走着走着就“吧唧”一下掉到了地上，没死，睡过去了。

桃夭忍不住竖大拇指，这迷烟放得，又快又有效，而且味道还蛮好闻的。

她跳进甄家，远远地看见前方的回廊里，张婶走得像一阵风。

此刻已近子时，甄家的人都睡死了，值夜的家丁在地上横七竖八地倒着。

飘荡着淡淡水粉香气的绣房前，两个在外守夜的丫鬟歪在地上睡了过去。其中一个桃夭认得，就是白天跟家丁一道往神女阁里去的那个。

房门紧闭，桃夭抬头往屋顶上看了看，嘴角浮起一丝笑意，旋即蹑手蹑脚走到窗户前，将窗纸捅了个小洞，往里头一瞧，却见张婶坐在里头那雕花木床的床边。床上躺了个姑娘，张婶正扳开她的嘴，要将捏在手里的一个黑乎乎的看不清是什么的小东西往里塞。

然而，东西还没放进口中，张婶的手却猛一下被扯开去。一束白得发亮的蛛丝从天而降，缠住了她的手腕，硬是将她整个人扯离了床边。

张婶见势不妙，将手中的小东西塞进腰间，腾出的左手顺势从腰间拔出一把短刀，“嗤”一下斩断蛛丝，脱身后又迅速奔向床那边。

嗖嗖几下，更多的蛛丝射出，死死缠住了她的腰跟手脚，用力将她拖到了离床几丈远的地方。

一个黑乎乎的影子从梁上落下来，竟是只水红色的大蜘蛛，个头比澡盆还大，更怪的是，这红蜘蛛有十条腿，每条都如镰刀般犀利，大蜘蛛身后还跟着两只一样水红色的癞蛤蟆。

桃夭瞪大了眼睛，看得更起劲了。

“我说白天甄府的人跑来跟我说甄小姐吐了黑血，原来竟是你这老婆子坏事。”蜘蛛开口说起了人话，却是个妇人的声音，“不过你也算有些本事，竟用迷烟弄晕了整个甄府的人。不枉我在梁上候你多时。”

张婶倒是十分冷静，沉着道：“你素日里耍些蛊惑人心的小把戏敛财，无伤人命也就罢了。但你对甄小姐用蛊，我就不能坐视不管。我老婆子活一日，就一日不允许有人用蛊。”

蜘蛛冷哼一声：“我开我的神女阁，你待在你的懒回顾，大家邻居一场，井水不犯河水。甄小姐求我留住孙公子的心，银钱给得又多，我岂能拿应付其他人的小把戏敷衍她，自然是要使出最厉害的蛊，不然哪能让孙公子同她白头到老。”

“白头到老？”张婶冷笑，“啮心蛊顶多三年效用，中蛊两人固然能在三年内如胶似漆，然这三年中，蛊虫会不断蚕食两人身体，三年一到，两人也就只剩一副皮囊，未得白头到老，倒是能同赴黄泉。”

蜘蛛愣了一下，似乎没想到这老婆子知道其中真相，但很快又镇定自若道：“纵然只得三年欢好，也好过甄小姐孤独一生。”

“甄小姐的人生还很长，你焉知她寻不到一个真心相待的人。”张婶一笑，“你是为了钱还是为了甄小姐，还是……为了等她死后取回蛊虫，自己吞食增加修为，你自己心里明白。我只知能被种下啮心蛊的人，八字与常人不同，你也不知等了多久才等到一个能助你修炼的甄小姐。”

“你……”被戳穿了底细的蜘蛛恼羞成怒，“你究竟是何人？为何会对用蛊如此熟悉！”

“姐姐，休要跟她废话了，早早除去是正经。你我姐妹三人行走人间多年，修炼不易，眼见着再吃两条啮心虫就能完全修成人形，再不用每天子时就要打回原形，不能被她坏了事！”癞蛤蟆甲愤愤地说，癞蛤蟆乙赶紧点头附和。

“她没有那个机会了。”一束绿色的蛛丝从蜘蛛的口器里钻出，箭一般朝动弹不得的张婶心脏刺去。

说时迟那时快，一把白灰腾起，缠住张婶的蛛丝瞬间化成白气。绿丝入心前的瞬间，张婶被人一把拖开，那绿丝擦烂了她的右肩，“噌”一下扎进了后头的墙壁里。

张婶猛一回头，诧异道：“是你……”

然而话没说完，她只觉右肩一阵剧痛，继而浑身麻痹，天旋地转地晕了过去。

“啊咧，好猛的毒。”桃夭扶住张婶，啧啧道。

蜘蛛一惊，旋即怒道：“怎的是你！”

“别拿丝扎我！”桃夭眨巴着眼睛做求饶状，“我就是路过的。”

“路过？”蜘蛛大怒，“你去地府路过吧！给我吃了她！”

早就按捺不住的两只癞蛤蟆，用一种跟它们笨拙肥硕的身体不符合的速度朝桃夭扑了过来。

“不要一言不合就吃我啊！”桃夭夸张地喊道，“救命啊啊啊啊！”

话音未落，一道黑影凌空而落，“嘭”一下将两只癞蛤蟆撞飞到墙上。

一只兽，模样似猫，精瘦修长，与豹一般大，一只犀角似的白角自额上生出，细长的双目里，一对瞳孔似镀上了一层金，漆黑的毛皮上盘着一道道仿佛符文的赤色花纹，很有几分神气。

撞得晕头转向的癞蛤蟆还没爬起来，就被兽一口一个吞下肚去。

蜘蛛像被钉在了原地，连声音都因为巨大的恐惧变了调：“你……你是……你怎么会在这里……”

兽没有任何回应，只一步步朝蜘蛛走过去。

所有的嚣张都从蜘蛛身上消失了，它浑身乱抖着，语无伦次地求饶：“我不是有心的！求您放过！我修炼了五百年！五百年很长的！”

兽停在它面前，冷冷道：“我的职责，就是吃掉世间的蛊。你身为一只蛊虫，不管你修炼多少年，都与我无关。”

“你……”蜘蛛见求饶无效，转头就想跑，却被兽一爪摁住，三两下撕成几块，一点不剩地吞进了口里，整个过程又快又利落。

兽回头，前爪不高兴地薅下一缕挂在嘴边的白丝，打了个饱嗝，自言自语道：“晚上吃太多确实会积食啊。”

桃夭查看着张婶的伤势，头也不抬地说：“你出手也未免太晚了点，明明来得比我还早。”

“谁让你多事的。那绿丝就算扎进她心口也死不了人，她的心脏在右边。”兽愤愤地原地转了个圈，红光闪过，兽不见踪影，只有个气呼呼的张伯，指着桃夭的鼻子骂，“不是说好了只能早上来见我么？她早上出去做工不在家，你我才好说话呀！你怎么不守时呢，跑到神女阁去晃悠什么？还跑到我家骗吃骗喝骗睡！”

桃夭很不可思议地看着他：“我没有当她面拆穿你已是给了你莫大的面子了，你烧纸给我，我肯来，更是天大天大的面子，你还骂我？那我走就是了。”她拍拍屁股，作势要走。

“喂！”张伯赶紧拦住她，“你好歹是桃都鬼医，能不能不要像个孩子一样胡闹！”

“你道歉啊，道歉我就留下来。”桃夭翻了个白眼。

“对不起。”张伯极不情愿道，“刚刚是我态度不好。”

桃夭转过脸，笑：“这话还能听。”

张伯蹲下来，无奈地看着张婶，说：“我知道她早晚会遇上这样的麻烦。总是学不聪明，什么事都想自己一个人去对付。这几十年来，我不知替她善后过多少回了。那蛊妖开了神女阁的第一天，我就跟她说过，敢把场子开在道观旁边的妖，跟一般小妖怪不一样，何况还是一只蛊妖，你不要想着去招惹它，要从长计议。只是这蛊妖开了神女阁以来，除了敛财倒也没干过分的事，那些说负心汉回心转意的妇人们，不过是让她们的汉子喝了有迷魂咒的水，所谓的回心转意不过是片刻的假象，不出两年，咒力消失，该走的还得走。说帮忙找到心上人的，也无非是被施展了许多妖怪们都会的魅惑之术，能在短期内令得异性对其青睐有加。而最擅长此术的当是狐妖，这蛊妖还差点火候，那些以为找到心上人的姑娘，不过是得了一场好梦罢了，时候一到，对方清醒，不爱你仍是不爱你，留不住的。”

桃夭想了想，道：“其实你早该出手的。”

“我习惯平静的日子了。”张伯笑笑，“何况，那蛊妖一开始并没有过分的举动。我见那些愁眉苦脸的人自神女阁出来后的样子，忽然觉得就这样下去也不是很坏，如果被骗也能让他们高兴，那就随他们去吧。神女阁会撞上我，是它欠了些运气。我同老婆子也是这样讲，只要它不过分，我们就照常过日子。能修炼成人形的妖，都是吃过不少苦头的，不到万不得已，我也不想毁了它们多年修行。”

“你比我想象中慈悲了。”桃夭笑道，“跟一个人类在一起这么久，也出乎我的意料。”

张伯看着张婶的脸，说：“我遵邢姬之命，游荡世间，以食蛊为职责。这千百年来，被我吞吃的蛊虫以及制蛊害人的术师巫医，不可计数。而人心不善，蛊毒不绝。我再是努力，也是吃不尽的。五十年前，我于深山中遇到一支世代制蛊的部族，皆为女性，平日深居简出，族群所有成员的心脏都长在右边，为了繁衍后代，此族女子以蛊虫种于山外男子身上，中了蛊的男子便会心甘情愿留在身边，然四百四十天后，蛊虫会咬破男子的心脏，令其暴毙而亡。这样的事发生得多了，部族的恶名也就渐渐散开了去，外头的人视她们如妖邪，也想过一些法子去除掉她们，可是都没能奏效，反而惹来更多报复。我化身成一只飞鸟，在她们的寨子里观察了好些天，发现她们对这种残忍的生存方式没有任何悔意，除了其中的一个孩子。”他顿了顿，笑，“就是她。那会儿她只有十岁左右，我不止一次看到她试图阻止自己的母亲炼制蛊虫。她亲眼看到过那些作为‘丈夫’来到寨子里的男人，一个个倒在血泊里，这种事每年都在发生。”

“你吃了整个寨子的人和蛊虫？”桃夭问。

他点头，又道："留下了她一个。不过，也跑了一只蛊虫。她们炼制蛊虫，是要用五只代表金木水火土属性的蛊虫为引，称为蛊母，这些蛊母都活了千年以上，单独一只已经足够厉害，五只齐聚更是后患无穷，我吞了四只，剩下水蛊母逃脱，寻了好多日子都寻不到。所以我才留在人间至今，不寻到水蛊母，我是不会回昆仑的。"

"连你都找不到？"桃夭诧异道，"那这只水蛊母是真的很厉害呢。"

他叹气："有什么法子呢，只能留下了。"

"你跟她一起，也是为了找到水蛊母？"桃夭又问。

"是的，毕竟是她们部族的东西，纵然只剩她一个了，难保哪天水蛊母不会找到她。"他如是道，眼神渐渐沉进了一段遥远的回忆里，"她那时候也太小了，因为手背上的蛇形胎记，附近的村民知道她是部族后人，对她十分不友善，甚至想出了各种恶毒的法子想置她于死地，可她硬是靠自己活下来了。那几年我一直在暗中观察她，毕竟她身上流着蛊师的血，外人对她的伤害很可能让她变得跟她的祖辈一样残忍，如果有这个迹象，我会毫不犹豫吃掉她。可是她没有，她甚至救过一个掉进水里差点淹死的孩子，然而赶过来的村民却用竹竿把她打回河里，说她是巫婆是妖邪，是来害死他们的孩子的。眼看她在河里挣扎到没了力气，我去把她捞了上来。我以一个跟她年纪相若的少年形象出现在她的生命里，还莫名其妙地成了朋友。其实她很有趣，会说很多笑话逗人开心，还会做不少好吃的饭菜。"

"所以你们后来干脆结成夫妻了？"桃夭搓着下巴，"那你们有孩子吗？跟你一样有尾巴么？"

张伯敲了一下她的脑袋："你想到哪里去了！我们没有孩子。"

桃夭点点头："也对，就像猫跟狗生不出孩子一个道理。"

"你的比喻很让人不高兴呢。"张伯翻了个白眼。

"别说这个了，她大半夜摸到甄家小姐房里，到底是想干啥呢？"桃夭顺手往她腰带里摸了摸，很快摸到个软软的小东西，拿出来一看，却是一条半寸长的黑色虫子，像菜虫，还会动，吓得她一把扔到地上。

张伯赶紧把虫子捡起来，走到甄小姐床前，捏开她的嘴，把虫子塞了进去。

"这是老婆子炼的解啮心蛊的解药。老婆子前些日子去探望甄小姐时，发现她是中了啮心蛊，这才急急忙忙回来炼解药。解药会钻进去咬住那只蛊虫将其化为黑水，但得连服三次才能彻底化解。老婆子趁着去甄家做工的时机，已经偷偷喂甄小姐吃了两次，所以她才会有吐黑血的情况。甄家人不明真相，还以为是神女阁的问题。

这蛊妖去看过后必然知道有人在坏它好事，所以肯定会在甄家守株待兔。老婆子只当这蛊妖跟寻常货色一样，靠她自己就能解决。为了不让我卷进去，也为了不让突然冒出来的你们察觉到什么，还在饭菜里下了药，希望我们安心睡一晚。”他摇头，“你说这样的性子，让人怎么放心得了。”

“她完全不知你的本事？”桃夭问。

“她以为她是我的老师。”他笑，“她以为我知晓的所有玄异之事一半来自我们多年来游走四方时遇到的种种，另一半是她教导我的。而我，只是个普普通通的男人，顶多在她灭蛊的时候替她打打下手。”

桃夭又道：“这些年，你们一直在消灭世上的蛊？”

“老婆子说，蛊是害人的东西，能灭多少是多少。”他把张婶横抱起来，“回去吧。”

“等等。”桃夭叫住他，“你可是在纸上说你‘重病’，如果我能治好你，除了满足我的规矩之外，还‘另有重酬’。”她上下打量他，“可我看您老这模样，能走能打能抱的，哪里有重病的迹象？”

他狡黠一笑：“虽然我至今没有找到水蛊母，但邢姬已经召我回昆仑复命了。”

“所以呢？”桃夭瞪大眼睛。

“所以我希望你替我向邢姬证明我病了，要休假，回昆仑的时间再延后三四十年吧。反正对昆仑的家伙来说，人间几十年不过弹指一挥间。”他用最慈祥的目光看着桃夭，“虽然你们桃都既不归天界，也不属昆仑，你桃夭也算不得什么大人物，但鬼医的名声还是有的，别人邢姬不会信，但你的证明，她一定会相信的。”

桃夭眼珠一转：“你要我怎么证明？”

“替我写一张请假条，盖上你的手印即可。”他笑，“就是这么简单。我说过的‘重酬’不会短缺于你！”

“我可是个正经人。”桃夭仰头，煞有介事，“撒谎这种事我不能做，何况欺骗的对象还是昆仑的仙姬，不行不行。”

“你怕她？”张伯叹气，“那算了吧。我本来还想把饲养‘增蛊’的法子教给你当作回报呢。”

“增蛊？”桃夭皱眉，“那是什么？”

“把一片树叶或者一株青草炼制成蛊的法子，炼成之后将此蛊放到米缸，白米可增一半，放至钱袋，银钱可增一半，故称增蛊。”张伯认真道，“这是我们老两口这些年来研究出的小玩意儿，只是我们对钱财之类并无奢望，所以从未用过。倒是桃夭姑娘你可能很需要呢。”

"你要我怎么写请假条？盖一个手印够吗？不够的话我给你盖个掌印如何？唇印也可以的！"

"……"

○ 5 ○

桃夭在张伯家住了三天。

这几天，往神女阁去的人还是那么多，不过个个扫兴而回，因为神一般的古婆婆失踪了。

张婶一直卧床休息，肩膀上的伤说轻不轻，说重不重。不明就里的磨牙以为她真是摔伤的，天天坐在张婶房间里念经，说是替她消灾解难，还拉上滚滚跟他一起打坐，替张婶祈福。可狐狸每次都在念经声里睡过去，惹得张婶笑个不停。

临走前的晚上，张婶把桃夭叫过去，给了她一包沉甸甸的银子，说："这里离京城还远，没点银两傍身不行。"

桃夭假意推脱一番，最后还是笑眯眯地笑纳了。

"桃子姑娘，"张婶忽然看着她的脸，"你不是寻常的姑娘吧。"

闻言，桃夭笑笑，也不置可否。

"我的药对你没有影响。"张婶尴尬地笑笑，"也亏得这样，我才没被那蛊妖害死。我家老头子说，你除掉了它们，把我活着带回了家。救命之恩，多谢了。"

"呃，其实我是个大夫。"桃夭挠了挠鼻子，"可以说是在药材堆里长大的，好多迷药对我没有作用。"

"年少有为啊。"张婶赞许道，旋即沉默片刻，问，"老头子跟你讲了我们的事？"

"啊，讲了。"桃夭点头，"很传奇的一生啊。"

"你不怕我？"张婶摸着自己的手背，"我是什么人，你应该知道。"

桃夭一笑："我没钱的时候，有人把我一脚踢出来，而你却给了我一餐饱饭，我为啥要怕你。你是好人。"

张婶眼中流过微妙的悲伤与自责，苦笑："桃子姑娘啊，你还年轻，看人不能只看表面。我也未必是个好人呐。"

"我觉得你是啊，而且张伯也说你是个善良的人呢。"桃夭不解道，"你要是个惹人嫌的坏人，张伯又怎可能跟你相伴至今。"

"我……"张婶欲言又止，嘴唇紧抿，连额头也渗出了冷汗。

“怎么了？”桃夭见她如此，忙问，“可是伤口疼起来了？”

她摇头，忽然抓住桃夭的手，缓缓道：“他不离开我，是因为我往他身子里种了蛊。”

“啊？”桃夭一惊。

“我幼年时的记忆并不好，常常看到外族男子惨死在寨子里。我没有见过自己的父亲，寨子里的孩子几乎都是这样。我记得有一个叔叔，常常跟我讲外头人的故事，还折纸鹤给我玩，他的眼神跟族里的人不一样，很温柔。我觉得我的父亲可能也是这样。但是，四百四十天太短了，纸鹤还在，人却化作了一堆血肉，我第一次觉得心脏很疼，觉得这样是不对的。后来，全族一夜被灭。我醒来时，五只蛊母中的水蛊母正躲在我身下，此蛊是五只蛊母中唯一生性温良的，若直接种于人身，此人必会一生对我生死不离，直到寿终正寝时，水蛊母才会随着他一同死去。我本想毁了水蛊母，但一想到这是我族最后的一只蛊，比起其他同类又并不那么恶毒，所以心软了，把它藏在了一个隐秘的地方。”张婶揉了揉发红的眼睛，“十五岁那年，我遇到了你张伯，他救了差点溺死的我。他说他是外乡人，孤身一人，无依无靠，倒是同我的际遇差不多。一来二去，我们成了朋友，他处处照顾我，保护我，时间过去，我发现我离不开他了。”她看着桃夭，“桃子姑娘，其实我已经怕了孤单。每天一个人吃饭，一个人睡觉，一个人熬过生病的日日夜夜。说来可笑，为了找个人说话，我自己扎了个草人，天天跟它聊天。不知你是否了解这种寂寞。”

桃夭沉默，半晌才道：“所以你用了水蛊母？”

“这是我此生最后悔的事。”张婶咬了咬嘴唇，“虽不会伤他的命，但这对他不公平。”

“你的心病原来是这个。”桃夭松了口气，笑着拍拍她的手，“你确定你的水蛊母可以让一个不爱你的男人对你一心一意到现在？”

“我们族里人是这样讲的。”张婶道。

桃夭真想告诉她，世上任何的蛊，对张伯都是无用的，它们只会惧怕他。可是不能说啊，哎呀，忍住心里话好辛苦呢！

她深吸了口气，把涌到嘴边的话吞了回去，又看向半开的房门，张伯正抱着一盆洗好的衣服走过去。她笑：“不想留下的人，是怎么也留不下的。”她回头认真看着张婶，“忘了水蛊母吧。这秘密，我替你守着。”

说罢，她调皮地朝张婶挤了挤眼睛，又晃了晃手里的钱袋：“因为我收了封口费的呀！”

“你这孩子……”张婶嗔怪道，旋即“扑哧”一声笑了。

“你们还打算继续游走四方么？”桃夭问。

“暂时不了。”张婶摇头，“老头说我们年岁大了，应该少些四海为家的日子了，我们来巫城已经五年了，觉得不错，打算继续住下去。”

“嗯嗯，安定下来挺好。”

尾

离开巫城的当天，张伯把他们送到了门口，对桃夭道：“一路保重。”

“你也是啊。”桃夭故意拍了拍张伯的肚子，然后凑到他旁边耳语几句。

张伯脸色一变，下意识地捂住自己的肚子，尴尬了数秒之后，他淡淡道：“要留下来，总需要些理由的。”

是啊，在自己身体里留下一个“永远找不到”的蛊，你才能跟她长相厮守、白头到老吧。

把一大袋干粮扔到磨牙背上，桃夭揣着一包银子高高兴兴地往巫城城门而去。最高兴的还不止这些，张伯真的把如何炼制“增蛊”的法子告诉给了她，这次绕路来巫城真是明智之举！

路过一个字画摊时，摊主正在高声叫卖：“来来来，神兽画像！趋吉避凶！走过路过不要错过啊！”

磨牙停住，很有兴趣地看着摊子上那些色彩鲜丽的画像。

“小师父，要不要买一张啊？挂在墙上，包你百病不生呢！”摊主随手拿起几张向他兜售。

磨牙看着他手里捏的画，辨认着画中那些写在神兽旁边的字：“穷奇……强梁……”他的目光停在最后那张画上，“腾根……”他一扭头，发现桃夭也在看腾根那幅画，还瘪嘴道：“画得一点都不像嘛！跟头猪似的。”

摊主一听就不高兴了，把画一收，不客气道：“小姑娘，你要买便买，不买请走，哪里轮得到你来评价我的画技！腾根不像？哪里不像，说的就像你见过似的！”

“行行行，我走，您别生气啊。”桃夭嘻嘻一笑，转身离开。

磨牙赶紧跟上去，顺口问道：“桃夭，腾根到底是什么呀？好像从没听过这名字呢。”

桃夭敲了他的光头一下：“还说自己不是文盲！连腾根都不知道。”

磨牙揉着脑袋："总比那些连此巫山非彼巫山都不知道的人要好。"

桃夭白他一眼，道："天帝掌司天界，王母坐镇昆仑，两边的大仙儿们守望互助，而王母座下有邢姬，掌刑罚之事，邢姬座下又管驭着十二神兽，腾根就是其中之一，它状如豹，有犀角，善变化，以蛊为食。人类的《后汉书》上也有记载曰：'穷奇、腾根共食蛊。'这十二只神兽本是妖物，后来各自得了机缘才入昆仑，获神职。只因这十二只兽都是以吞噬不良之物为职责，故民间将之奉为驱邪之物。"

"哦，原来如此。"磨牙点点头，转头对趴在肩上的滚滚道，"你好好跟我吃斋念佛，修炼心性，或许有朝一日你也能成神兽，被人画在画里挂在墙上供奉呢！"

滚滚打了个呵欠，翻了个白眼。

"可我还是不明白我们大老远来巫城干吗？"磨牙又道。

"化缘啊！"桃夭拍了拍他背篓里鼓鼓的干粮袋，得意得很。

大概是因为有了吃的又有银子的缘故，桃夭觉得太阳也不刺眼了，天气也不热了，一切一切都是那么舒心畅快。走到城门前时，她回头朝张伯家所在的方向望了一眼，又想起了那写着"懒回顾"的店招。

张婶说，那是张伯起的名字。

曾经沧海难为水，除却巫山不是云。取次花丛懒回顾，半缘修道半缘君——既然能遇见个让你不想离开的人，就留下吧。

桃夭笑笑，心满意足地走出了巫城的城门。

百妖谱

柒·应声

楔子

何必低到尘埃里。

○ 1 ○

磨牙艰难地从比他还高的野草中钻出来，看着眼前扩散开去的一望无际的荒芜之地，擦了擦额头的汗："桃夭，我真的觉得你又走错路了。"

桃夭左看看、右望望，笃定地将手里的那张破纸一抖："不可能！咱们每一步都是照着地图来的！怎可能走错，还'又'走错！"

"你不觉得我们脚下根本没有路了么？"磨牙环顾四周，除了野草与一条被他们强行走出来的"路"之外，就只有一只忙着扑蛾子的兴奋的滚滚，而且天气还越发不好了，乌沉沉的云不怀好意地聚到了一起，这要真下起雨来，连个躲避的地方都没有。

他皱起眉头，目光投向桃夭手里的地图："而且，这地图是你自己画的……"

"我自己画的怎么啦？你们没见我沿途问过多少路人甲乙丙丁，做了多少饱含智慧的考证，才画成了这张独一无二往京城去的地图！"桃夭豪气地指着前方，"只要我们像固执的野狼一般朝北走，就一定能到京城！"

说话间，有人拍了拍桃夭的肩膀，她回头，柳公子不知几时现了身形，一言难尽地看着她，轻轻说："野狼，你指的那是南方。"

桃夭眨眨眼，看看地图，又看看前方，回头问柳公子："真的？"

柳公子点点头。

"你咋不早说！"桃夭继续眨眼睛。

柳公子笑笑："你不是说过么，凡事要讲缘分，既是云游修行之旅，走到哪里都是佛祖的安排，自有用意。若不是看你越走越偏，我连个吃食都寻不到，我是不会打断佛祖为你们安排的缘分的。"

"你……"桃夭指着他的鼻子，却又找不到反驳他的理由，只好拍了一下磨牙的光头，责骂道，"你也是，长这么大连东南西北都不分的么！"

磨牙捂着脑袋委屈道："关我何事……一路上你都强调要我们跟随你的步伐，我说过好几次方向好像不对，但你压根不理我啊。"

桃夭一时语塞，只好又指着滚滚道："你也好意思当一只狐狸，连辨个方向都不会！"

可是，又关一只狐狸什么事……滚滚继续欢快地追逐着蛾子，根本不理会这个乱发脾气的人。

磨牙无奈道:"我还当你又想瞒着我们去什么地方给人瞧病呢。反正你总是这样，我行我素。"

"什么叫'又'想瞒着你们，我哪次没有预先告诉你们目的地，我是个大夫又不是贼，我去治个病需要偷偷摸摸藏着掖着的吗？"桃夭翻了个白眼。

"治病倒不用偷偷摸摸。"柳公子接话道，"只是额外得了什么好处就……"

桃夭咳嗽两声，义正词严道:"我治病只取药，不取钱，如此一个两袖清风的好人，你怎忍心如此污蔑我？"

"世上的好处，并不只是钱。"柳公子微笑，"别再夸自己了，一不小心就夸坏了。干粮已经耗尽，大半天没吃饭了，你再不选对前进的方向，就只能吃土了。"

桃夭被他气得面红耳赤，肚子也是不争气地"咕咕"叫起来，她憋了半天，最终颓然垂下头："我承认，我迷路了。"

"好难得……"磨牙吐了吐舌头，旋即道，"那如何是好？沿原路返回？"说着他又看向柳公子。

"别看我。"柳公子扭过头去，"虽然本公子有飞天入地日行千里的本事，但我也是来'修行'的呢，这路要一步一步走才显真诚，所以别指望我当你们的坐骑引你们回正道。”

“去去去，迷路而已，什么正道邪路。”桃夭嘬嘴，大步朝前走去，“我看前头野草渐少，定有人迹，先找个地方落脚吃饭，多绕些路也无妨，只当锻炼你们的脚力，反正京城就在那儿，晚去几天它又不会长脚跑掉。”

柳公子望着她的背影，碰了碰磨牙：“这个女人早晚会把你带到爬不出来的大坑里去的。”

“你担心我的安危？”磨牙仰头看他。

柳公子伸出一根手指：“一百件事，在这个约定完成之前，我都会在意你的安危。”

“和尚比一般人好吃么？”磨牙认真问道。

柳公子点点头：“头发会破坏口感。”

磨牙耷拉下眼皮：“那你可以把别人的头发剃光了再吃啊。”

“出家人，你怂恿我去吃别人？”

“阿弥陀佛，我只是随口一说。”

两个人正瞎说着，前头却传来桃夭“哎呀”一声叫喊。

◦ 2 ◦

“实在不是有意惊吓姑娘。”二十来岁蠢头蠢脑的青年，忙不迭地道歉。

一只被竹箭穿透了的野鸟落在桃夭脚下，一片羽毛还挂在她的辫子上。

桃夭气呼呼地指责道：“你可知随意放箭是很危险的事，幸而这只鸟体格不大，你若是射下一只大鹰猛禽，‘当啷’一下砸我头上，我会很尴尬的。”

青年满头大汗，连连拱手作揖：“是我大意。只因这片荒地素无人烟，谁料想今日遇到了姑娘。”

柳公子上前摸了摸桃夭的脑袋：“行了，又砸不死你。”说着又看着已死的野鸟：“小哥的箭法很准呢，一箭穿心。只是正值春季，万物新生，你杀了大鸟，只怕那窝里的雏鸟也没了活路。”

磨牙摇头，连声念着阿弥陀佛。

青年那张平庸的脸顿时涨得通红，说：“我也不愿干这杀生的事，只是家中贫寒，又逢亲人染病，这才出来荒地狩猎，拿这些野物去换些银钱。”

“你住在这附近？”桃夭问。

“正是。”他忙点头，朝身后一指，“离此处七八里路，有一乌头镇，便是我家。”

“乌头镇？”桃夭眼睛一亮，“有吃的？”

他有点蒙：“有……有老刘家的面，万锦记的烤鸡，路边还有一溜小吃摊。”

被砸到头的怒气瞬间烟消云散，桃夭回过头，容光焕发道：“我们去乌头镇。”

也算是个好消息吧，起码不用再在这片荒无人烟的地方瞎走了。

青年带路，三人一狐走在越来越暗淡的天色中。

青年说他姓贺名山，二十一岁，平日里在铁铺做事，偶尔打些野物换钱，父母早都去了，只得一个妹子相依为命，患病的正是这唯一的亲人。

磨牙问他妹妹得的什么病，这贺山却支支吾吾，只说是难治的恶疾，见不得光，吹不得风，平日里只能留在屋里，才十五岁的年纪，却活得如此悲苦。听得磨牙满脸同情，一个劲地念善哉善哉。

桃夭却一点都不关心他们的谈话内容，也不关心贺山妹子得了什么疾病，她问得最多的只有“还有多久到？”“老刘家的面有哪些口味？”“那什么记的烤鸡的皮烤得脆不脆会不会滋滋冒油？”搞得磨牙瞪了她好几次，嘀咕她心如铁石，只关心自己的肚子，不在乎他人性命。

临近傍晚，脚下的路总算有了该有的样子，石块铺垫，蜿蜒向前，一条小河陪在一旁，两只渔舟载了零零星星的收获归家而去，岸边的石头上坐了一个着湖绿布裙的女子，只管望着水面发呆，看她一身倦意，绣鞋上全是泥巴，多半是个走累了的路人。那阴沉了半日的天空始终没落下雨来，空气发着闷，像个憋了一肚子气的老太婆。

“前头就是乌头镇了。”贺山往前指了指，“走过那棵大槐树就到了。”

但是大槐树还没看到，众人倒是先听到了一声清晰的“扑通”，然后是水花四溅的动静。

“哎呀，不好了！河边那女施主落水啦！”磨牙指着河面，一抹湖绿色在里头浮浮沉沉，仔细一看，正是方才那发呆的女子。

渔舟已经走远，河上再无他人，眼见那女子在水中扑腾了两下，便渐渐沉了下去。

“哎呀！这如何是好！”贺山吓了一跳，急道，“我不识水性啊！”

“救人呀救人呀！”磨牙急得直扯桃夭的袖子。

“我也不会游泳。”桃夭撇撇嘴，“何况那女子坐得好好的，突然落了水，必是自己跳下去的。既是自尽，就不必旁人插手了吧。”

“你……”磨牙气得脸发白，转身又扯住柳公子，“我知你水性极佳，再耽搁下去那女施主就没命了！”

柳公子眼珠一转，只对桃夭道："这件事，我记在你账上。"说罢他便飞速奔向河岸，纵身一跃，入水时居然连水花都没溅起来几朵，矫健利落得令人咋舌。

"喂，你要去救人的，凭什么记到我账上！我不认的！"桃夭连忙追到河岸前大喊大叫。

磨牙则焦急地看着河面，滚滚也学他的样子，蹲在河边伸长脖子往下瞅。

突然，大片水花激起，把磨牙跟滚滚泼了个透湿，水花之中，柳公子抱着那女子落回岸上。

贺山看得呆了，直说公子好本领。

再看那女子，双目紧闭面色苍白，左脸颊上有一块青色的胎记，应是呛了水晕过去了，柳公子将她翻个身，往背心上拍了两掌，女子顿时吐出两口水，悠悠醒转过来。

"咦，这不是马家娘子么？"贺山看清了女子的面容，吃了一惊。

"熟人？"桃夭问他。

"与她倒是不熟，她夫君马老七是镇上做古玩生意的，常来我们铁铺定些铜器铁器，算是半个熟人，有时他会喊他娘子来铁铺里结账，一来二去也就混了个脸熟。不过最近半年她像是再没来过。"贺山说道，"马家娘子虽不美貌，但温和贤惠，唯夫君之命是从，夫妇二人的日子过得也算不错，怎的今日如此想不开……"

说话间，这马家娘子总算是缓过了气，然而却像丢了魂魄，身边围了多少陌生人她不管，谁将她救起来也不管，只管捂着心口，呆呆道："就让我去了吧，水淹了我，鱼吃了我，我是无用废人，死了更干净。"

"女施主你果真是跳河自尽呐。"磨牙连连摇头，劝道，"何苦如此，须知生命珍贵，万不可糟蹋，天大的事都有解决的法子呢。"

"我是无用废人，死了更干净。"马家娘子半个字都听不进去，仍是呆呆重复着这句话。

柳公子拧着自己滴水的袖口，道："只想着自尽的人，旁人救得了这次，救不了下次。小和尚，你也不要白费口舌了。"

"马家娘子，你究竟是遇着什么难处了？"贺山看着她，"半年不见，可是家中出了变故？"

"我是无用废人，死了更干净。"她还是在重复同一句话。

"哎唷，您这是要急死人哪。"贺山皱眉挠头，转身看着桃夭他们，"我看几位像是常走江湖有见识的人，这马家娘子可是在落水时被什么东西勾走了魂魄，才落得如此呆痴？”

“水里倒是没东西，只怕是这女子心中有东西。”柳公子撇撇嘴，碰了碰桃夭，“你是大夫，你看看。”

“啊？”贺山一惊，“看姑娘年纪轻轻，竟是一位大夫？求您快给马家娘子瞅瞅是哪里不对了！”

磨牙却冲他摆摆手：“贺公子你不要求她了，她是不给人治病的。”说着又白了桃夭一眼。

贺山愣住：“不给人治病？莫非姑娘是兽医？”

柳公子没忍住，“扑哧”笑了出来。

桃夭狠狠瞪了他一眼，旋即想了想，出人意料地将马家娘子的手腕捉到手里，双目微闭，替她把起脉来。

磨牙跟柳公子对望一眼，以为自己看花了眼。

鬼医桃夭，只治妖，不治人，这是她给自己立的规矩。

这个女人，果然是没有原则的……

片刻之后，桃夭睁开眼，放下马家娘子的手，对贺山道：“先把人送回去，你知道她家在何处吧？”

贺山点头。

“第一，把人送回去。第二，跟她家人打听打听她最近常去什么地方。”桃夭看着贺山，“你办妥这两件事后，我才有医治她的法子。”

贺山点头：“女大夫你尽管吩咐就是，可不能眼见着好好一个女子白丢了性命。”

桃夭起身，看着通往乌头镇的路说：“走吧。”

○ 3 ○

乌头镇不大，也说不上热闹，楼宇房舍多是灰黑两色，来往的行人也大多衣着朴素，神情安闲，有那么一丝世外桃源岁月清净的味道。

也不知是老刘家的阳春面味道太好，还是饿得太厉害吃啥都香，反正桃夭他们面前叠起了一堆空碗，看得老板直咋舌，连说多少年都没见过这么能吃的客人了。

磨牙打了个饱嗝，看着店门外头道：“去了老半天了，也该回来了吧。”

进了乌头镇，桃夭一行便与贺山兵分两路了，他们去吃面，贺山去送人，约好了回头在老刘面馆见。

"桃夭，你真的要治人么？"磨牙还是不太相信。

柳公子喝完最后一口面汤，啧啧道："连我都以为我听错了呢。"

桃夭擦擦嘴，微笑："我什么时候说我要治人了？"

"你刚刚才说过的！连滚滚都听见了！"磨牙戳了戳滚滚，"是吧，她刚刚亲口说过只要贺公子做好那两件事，她就有医治马家娘子的法子！"

滚滚用力点头，然后觉得对磨牙的支持还不够，又加上了尾巴，使劲摇起来。

"一点狐狸的骨气都没有，小和尚说什么你就应什么！"桃夭揪了揪滚滚的耳朵。

"这不是没骨气，是站在真理的一边。"磨牙把滚滚从她手里抢回来，"难道你想反悔不治她么？"说着，磨牙突然想到了什么，问道，"那马家娘子真是患了病才那样的？"

"我说过，我桃夭只治妖，不治人，这个规矩是一定不会坏掉的。"桃夭看了他们俩一眼，嘴角勾起一抹狡黠的笑，"那女子有妖脉。"

磨牙与柳公子一愣。

"若非如此，她焉能令我出手。"桃夭咂咂嘴，玩耍起手里的筷子，"所以你们俩可以省省了。"

"此女并无妖气，难道是深藏不露的老妖怪？"柳公子皱眉，"我救她出水时与其肌肤相触，若她真是妖物，我不可能毫无察觉。无论是气息心跳还是温度，她都是个寻常人。"

"不是妖物，却有妖毒。"筷子在桃夭手里飞快地旋转，"我把话先放这儿，若那贺山能问到有用的东西，那是她命不该绝，我受累治了妖怪，她也顺便沾光。但若他问不到，那咱们吃饱了就走吧。"

磨牙嘀咕："就算贺公子问不到，你还可以自己去问啊。你们行医之人不是素来讲究望闻问切么？"

"你懂个屁。"桃夭白他一眼，"再废话，我立刻就走。"

话音刚落，那贺山匆匆忙忙从门外跑了进来。

"桃大夫，我……我回来了……"贺山跑得太快，大口喘着气，脸色十分不好看。

磨牙赶紧让他坐下，再给他倒了一杯水。

"人送回去了？"桃夭问道。

他一口气喝光了水，开口就是："没想到啊没想到。"

"什么没想到？"磨牙急问，"女施主可安好？"

"我送人去马家才知道，马老七老早拟了一纸休书，说马家娘子未有子嗣，名正言顺将她逐出家门，几天前还迎娶了一位新夫人。”贺山连连叹气，“枉我以为他们夫妇相敬如宾，哪知马老七翻脸无情，糟糠之妻说弃便弃。”

“休妻？”柳公子笑笑，“那你这人是送不回去啰？”

“可不是。”贺山皱眉，“马老七还怪我多事，说这女人已同他马家一刀两断，婚嫁随意，生死无关，把我跟她一道轰出来了。”

“啧啧，好一句婚嫁随意，生死无关啊。”桃夭继续玩着她的筷子，“昨夜枕边人，今日不相识。人情凉薄，不过如此。”

“倒是他家丫头还厚道些，追出来偷偷塞了些马家娘子从前的旧衣裳给我，说主母不曾薄待过她，如今落得此番光景，她人微言轻，敢怒不敢言，也只能这样了。”贺山继续道，“我惦记着桃大夫的嘱咐，抓着那丫头细细打听了一番。”

“她告诉你什么了？”桃夭问。

“她说马家娘子为人是极温和的，老爷说什么她应什么，从不违背，三从四德一样不缺，对下人也是从不刻薄的。但老爷对她一贯不咸不淡。前年老爷还带过一个外乡女子回来说要纳其为妾，她心头虽难受，却也没有半分怨言，只说老爷高兴就好。谁知那外乡女子还没正式入门就病死了，老爷心头有怨气，偏偏怪马家娘子八字不好，冲撞了，从此对她就更冷淡了。”贺山顿了顿，将声音压低了些，“再后来，马老七终是动了休妻再娶的念头，就看那一纸休书何时抛出来了。马家娘子心头苦成一堆黄连，但她除了对夫君更照顾更逢迎之外，也没有别的法子了。那丫头说，主母夜夜落泪，唉声叹气，除了去庙里烧香祈愿之外，有一回还去了镇外的财神庙。”

“家宅姻缘怕是不该财神老爷管吧。”柳公子奇怪地问，“莫不是这位夫人已经病急乱投医了？”

“不不，她不是去财神庙。”贺山连连摆手，“那财神庙附近有一口老井，传说是神仙留下的，有灵气，只要在有月色的夜晚往里头投钱许愿，皆能灵验。当然这只是个市井传说罢了，平日里游荡到那里的人，也是玩笑似的往里扔几个小钱，许的愿灵没灵验便是后话了。那丫头说主母连这个法子都不放过，可见是真没有主意了。她还说本来那日是她陪着主母去的，谁知半路上她踩到顽石崴了脚，主母便让她在路边歇息，她自己往财神庙那边去了，这一去便是大半天，那丫头等到大半夜也没见她回来，心头惊吓怕她出事，只好壮着胆子去寻，幸好不多时她便自己走回来了，一言不发的，丫头问她什么都不应答。回了家，她倒头便睡，翌日跟什么都没发生过似的，还是同往常一般伺候夫君。但老爷却是越发看她不顺眼了，说的话也越来越过分，一口一个废人地喊她，马家娘子也是从那时变得痴痴呆呆，除了肚子饿了要吃饭之外，竟连梳头洗脸都不会了，成日里真的似个废人一般躺在床上。大概六七天前，马老七终于扔出了一纸休书，将马家娘子扫地出门，第二天便接了一个女子回来，火速拜堂成亲，至于原配的生死，他是再不过问。还是那丫头替主母在外头租了一间小房安置下来，然而她也不能久留，只能安慰几句，放下些碎银子，也算是尽了主仆的情分了。”

“这么看来，马家娘子被扫地出门后的这几天，不知去了哪里游荡，最后到了河边，大概被勾起了什么心思，打算一死了之。”桃夭耸耸肩，“看来她许的愿到底是没灵验呢。”

“那老井哪里是神仙留下的，我看是妖魔才对！”贺山的神情突然变得有些激动。

桃夭瞟了他一眼：“怎的，看你那模样倒像是被那口老井吞了好多银子似的。”

“若只是吞我银子倒也罢了。”贺山的眉头深深绞在了一起，欲言又止。

片刻之后，他突然看定桃夭：“桃大夫，你们随我来。”

◦ 4 ◦

贺家的卧室，门窗紧闭，光线暗淡。

缩在床上的胖姑娘，拼命把被子往身上堆，眼神里都是戒备。

桃夭与柳公子面面相觑，磨牙抱着滚滚，一脸目瞪口呆。

明明是个活生生的姑娘，却长了一对如假包换的猪蹄，真不是人手，是猪蹄！

“我妹子自小便生得比旁人胖一些，加上家境不好，被人嘲笑是常有的事。好在她性子敦厚寡言，也从不与那些人争辩，倒也平平安安长到了十五岁。朋友也是有的，她的小姐妹说什么，她就附和什么，她们让她穿难看的衣裳取乐，她也没有半个不字，我是生气的，问她为啥事事都要听她们的，为啥不为自己说一句话。她只说，怕没了朋友。”贺山眼中又是无奈又是难过，“这两年，她越发话少了，出门总是低着头，从不照镜子，甚至连跟我说话都变得谨小慎微。在她十五岁生辰那天，我听到她在院子里跟地上的蚂蚁说，要是我不这么胖就好了。”

桃夭想了想，问：“她也去了财神庙？”

贺山皱眉：“约摸三个月前，她说出门去买东西，快天亮了才回来，我急得半死，问她去了哪里。这丫头支支吾吾地说去了财神庙的古井，还把自己身上所有的钱都扔进去了。我也不好说她，就让这丫头抱个希望吧。这事也就过去了。大约半月之后，有一天她蓬头垢面地回来，脸上还有擦伤，我问她怎么了，她却没事人一样说只是被几个不懂事的小孩扔了些土与石头，他们还说她是一头猪。我气坏了，她却拉住我不让我出门去找他们算账。唉，也只好作罢。第二天，她就发起了烧，昏睡了一整天，我找了大夫来瞧，说是风寒，吃了几副药才退了烧。但她整个人依然没精神，不愿意下床。没过几天，我清晨去喊她起来吃早饭时，突然发现她的左手变成了一只猪蹄子。我吓坏了，本要去找大夫，却被她阻止了，她哭着说若被外人知道她变成这样，就更不能活了。我没法子，只好去药铺抓些清热去毒的草药给她吃下，但这根本不能阻止她身体上的变化，不但左手，她的右手也变了模样。而且……”他欲言又止，最后还是鼓足勇气道，“而且三天前，她还长出了猪尾巴。我……我实在不知该怎么办了。我就想着也许这并不是病，而是中了邪，所以才寻思着多攒几个钱，去找个懂行的道士来看看。谁知遇到了你们，又得知那马家娘子也是去了古井之后才变了样子，我这才横下一条心，带你们来我家。”

“你就不怕我们把你妹子的事说出去？”桃夭看着床上那个微微发抖的姑娘。

“你们若要说出去，也只能怪我自己看走了眼。”贺山认真道，“我瞧姑娘年纪小小，却眸正神清，这位柳公子又身怀绝技，何况还有一位慈悲为怀的小师父，你们这样的人，必然比我有法子。加上桃大夫你说过你可以治马家娘子，既能撂下这样的话，我家妹子兴许也能遇到转机。”

说着，他“扑通”一声跪下来：“我贺山无权无势，给不了诸位大报酬，只求你们怜我兄妹相依为命，帮帮我们！她才十五岁，她是人，不是猪。”

磨牙赶紧去扶他：“贺施主你快请起，若你妹子的怪病与马家娘子的怪状真是同出一处的话，桃大夫能治马家娘子，自然就能治你妹子。”说罢，他扭头看向桃夭：“对吧？”

桃夭没理他，问贺山：“既是古井，想来也至少有百年光景，从前可听说过有类似的事情？”

贺山想了想，摇头：“我祖祖辈辈都在这乌头镇上生活，神仙古井的传说早已流传多年，并未听说过有这样匪夷所思的事情。我猜想莫不是一年前有豪绅带头在古井附近修起了这座财神庙，客来客往，香火呛人，冲撞了古井的灵气，这才生了变故？”

“财神庙……古井……”桃夭想了想，走到床前替那姑娘把起脉来。

见状，磨牙松了口大气，低声对贺山道：“成了成了，她肯把脉，你妹子就算得救一半了，快起来吧。”说着他又朝柳公子那边看去，柳公子也是满眼惊奇，因为这么爽快的桃夭，真是少见。

片刻之后，桃夭起身，对贺山道："把那古井的位置告诉我。"

○ 5 ○

弦月半挂，夜风簌簌，桃夭停在那座不大的财神庙前，手里捏了一根树枝耍弄着。

"财神庙往北约两百步，槐树之下有古井，青石砌成，四季寒凉……"桃夭在原地转了一个圈，树枝朝前一指，"北……"

柳公子及时扳住她的肩膀："你指的是南边。"

磨牙跟滚滚都深深叹了口气。

桃夭尴尬地打开柳公子的手："我知道那是南边，考考你们会不会盲从于我罢了。"

柳公子的白眼都要翻到天上去了。

三人一狐朝财神庙的北边而去，边走边看哪里有槐树，哪里有古井。

果然还没走到两百步，便瞧见了一棵被雷劈了一半的老槐树，一个不起眼的井口就在树下不远处。

然而槐树另一边，却摆了一个常在街头见到的挑担，一边是炉子，上头支了一口小锅，锅里还冒着热气，另一头放置着碗碟瓶罐青菜肉末什么的，担子一旁还放了张小桌，四个小凳。一个着靛蓝裙衫，黑发用木钗在脑后挽成个髻的女子，手里拿着一把木勺，背对着他们，正卖力地擦着桌子。

卖夜宵的？

柳公子跟磨牙嗅了嗅，异口同声道："好香啊。"

许是听到了他们的脚步声，这女子边擦桌子边说道："今儿晚上的主食是肉末青菜粥，客官们这边坐，头锅粥马上就好。"

桃夭看了看那口热气腾腾的小锅，问："这么晚了，大嫂还在这儿摆摊？"

"我一个寻常的妇道人家，白天只怕抢不过别人的生意，只好受点累，趁夜做点生意。"说着，女子转过脸来，笑眯眯地看着他们，"此地虽偏僻，但也少不了走夜路的人，常有小姐公子踏夜而来，往那边的古井里扔些钱，都说这古井得在月色里来许愿才灵验。若遇到我出摊，顺便再来云姨这里喝碗粥吃碗面，暖暖和和地回家去，岂不大好。"

三十来岁的女人，嗓音不高不低，脆生生的，五官虽平庸，收拾得倒是干干净净。

自称云姨的女人又将他们打量一番，笑道："我看今夜有月色，几位客官也是来投钱许愿的吧？不如过来坐下，我熬的粥煮的面又好吃又便宜。”

“也好，那先一人来一碗粥吧。”桃夭笑嘻嘻地走过去坐下来。

“好嘞。”云姨赶忙取了碗，利索地舀了三碗粥摆到桌上，然后又看了看磨牙怀里的滚滚，笑道，“这只小狗真有趣，半黑半白，我这儿还剩了一根肉骨头，不知它吃不吃。”

磨牙眨了眨眼睛，说：“它什么都吃的。”

云姨笑道：“行，我拿给它。”

说着，她转身从担子里取了一块煮熟的肉骨头，拿个盘子装了，放到地上，滚滚一下子便从磨牙怀里跳下去，“吧嗒吧嗒”地啃起来。

“还真是一点都不挑食呢。”柳公子取了勺子，轻轻搅着滚烫的粥。

“云姨在这儿摆摊多久啦？”桃夭轻轻吹了吹自己的粥，“听你口音，不像本地人呢。”

云姨边擦手边道：“我本是北方人，随夫家迁来乌头镇。在这儿摆摊快有一年了吧。”

桃夭继续吹着粥：“云姨如此辛苦，你夫君不来帮手？”

“他也忙。”云姨回头一笑，“我的粥要趁热吃，凉了就不对了。”

磨牙喝了一口，连声道：“好好吃。”

“是吗？”桃夭不相信的样子，对柳公子道，“你尝尝，真好吃的话我再吃。”

柳公子慢吞吞舀了一勺放到嘴里，点点头：“还不错。”

“姑娘你放心吃，云姨的手艺不会差的。”她走到桌前，把一瓶酱油放到桃夭面前，“若姑娘嫌清淡，加几滴酱油就是。”

桃夭注视着她的手，忽然道：“我看云姨你的手相不错，是个有福之人呢。”

云姨顿时来了兴趣，问：“姑娘还懂看相？”

“来来，坐下说。”桃夭往长凳的另一头挪了挪，伸出手掌轻轻拍了拍凳子，“不瞒云姨，家父是个相士，我自小耳濡目染，也懂得一些。”

“真的啊？”云姨顺势坐到她身旁，伸出右手来，“那姑娘替我看看。”

“云姨想看什么？财运？”桃夭煞有介事道，全然不顾柳公子跟磨牙狐疑的目光。

云姨愣了愣神，说：“看姻缘吧。”

“好。”桃夭将她的手掌托在自己手中，指尖从她的掌纹上缓缓划过，“云姨啊，我看你半生坎坷，只怕未得善终，这姻缘嘛，也早就化为飞灰尘土了。”

云姨眉头一皱，迅速将手抽回来，不悦道：“姑娘瞎说些什么！我夫君仍在，琴瑟和鸣，你说这样的话，分明是咒我。”

“缺什么才问什么。”桃夭笑笑，伸手抓住自己的辫梢耍弄，“你夫君仍在，你却不在了呀。”

叮铃铃，叮铃铃，腕间金铃摇动着，在月色夜风中尤为清脆。

柳公子跟磨牙脸色俱是一变。

云姨听了这话，明显有了怒意，腾一下站起来，斥责道：“你这小姑娘好生奇怪，尽说些胡话。”

桃夭只笑不说话。

突然，云姨像是闹起虱子似的往身上挠起来。

“怎的这般痒痛……”她越挠越厉害，像是要把自己的皮都挠下来似的，一阵阵黑气从她挠过的地方散出来，带着刺鼻的腐臭味道。

几乎同一时间，磨牙大叫一声，头一歪，张嘴就吐了出来，柳公子也脸色发白，捂住自己的嘴，好歹稳住了，没有像磨牙那么狼狈。

再看桌上的粥碗，里头哪里是什么青菜肉末粥，只是一碗浑浊的水，水里还飘着一层还在蠕动的小黑虫子。

滚滚啃的肉骨头也不是骨头，不过是块石头。

至于云姨，也再不是方才那干干净净的模样了，几人眼前不过是一具衣着破烂、浑身散发着腐臭之气的尸骨，发如枯草，脸成骷髅，浑身只零星挂着些干瘪脱水的皮肤。

云姨痛苦不堪地指着桃夭，暴怒道：“你往我身上放了什么？”

“啧啧，瞧您这要吃人的样子。怎的，要跟我打一架不成？”她腕子上的金铃随着她的每个动作跳动，嘲笑般地响着，“不过好心提醒一句，我从不与人打架。”她顿了顿，抬头朝云姨一笑：“因为在跟我动手之前，他们就死了。”

“你……”云姨身上的黑气越发浓郁起来，一发不可收拾地溃散着，而她除了痛苦的号叫之外，连动都无法动弹一下。

柳公子皱眉，将磨牙扯到一旁，警惕地看着这具不安分的尸骨，并且捂住了自己的鼻子，因为空气里的味道实在太难闻了。

片刻之后，黑气渐渐淡了，只听得“咔咔”几声，这尸骨没了支撑，骤然塌成了一堆枯骨。

一只不足一寸的黑色虫子，软绵绵的像只蚕，从骷髅的嘴里鬼鬼祟祟地爬出来，然而还没来得及逃走，便被桃夭捉到手中，但见她双手一合，再打开时，那虫子已没了踪迹，掌心只留一小撮黑粉，在月光下闪着蓝蓝的荧光。

桃夭赶紧从布囊里掏出一张纸来，将黑粉小心翼翼地裹进去，叠成个纸包，这才心满意足地弹了那纸包一下，叉腰大笑："想不到得了这样的好药。"

锅碗瓢盆、火炉桌椅，眼前的一切都像阵风似的不见了。

柳公子松开鼻子，忍不住干呕了几声，骂道："好浓的妖气！"

磨牙苦着一张脸问他："我们方才是不是吃了那些虫子？"

桃夭摸摸他的光头："放心，母虫已死，它生的那些自然也就无用了，明天你拉个粑粑就没事了。"

"桃夭！你早看出它的真面目了！"磨牙还是一阵恶心，斥责道，"那你还让我们喝粥！"

"都不喝的话，我怕她会起戒心呢。她没防备，我才好往板凳上洒些东西呀。"桃夭耸耸肩，"你不是还说好吃么？"

磨牙又一阵狂吐。

柳公子则一脸不甘心道："这怎么可能！如此浓烈的妖气，我没道理毫无觉察啊！"

"不能怪你没用，是这妖怪太特别罢了。"桃夭同情地拍拍他的肩膀。

"这虫子是……"

"应声。"桃夭举起手里的纸包，"人类中总有活得极度卑微的一群，亡故之后，尸骨若又刚巧葬在木火阴阳地，再受了地水浸润，便有滋生出应声的可能。"她扭头看了看那棵老槐树，道："没猜错的话，这槐树下便是云姨的埋骨之处，只是年月太久，又无人打理，早已看不出这里有座坟了。原本也没什么，谁让乌头镇的人在这槐树的对冲之位又修了一座财神庙，日日香火旺盛，生生成了个木火阴阳之地，再加上那口古井，地水也有了，如此好的条件，不弄出一只应声都对不起这番造化呢。"

"你还笑得出来！"磨牙扯着袖子擦了擦嘴，"应声究竟是什么？是你以前说过的应声虫？"

"应声，有毒，由尸骨而生，能操纵尸骨，合体为妖，先以妖气迷惑凡人，再将子嗣送入人体，若不及时遏制，时日一长，必得大祸。"桃夭将纸包放进布囊，"这妖物的本事，便是让人附和认同，唯命是从。你们俩一开始就吸了妖气，这云姨说什么你们便听什么，她说自己是个寻常妇人，你们见到的便是个寻常妇人，而我看见的，却是那幻象之下的一具腐尸，她说滚滚是只狗，你们也没有反驳，连滚滚也没能幸免，她说那石头是块骨头，滚滚便认为那是块骨头，吃得挺开心的。单单吸了妖气倒还无妨，麻烦的是进了嘴里的虫子，应声繁殖很快，一只母虫每天都能弄出几十只小崽子，这么些时日，来此地夜游的人不会少，不知还有多少人被这妖物蛊惑，吃虫入腹。”

磨牙忍住又想吐的冲动："吃了幼虫会怎样？"

"吃了幼虫便中了妖毒呗，不过也不是每个中毒的人都有麻烦。"桃夭道，"麻烦的是那些平日里就习惯了卑微盲从，就算明知对方不对也不敢说个不字的家伙们。比如马家娘子与贺山的妹子这样的。时日一长，那幼虫的毒性会越来越深，最终令她们身体产生异变，那时，旁人说她是什么，她便以为自己是什么，让她去干什么，她便去干什么。如同马老七说他娘子是个废物，她听进去了，便真的会渐渐失去常人的模样，变成个连梳妆洗脸都不会的废物，马老七一次次让她死了干净，已失了本性的她便真的会跟梦游似的，早晚走到河边投水自尽。贺山的妹子也是如此，旁人说她是猪，这本就是她的心结，也是自卑的根源，她听进去了，自然也就慢慢变成一头真的猪了。此物与寻常妖怪不同，它由人而生，不思修炼精进，只以散播妖毒祸害世人为乐，不可不杀。"说罢，她指着磨牙跟柳公子："你们啊，还不速速向我磕头道谢！母虫一死，所有因它而生的幼虫也会断了活路，再不能毒害他人。若非我神机妙算，老早从马家娘子的脉象里看出了应声的存在，迅速出马治了这妖怪，你们俩以后也麻烦了，没准哪天别人说柳公子你长得比脸先着地的猴子还丑，又或者说磨牙看起来像一只很好吃的鸡腿之类的……"

柳公子白她一眼："你也说应声只害得了卑微盲从之人，我一个玉面傲骨细腰长腿出得厅堂下得厨房，比神仙都优秀的存在，就算你不收拾了母虫，这些幼虫也奈何不得我。"

"细腰长腿……"桃夭作势要呕出来。

此刻只有磨牙一脸哀色，看着地上那堆枯骨道："如此说来，这枯骨的主人生前也是个卑微过活的可怜人吧。虽然她死后惹来了妖怪，祸害了无辜，我们还是好好葬了她吧。只是连她的姓名籍贯都不清楚，烧纸钱都不知要给谁收，唉。"

这时，桃夭眼珠一转，将柳公子扯到一旁，叽叽咕咕说了几句。

柳公子眉头一皱："我不去！下头的人麻烦得很，我虽有通天彻地穿梭阴阳的本领，也不想浪费在这种小事上。"

"很容易的，只是找你的相好们去查查这女子的生死册，问明白她姓甚名谁来自哪里生平如何，我们善良的磨牙才好念经超度嘛，你看他难过得都要哭了。而且他今天还吃了虫子，怪可怜的。”

“我哪来什么相好的！不过你什么时候对小和尚这么好了？”

“我是今天心情好罢了……嘻嘻嘻，而且也要感谢这女子，你也知道应声这种妖怪并不是街边的猫狗，得多大的运气才能遇到一只！”

“等等，你愿意出手救人，其实只是为了得到那堆应声化成的粉吧！”

“不然呢？”

“你取这恶心东西来干吗？”

“有朝一日用到雷神身上，说不定我们就百年好合了，嘻嘻。”

“你真不怕被雷劈死么……”

“少废话，快去办事！”

“好吧，记账，这可是你亲口求我为你办的事。”

“算半件事吧，毕竟对你柳公子来说太容易了。”

“滚！”

○ 6 ○

翌日清晨，在离古井很远的树林里，起了一座不打眼的新坟。

充作墓碑的半截木桩上，有人刻下了“许飞云之墓”。

磨牙在坟前念了一夜的经。

天快亮时，从某处赶回来的柳公子带回了桃夭想知道的一切。

他说，生死册上讲，此女姓许名飞云，洛阳人士，三十年前随夫家迁至乌头镇，生性温良，对夫君从无二话，生怕自己一句话说错便惹对方不悦，比起马家娘子来，有过之无不及。她夫君是个好高骛远的读书人，十指不沾阳春水，眼见着日子一天比一天艰难，许娘子只得挑了卖粥面的担子，出来抛头露面赚些辛苦钱，其夫一边花着她赚回的钱，一边又数落她资质愚钝上不得台面，但她仍无半分争辩，总以为自己只要处处低头时时附和，便能与他白头偕老。后来，她夫君也是走了狗屎运，得了个小官，又遇到富家小姐青睐，便找个理由休了妻。得了休书的第二天，许娘子便投缳自尽了，她夫君草草将她埋到这槐树之下，连块墓碑都不立，便去了他处赴任。

说罢，柳公子又道：“我顺便瞅了瞅她夫君如今是何境况。”

“如何？”磨牙扭过头来，“可得了应有的报应？”

“没有啊。”柳公子看着眼前的坟，“这人娶了富家小姐，生了两子一女，如今虽不当官了，日子也过得悠闲富裕。”

桃夭打了个呵欠，继续往火堆里扔着纸钱，自言自语道：“你看，白死了吧。若当一只应声虫就能留住想留的东西，那活着也未免太容易了呢。”

磨牙继续念经，滚滚已经睡成了一个蜷缩的毛球，柳公子跟她一起坐在火堆前，纸钱的灰烬飞起来，星星点点地在夜风里飞散而去。

尾

离开乌头镇时，贺山来送行，他高兴得跟个孩子似的，说一夜之间妹妹的身体就恢复正常了。

桃夭没有告诉他真相，也没有要他的诊金，只让他帮忙租了一条船，她说他们要往北方去。

贺山觉得他们简直是神仙，还说马家娘子现在暂住在他家，神智也清醒了，虽还是郁郁寡欢，但至少没有寻死觅活了，他说过些时日再看看如何安置她。

临别时，贺山还是有些不放心，小声问桃夭：“那怪病确实治好了？不会再犯了？桃大夫，要不你还是留个方子给我，万一有什么，我也好应付啊。”

桃夭想了想，捡起脚下的一个石子儿，在泥地上写了几个字，完事后拍拍手，对贺山道：“药方只得这一个，你看着办。”

说罢，她像只兔子一样跳上了船，指着前方，容光焕发道：“出发，往北！”

柳公子横抱双臂，点点头：“这回没指错。”

磨牙跟滚滚偷笑不止。

艄公撑起了船，顺流而去。

贺山站在岸上使劲挥手，直到看不见他们了，才又低头看了看桃夭留给他的药方。

泥地之上，只得一句话——何必低到尘埃里。

百妖谱
捌·化蛇

楔子

世上再没有第二只小白了。

○ 1 ○

走慢点也是有好处的，吃吃喝喝，玩玩耍耍，泛舟水上，山路信步，肚子里有食物，兜兜里有钱，遇到不同的人，发生不同的事，温柔的春光在不慌不忙前进着的脚步里离去，蝉声渐渐盖过鸟鸣，初夏的气味从亮眼的阳光与微热的山风里飘出来。

坐在驴车上的桃夭，一手举着一片荷叶遮阳，一手摇着路边买来的蒲扇，意犹未尽地回想着刚刚的午饭。

难得现身的柳公子躺在松软的干草上，嘴里叼着一根野草，闭目养神。磨牙缩在驴车仅剩的位置上搓着念珠，时不时打个饱嗝，滚滚依然用四脚朝天的方式睡在靠近柳公子头顶的最软最厚的一坨干草上，然后柳公子每隔一会儿就要用手烦躁地挡开它时不时扫到自己脸上的尾巴。

小毛驴在赶车人的驱使下“嘚嘚嘚”地前进，两侧的田野里蝶飞蜂舞，溪流潺潺，有农人忙碌，有妇人浣衣，车里车外都一片悠闲。

赶车的是个二十出头的小伙子，回头看了看他们，说：“几位，咱们可是说好的啊，我不能送你们到鹿门山，只送到离那儿五里开外的黑鱼滩。”

桃夭朝他翻个白眼：“我说小哥呀，一路上你把这句话都说了至少三遍了，我们又不聋。”

小伙揉揉鼻子：“我就是强调一下。”

桃夭干脆把身子转了个方向，对着小伙坐下：“你倒是跟我说说，为啥就不能把我们送到鹿门山，我可是说了要给你加酬劳的，有钱都不赚？”

小伙撇撇嘴：“那地方不好。”

“不好？”桃夭眼珠一转，“不会吧，我可听说一众名士都爱往鹿门山去，不是还有一句‘鹿门高士傲帝王’么？”

小伙皱了皱眉：“不是说这个不好。”

“那是啥不好？”桃夭非要追问到底。

“天气啦！”小伙脱口而出，“你去了就知道鹿门山的天气有多糟糕了，山洪暴雨已是常事，差点连半山腰的鹿门寺都给淹了。”

桃夭不以为然：“入夏之后，山野之地多雨多洪不是常事？”

“那也没有天天下雨，且只下那一处地方的道理吧！”小伙哼了一声，“山深必有精怪，鹿门山有只闹水的妖怪已是众人皆知的事。”

“闹水的妖怪？”桃夭的眼睛顿时亮起来，“小哥你仔细说说看，我对妖怪最感兴趣了。”

小伙又哼一声：“看你年岁还小，也是不知轻重，你可知那山洪一来，埋了多少人的性命！”

桃夭配合地摆出受到惊吓的表情。

“原本鹿门山是个幽深清灵的好地方，半山的鹿门寺多年来更是香火旺盛，前前后后不知有多少人效仿先贤，跑来这里隐居闭关。”小伙终于打开了话匣子，“可二十年前，鹿门山的天气突然有了变化，明明不是雨季，却三天两头落雨，大家很快便觉得不对劲了，因为每次落雨，都只在鹿门山里，常能看到山门之后暴雨倾盆而几步开外的地方却阳光普照的奇景。为了这事，鹿门寺的和尚们都做过好几场法事，然而并没有什么用处。后来，一位自称空明真人的高人住了进来，他说鹿门山下镇有一妖，每有异动，便会招致大雨。说来也怪，自从他来了之后，鹿门山的怪雨就越来越少，渐渐就恢复到从前晴多雨少的日子。这空明真人索性在鹿门寺附近修了一座草庐长住，打坐修炼，制药炼丹，之后常有人慕名去他的草庐求医问药，他也来者不拒。听说他最擅长的还是求雨，一把木剑就能召来一场甘霖，这附近好些村子都见识过他的本事，每遇大旱便请他下山作法，因落雨范围有限，虽不能彻底根治，但三两日的大雨也能解燃眉之急。经年累月，空明真人也就成了个活神仙似的人物，但凡知道他名号的，无不尊敬。”

桃夭听罢啧啧道：“听小哥的语气，倒也对这位真人十分推崇呢。”

“不瞒你说，我幼时体弱，得过一场大病，高烧不退，我娘去找空明真人，他给了我娘一颗药，让她给我服下。说来也神奇，吃了之后我昏睡两日，做了好多古怪的梦，两天之后醒来，烧也退了，身上的红疹也一个没有，从此再没染过大病，平安至今。”小伙认真说道。

“你梦见啥啦？”桃夭顺口问。

小伙想了想，挠挠头道：“也不是太记得了，像是一条蛇追着我跑，还咬我一口。啧啧，我最怕蛇了，世上怎会有这般难看又可怕的玩意儿。”

“嗯嗯，我也不喜欢蛇。”桃夭坏笑着瞟了柳公子一眼。

“蛇也有既聪明又美貌的，你们这些人无福相遇罢了。”柳公子重重地哼了一声，也没睁眼，只举手朝桃夭作了个抹脖子的狠动作。

桃夭冲他吐吐舌头，又问小伙：“你既说那空明真人是活神仙，又能治病又能招雨，那为何如今的鹿门山却成了你不想靠近的地方？”

小伙叹了口气：“空明真人虽厉害，但始终是个凡人，是人就会衰老，这一两年间，鹿门山的坏天气又越发频繁了，且有愈演愈烈之势，连空明真人也降不住了，大家都说他人老体弱，不复当年了。而鹿门山下有妖的说法被传得有鼻子有眼，大家还说这是个难缠的大妖怪，只有真神仙才杀得了它。所以，不止我，许多曾经爱去鹿门山溜达的百姓最近都不愿去了。天气又坏，妖怪之说又吓人。反正，鹿门山的‘病根’不除，这座千年名山可能很快就废了，可惜啊！”

桃夭伸了个大大的懒腰，嘻嘻一笑：“治病也得找对大夫呀。”

○ 2 ○

“嘚嘚嘚，嘚嘚嘚”，小毛驴跑得可欢快。

空中的云朵像棉花一样挨挨挤挤，几声锐利的鸣叫从云朵下拂过。

柳公子睁开眼，空中掠过一只黑鹰，羽翼舒展，身姿矫健。

又过了半盏茶的工夫，驴车的速度渐渐慢下来，最后停在了一片乱石密布的浅滩上。

“这便是黑鱼滩了，从这儿过去，再向东走四五里就是鹿门山，不磨蹭的话，天黑前能到。”小伙跳下车，朝东边指了指。

桃夭下车，朝东边看了看，离了还有四五里远，但已隐隐看出远处的一片天空跟此刻头顶上的不一样，黑云低沉，偶尔还能听到一两声闷雷。

“有啥大不了的事非要去鹿门山啊？”小伙看着桃夭道，“那里的天气可是越来越差了。”

桃夭答：“我有个病人在鹿门山，我应承了要去治他，不好食言。”

小伙一愣，将她上下打量一番：“你……是大夫？”

桃夭抓住自己的小辫子甩来甩去：“不像么？”

“不像。”小伙直摇头，“你一个黄毛丫头，哪里会是大夫。你同我玩笑也就罢了，莫拿自己的性命开玩笑。”

说罢，他让毛驴调了个头，坐回车上，看着桃夭他们：“你们真要去，我也拦不住，自求多福吧。”

“谢了。”桃夭冲他灿烂一笑。

驴车渐渐远去，小伙的身影很快消失在山路之中。

“你有病人在鹿门山？”磨牙望着桃夭，“怎的一路上都没听你提起过呀？”

桃夭耸耸肩：“烧纸给我的病人太多，我手里已积累了不下百个，我想给哪个治就给哪个治，需要通知你们么？反正鹿门山也是顺路而已。”

“哪里顺路了？”柳公子赏她一记白眼，“你绕路都绕成一张八卦图了。”

桃夭一瞪眼：“你说了算还是我说了算？”

“谁给的饭钱谁说了算！”

“呃……”

“阿弥陀佛，别闹了，既去诊病，就莫要耽搁了。”磨牙摇摇头，刚走两步就“哎呀”一声，蹲下去捂住了自己的脚踝。

桃夭一看：“咋啦？崴脚了？”

磨牙苦着脸点点头：“这滩上碎石太多，你们留神些。”

“你看好你自己啦，我看你今天一路上没神没气，还印堂发黑，崴脚可能只是走霉运的开始吧。”桃夭不客气地说道，“还能走不？不能的话让柳公子背你呗。”

“不用，没大碍。”磨牙起身试着活动活动右脚，然后走到几步开外的一个水洼前，蹲下来仔细看自己的脸，嘀咕着：“哪里发黑了，明明很白啊！”

话音未落，一阵急促的马蹄声自几人身后传来。

回头，十几匹高头大马组成了一支马队，驮了一群黑衣覆身的家伙，仿佛飞奔的乌云，风驰电掣地朝他们这边而来。

许是过路的，桃夭这样想。

然而，马队却停在了他们面前。

初夏的天气，一队人却把自己从头到脚捂得严严实实，穿的还不是普通的粗布黑袍，是价值不菲的绸缎，水一般光滑，衣襟袖口更以金线绣成云纹，连遮住脸的面具都不是寻常铜铁之器，做工精细，金光熠熠。

有钱人！

桃夭盯着他们，只见那为首之人腰配长剑，骑了一匹毛色一流的白马，面具后那一双眼睛看不出任何情绪。

气氛安静到反常，对方并没有下马的意思，一言不发地看着桃夭一行，为首者把目光从桃夭移到磨牙，上下打量一番，突然从袖口飞出一条拇指粗细的白绳，瞬时往磨牙腰上缠了好几圈，一拉，小和尚便在自己的惊叫声中落进了他的怀里，被一只有力的臂膀牢牢制住，动弹不得。

柳公子皱眉，不过本能地朝前挪了一步，马背上的其他人便默契地“刷”一下拔出明晃晃的刀剑，寒意与杀气扑面而来。

桃夭抓住柳公子的胳膊，朝那为首之人笑道：“这位大哥，我看你们衣着光鲜，骑的马也名贵，断不像打家劫舍的土贼，我们不过是来访友的外乡人，不曾与谁结下冤仇，这位小师父更是又蠢又笨，除了念经吃饭什么都不会干，您是抓错人了吧？”

“是是是，施主你看清楚了，小僧并不认识你！”磨牙急得满头大汗，拼命挣扎。

见状，滚滚从地上一跃而起，落到磨牙身上，两爪抱住那只困住磨牙的胳膊，张嘴便咬下去。

被狐狸咬住，应该还是很疼的……

他身旁的人举刀要砍，却被他喝止。只见他变戏法似的从马鞍一侧的褡裢里取出一个麻袋来，扣在滚滚头上，再一拳头将这小东西敲晕过去，除了吃跟睡也没什么别的技能的狐狸很快也成了他的囊中之物，他将麻袋扔给旁边的人：“照顾仔细了，我要活的。”

磨牙急了，大声斥责：“你怎么能打它？它还是个孩子！”

那人充耳不闻，任他大喊大叫。

桃夭叹气，苦恼地看着他：“大哥，这是我的和尚跟狐狸，您招呼都不打就拿走，不好吧？”

那人的眼中依旧波澜不惊，又从褡裢里摸了个三寸见方的木匣出来，二话不说扔给桃夭。

桃夭接住，狐疑地看着他。

“看看。”那人冷冷道。

桃夭笑笑：“如果是伤人暗器什么的，你就死定了。”

“今日我无取人性命的打算。”那人的声音十分低沉，但只要他开口，四周所有声音都在为他让路，让你想不听都很难。

桃夭撇撇嘴，打开木匣，旋即便瞪圆了眼睛，一种难以表述的光彩覆盖了她整个眼眸——两颗鸽子蛋大小的珠子，圆润光洁，奶白色的光晕里又透着一抹幽幽的蔚蓝。

“聚海明珠？”桃夭的嘴巴已经合不上了，“你从哪里弄来如此珍贵之物的？”

那人只淡淡道：“两颗珠子，换这个小和尚，那只狐狸也一并给我。”

“拿去吧拿去吧。”桃夭欣喜若狂地取出其中一颗，在阳光下转动着细看。

“桃夭！”磨牙又急又气。

柳公子瞪着她，提醒道：“他说，拿珠子换磨牙，还要附赠一只滚滚。”

“我听见了！”桃夭看都不看他一眼，只顾着她的珠子。

“换磨牙啊！”柳公子提高了声音。

桃夭把珠子攥到手里，不耐烦地看着他：“很值啊！”

“你真把我卖了呀？”磨牙都要哭了。

“一颗珠子换回来的钱，足够我浪费二十年啦！而且是两颗！好幸福！”桃夭把木匣紧紧抓住，贴到脸上，激动得要流泪了。

“那么，成交了。”那人一拽缰绳，白马旋即调头而去，磨牙的喊叫很快被淹没在马蹄声里。

柳公子看看那帮远去的人马，又看看还抱着珠子陶醉的桃夭，问:“你不管了？”

桃夭睁开眼：“管啥？”

柳公子指着那群人消失的方向：“他们把磨牙带走了。”

“我知道啊。”桃夭把珠子收好，“我早就说他印堂发黑嘛。行了，我还得赶紧去鹿门山呢。”

“你自己去吧。”柳公子转身，化为一道绿光，转眼消失于空气中。

桃夭头也不回道：“别太快回来找我啊，我想多清净几天呢！”

然后，她哼着小曲儿，一身轻松地跨过了黑鱼滩，不慌不忙地朝她的目的地而去。

○ 3 ○

鹿门山里的雨真是太大了！就算打了伞也无济于事。浓重的乌云层叠挤压，比黑夜的颜色还要浓郁，且单单聚集在鹿门山之上，一步之遥的山外却月明星稀，风轻天阔。

当桃夭只身站在鹿门寺大门前时，从头到脚已经找不到一块不滴水的地方。

然而寺门紧闭，她敲了老半天的门，才有一个十二三岁的小和尚来开了门，一见她便道："阿弥陀佛，这几日方丈与贵客有要事相商，鹿门寺暂不接待香客，女施主改日再来吧。"

"我不是来烧香的。"桃夭赶忙道，"我是来找你们家觉悔师父的。"

小和尚眨眨眼："女施主找觉悔师叔？"

桃夭笑道:"是的呀，我是他的一个朋友，从老远的地方来看他。你看天都黑了，雨又这么大，我又孤身一人，总不好让我现在回去吧，麻烦小师父行个方便。"

小和尚想了想，朝旁边让了让:"那女施主请随我到客室，我去跟师叔通传一声。"

"谢啦！"桃夭一步跨进了门槛。

鹿门寺算一座大庙了，纵然天降大雨，狂风四起，庙里也透着一股雷打不动的安稳，没有香客，只有些僧人在廊下行走，湿凉的空气里氤着淡淡的香火气。

桃夭问那小和尚："小师父，你家方丈跟谁商量要事啊，要紧到把整个鹿门寺都暂闭了？"

"也不是这几日才暂闭的，入夏之后，天气越发恶劣了，暴雨不停，好几处地方被泥流冲垮了，两个樵夫运气不好，被埋了。打从那时起，方丈就下令闭门谢客了，就是不想再有香客往山里来，平白遭了祸事。"小和尚直摇头，"我听师兄说，这几日方丈正和空明真人以及附近村镇的乡绅们一同商议解决之道呢。"

桃夭压低声音道："真有妖？"

小和尚挠头："我也不知啊，外头的人说鹿门山下镇压了一只会闹水的妖怪，也有师兄弟们说是山中风水有异。"

桃夭眼珠一转："这样啊……我一路上都听闻空明真人的威名，他真有通天彻地呼风唤雨的本事？能带我去瞅瞅么？"

"我哪敢随便带人去围观方丈跟他的贵客呀。"小和尚停下，推开一间布置简单，只得一张桌子几个蒲团的屋子，"女施主在这里稍等，我去请觉悔师叔过来。"

“有劳了。”桃夭目送他离开。

她没有进屋，站在屋檐下，雨水自瓦上淌下，已不能用“仿若溪流”这样的词句来形容，眼前简直就是一片密集的雨墙。

真是许多年都没有见过这么大的雨了，长此下去，鹿门山必然沦为泽国，万物不生。

她怔怔地看着这漫天漫地的风雨，深吸了口气。

有妖么？

有。

风雨里，有妖气飘浮，淡淡的。

佛门清净地，历来为妖物所忌惮，偏有妖大胆到连佛祖都不怕？！

正想着，身旁传来“吱吱呀呀”的声音。

桃夭转过头，走廊另一端，有人坐了轮椅，缓缓朝她这边来。

年近四旬的和尚，裹着土黄的僧袍，面目祥和，老远地见了她，便露出了笑脸。

狂风吹过，僧袍摇动，本该放着双腿的地方空空如也。

“桃夭，你一点变化都没有。”和尚停在离她两步远的地方，仔细端详着她的脸。

桃夭笑笑：“你变化挺大的，居然当起了和尚。”

“我怕你不来。”他说。

“本不打算来。”桃夭耸耸肩，“顺路而已。”

“不是顺路吧。”和尚微笑，“是为了我那句‘若不及时赶来，只恐我旧疾复发’吧？”

桃夭不置可否，将他上下打量一番：“你面色红润，中气十足，除了少一双腿，并不像‘旧疾复发’的模样。”

和尚看着眼前密集的雨水：“鹿门山如今这番模样，你不认为与我有关？”

桃夭没说话。

和尚摇头一笑：“进来坐吧，你不是来替我诊病的么。”

客室的房门在他们身后关上，屋子里很快亮起了烛光，淡淡的檀香从窗缝里飘出来，窗户上投着他们的身影——久未谋面的大夫与病人，应该有许多话要说。

◦ 4 ◦

只燃了一盏油灯的室内，六人围坐一堂，六张脸孔在跳跃的光线里明明暗暗，严峻得像六尊石像，摆在几上的茶水老早便凉了，也不见谁喝一口，身后的木案上香烟袅袅，只有被供奉的佛像神态安详，无悲无喜。

“阿弥陀佛。”老方丈眉头紧锁，“想我鹿门寺香火千年，不曾想竟藏了个祸害生灵的妖孽，老衲身为方丈也未得察觉，实在愧对苍生。”

坐在他身旁的男人，年近六旬，麻衣布履，两鬓飞霜，用一枚玉簪束起的发髻一丝不乱，眼角唇边的纹路深得像用刀刻进去似的，比起虚无缥缈的仙风道骨之气，他眼中更多的是历尽沧桑看透俗世之后的沉着老练。

另外四个乡绅打扮的中年男子则没那么淡定了，眼中一直有深深的恐惧，但又努力压制着以免失态。

此刻他们最大的后悔，应该就是对一件事的怀疑，不该说“若非亲眼所见，断不敢相信”这句话。

事实上，作为附近几个村镇的头面人物，他们对空明真人的信任与仰慕从几年前便开始下降了。也许他真有超越常人的本事，能招雨能救人，但那是从前了，他始终是个凡人，衰老会逐渐带走他拥有的一切，暗淡他在众人眼中的光环。尤其这两年，鹿门山里诡异天气的破坏力越来越大，纵然他还是住在山中的草庐里，纵然他还是说只要有他在鹿门山就可安然无恙，但是，大家需要的不是口号，而是实在的结果。慢慢地，“有事就找空明真人”这样的念头淡下去了，往鹿门山来拜访他的人也渐渐稀少了，甚至有些年轻气盛的同道中人放出了“他不过是个欺世盗名夸大其词的江湖骗子”之类的狠话。总之，鹿门山的“病”，他空明真人已经束手无策了吧。

一直在这件事上保持中立态度的鹿门寺，对这位跟自己当了多年邻居的“世外高人”从来都是不踩不贬、不吹不捧，大家各修各的行、各做各的事，和尚们之前大多认为鹿门山的异状是“天劫”，是神佛用这种方式在警告世人，要大家清净心灵、行善积德，所以鹿门寺这些年来做的最多的事就是虔诚地诵念经文、施粥赠药、收留贫民，偶尔再做几场祈福的法事，希望能了结业障平息天怒。但是，鹿门山的情况还是一天天糟糕下去，以前下几天雨还能停一两天，如今已是天天暴雨不止，再不遏制的话，他们这座千年古寺恐怕真要搬家了。所以，七天之前当空明真人主动来到鹿门寺，同方丈说鹿门山中有妖，且藏身于鹿门寺后八角井时，方丈是半信半疑的。佛门净地，妖物避之不及，哪个会大胆到在八角井中兴风作浪，要知这口井就在鹿门寺后咫尺之地，虽不在寺中，但也归鹿门寺所有，平日里僧人们也常去取水，从无异常。但，八角井本身确实有个异常之处，便是千百年来，不论外界的旱情有多严重，此井总是清水满满，绝不受半分影响。一直以来他们只当这是造物神奇，并没有往深处想，如今空明真人言之凿凿说井下有妖，再联想到此处的种种，方丈一时间也不敢断言是有妖还是无妖了，毕竟鹿门山的确是在空明真人住进来之后才有了近二十年的平静，他能求雨也是众人亲眼所见，若是江湖骗子，哪能次次运气那么好，说下雨便下雨。

“方丈若是不信，我们一道去八角井前看看，那妖物行藏诡秘，若不用点法子，纵然你们天天去井中汲水，也是发现不了的。毕竟你们修佛之人心眼单纯，容易被鬼祟妖物欺瞒。”空明真人见方丈犹豫不定，遂提出了这样的建议，“另外，不妨再请来各处有名望的乡绅，大家一起做个见证，我是否危言耸听自可见分晓。”

虽然还是不能完全相信，但似乎也没有更好的法子了，再让这大雨肆虐下去，鹿门寺早晚会被冲垮，若真有妖怪作祟，能断了病根自是大好。

翌日，八位在附近的村镇颇有分量的乡绅们应邀而来，不过大家对“有妖”这件事同样半信半疑，其中几个更是直言妖物不过无稽之谈，若鹿门寺方丈与“著名的”空明真人联手都无法解除此山的“怪病”，他们只能去外地寻找真正的高人来帮忙了。

空明真人一如既往地沉着，对他们言语中的不客气也没有反驳，只说：“眼见为实，大家先看看，再说后话。”

看看就看看呗，又不会少块肉，自认为见多识广的乡绅们心里都这样想着。

入夜，一行十人举着伞站在鹿门寺后的八角井前，此井因为从前有八角围栏，故称八角井，又叫八卦井，倒也没人说得出是这口井更老一些，还是鹿门寺更老一些了。

面对那黑黢黢的井口，乡绅之一不耐烦地说：“这大风大雨的，做贼似的从寺里出来，到底是要我们看啥？”

“几位可在井水中看见什么了？”空明真人俯首看向井下。

众人探头看去，方丈道：“天色已晚，井下不过一片黑水罢了，并看不出什么端倪。”

乡绅中有个好事的，索性捡了块石头扔进去，只听“扑通”一声，然后不屑道：“若石头下去没有动静，我还觉得有点意思，可如今看来，并无异常之处。”

空明真人笑笑，从袖口里取了个小纸包出来，打开，里头是些淡黄色的粉末，散发着微微刺鼻的气味。

他扬手，粉末落入井水。

不消片刻，井水突然“咕嘟咕嘟”冒起了水泡，众人正疑惑间，那井水之下突然浮过一道大腿粗的白影，鳞片层叠，寒光闪闪，在井水下旋绕不止。

所有人顿时变了脸色，失声道："这……这是……"

话音未落，只听"哗"一声巨响，一颗比人头还大的蛇头自井下钻出，蛇口大开，鲜红如血，巨大的白色身体在夜色里闪着密集的光，空气里顿时氤出一股淡淡的腥气。

除了空明真人与方丈没有失态，其余八人无不怪叫着跌倒在地，然后拼命蹬着腿往后退。

白蛇并没有再做出别的事，只是重重落回了井里，翻滚的水花平息之后，井下重归平静，怎么看，也没有它的影子了。

方丈的脸色，从没有这么难看过。

"蛇妖盘踞井下，吸山水灵气，然尚未成气候，宜除之。"空明真人平静道，"我也颇费了些工夫，才寻到这鹿门山的'病根'，此物也算精明，竟选了这样的藏身之处，危险之地最为安全，此话倒也不假。"

方丈深吸了口气，道："真人可有应对之策？"

"我知你佛家不杀生，但此物不除，后患无穷。"空明真人看着那口井，眼神深邃得像一潭不见底的死水，"这罪孽，由我担着吧。"

瘫在地上的几人，莫说站起来，连说话的力气都没了，好一会儿才哭喊道："真人救我们！那是蛇妖，蛇妖啊！"

这个雨夜，对他们而言实在是太糟糕了。

房间里的油灯继续微弱地跳动着，对于方丈的自责，他轻叹了口气："方丈言重了。"

"真人确是定下了三日后开坛作法，除掉蛇妖？"乡绅之一一提到"蛇妖"二字，声音都在发抖，那晚去的八位中，有四位都吓病了，今日议事都无法参加。

"请诸位来，便是说定这件事。"空明真人扭头看着窗外越来越大的雨水，"三日之后的辰时，于蛇妖大不利，我自有把握除此妖孽。"

另一位乡绅连声道："真人需要我们提供什么尽管说，钱粮牲畜应有尽有，只要能除掉这妖怪，我们什么都给！"

"就是就是，如今这蛇妖还只是在鹿门山肆虐，有朝一日出了山，我们哪里还有活路！"

"那还用说！已经那么大一条蛇，再修炼下去可不得了啊！"

空明真人笑笑："诸位且放心，我不需任何援助，只待时辰一到，蛇妖必亡于我手。"

众人眼中，又出现了久违的崇拜之情。

"真人确有把握？"方丈始终有些不放心，"寺中也有一些习过武的弟子，是否……"

空明真人摇头："人多反而误事，方丈若有心助我，只需在我除妖时，在我身后诵一段地藏经即可。"说着他又补充道："放心，那蛇妖如今出不了井口，伤不得人。"

"阿弥陀佛。"方丈双手合十，再无言语。

5

空明真人的草庐里，总是弥漫着淡淡的药香。

今天就是他跟众人说好的，开坛作法的日子，这么重要的时候，他既没有准备各种法器，也没有养精蓄锐打坐调息，而是跑到山外的镇子里，买了一包蜜饯，一只烧鸡。

当他冒雨回到草庐时，被蹲在门口的桃夭吓了一跳。

"哎呀，真人你可回来啦，我等你好久了！"桃夭高兴地站起来，又嗅了嗅，"好香啊，是烧鸡？"

他打量着桃夭："小姑娘，你若是来求我诊病，过几日再来。"

"今天不行么？"桃夭露出急迫的表情。

他又看她一眼："小姑娘，我看你气血充盈，不像身染疾病。"

桃夭赶紧摆手："不是我病，是我养的一只大鹅病了。"

他皱起眉头："你这丫头好不晓事，我并不懂给鹅看病，快回去吧，莫同我捣乱。"

桃夭瘪瘪嘴，一把拽住他的袖子，马上就要哭出来的样子："真人你救救我家大白吧，我自小孤苦无依，受尽白眼，一个朋友都没有，身边只有这只鹅，你别看它是只鹅，很通人性的，我觉得它能听懂我说的话，我让它干吗它就干吗。"

他愣了愣。

桃夭继续道："对我来说，它不是可以任人宰割的动物，是我的伙伴，我最艰难的时候，只有它守在我身边。如今它病了，不吃不喝，真人你快随我去瞧瞧它吧！我知道你是活神仙呢！我家就在山外的长河镇，一来一去花不了您多少时间，顶多明天你就能回来了！"

“明天……”他犹豫着。

桃夭使劲摇着他的袖子：“真人真人你帮帮我吧！这世上再不会有第二个大白了！”

他锁紧了眉头。

然而最终，他还是拿开了桃夭的手，决然道：“小姑娘，我今日有要事待办，你回去吧，找个兽医去看你的大白。”

桃夭叹了口气，看着他的眼睛，似笑非笑道：“好吧，既然如此，你就去办你的要事吧。”

他盯着她的眼睛，总觉得那里头有什么奇怪的东西，紧紧抓住了他的视线……

○ 6 ○

鹿门山的雨，终于停了。

鹿门寺里的僧人们无不欢欣鼓舞，奔走相告。

空明真人没有说大话，他用一把剑，杀掉了井里的蛇妖。

但是，他也付出了代价——断了一条胳膊。

空明真人在八角井除妖的消息早就传遍四周，但方丈下了命令，除了他，谁都不得靠近八角井，一些闻讯而来的大胆山民也被挡在了远处。

除妖的过程，只有方丈目睹。

他坐在离空明真人十米开外的地方，照他之前的吩咐，不断诵念地藏经。

场面并没有方丈预想得那么激烈，空明真人用更多的雄黄粉逼出了那只白蛇，蛇冲出井来，一口便咬住了他的左臂，然而他右手的剑也就此得了机会，一剑刺穿了蛇的七寸。

白蛇瘫落于地，骤然化作一只人面兽身，无尾无足，体覆黑毛背生两翼的四不像怪物，如犬大小，生息全无，神态倒是不狰狞，睡着了般安详。而更奇怪的是，一条蛇尾状的东西不知从哪里钻出来，落在离它不远的地方，不多时就化成了一摊黑灰。

方丈大吃一惊，指着这怪物：“这……这并非蛇妖……”

“是化蛇，还是只断了尾的化蛇。”空明真人看着这只死去的怪物，断掉的胳膊血肉模糊，他却一点都不觉得疼似的，“古有妖物，人面豺身蛇尾，有翼，招大水。”

“我幼时曾在古籍上见过此物，想不到有生之年竟会遭遇一只真正的化蛇。”方丈连念了几声阿弥陀佛，赶紧上前搀住他，“真人你的手臂……”

“不碍事，死不了。”空明真人示意他不必担忧，“化蛇生性顽劣，常幻化成蛇类的样子掩人耳目，四处游走，一旦妖性大发，必招大水洪灾。这只化蛇还算修行不够的，目前只能祸害一下鹿门山，遇了我，它在世上的日子也就尽了。”

方丈重重叹了口气，随即向他合十道：“真人不惜性命，为民除害，实乃大善，老衲代整座鹿门寺以及为化蛇所害的百姓向你道谢！”

“实在不必谢我。”他摇摇头，旋即道，“只是有一事相求，还请方丈首肯。”

“何事？真人但说无妨。”

“方丈可否将身上袈裟相赠？”

“袈裟？要此物作甚？”

“自有用处。”

“这……好吧，真人既有用处，老衲也不多问了。”

“化蛇的残躯也交由我处置吧。莫让其他人看到，省得吓到他们。方丈只管告诉他们，鹿门山从此雨过天晴，平安无事即可。”

当空明真人带着化蛇的尸体离开时，天边刚刚亮起一丝白光。

八角井前一切如常，甚至都不太看得出刚刚才经历了一场生死之战。

○ 7 ○

古树环绕的地上被挖了一个大坑，化蛇躺在坑里，身上裹着方丈的袈裟。

空明真人慢慢把土填回去，从对面古树的缝隙看下去，刚刚能看到山腰上的鹿门寺的一个角。

“就给你埋这儿了啊，刚好能看见你的庙。”空明真人边填土边自言自语。

他身后的草丛里，有窸窸窣窣的动静，一条大腿粗的白蛇，盘成一团，蛇头昂起，左看右看。

很快，坑填平了。他捡了几个形状比较好看的石头压在上头，又拔了几朵野花插上去。

然后，他盘腿坐下，静静看着这座不像坟墓的坟墓。

“啊……好疼！手？我的手呢？”他明明没有张嘴，声音却从他的身体里传出来。

“醒啦？”同一个身体里，居然传出了个脆生生的女娃的声音。

“你是谁？为何在我的身躯之中？”他动不了，急得大喊。

一阵凉意从他的每寸皮肤上爬过，身体仿佛突然被雷电劈中了一样麻木起来，然后，似乎有什么东西，钻了出去。

红影如风闪过，落到他面前，化成个活生生笑嘻嘻的桃夭。

“你……”他麻木的身体渐渐恢复过来，但也仅能瞪大双眼，“你是何人？妖孽还是鬼魂？”

“别一脸嫌弃的样子嘛。”桃夭活动着筋骨，“你当我愿意跑到你身上啊，臭哄哄的难受死了。”

他死死瞪着她：“你到底是何人？我并不认识你！”

“可我认识你呀。”桃夭一笑，“张二狗，襄阳人士，父母早亡，幼年孤贫，以杂耍蛇戏为生。少年时，你于兽口之下偶然救下一条小白蛇，此蛇性灵聪慧，通人意，被你视为珍宝，起名小白，常伴左右。朝夕相处数十年后，你发觉此蛇不但聪慧，还有招雨之能，且这种能力随着它的成长而渐渐加强。二十年前，你命小白往鹿门山中招雨闹水，之后再以空明真人的身份入山扮高人，再继续利用小白为乡民求雨解旱，欺世盗名。”

他愣怔了很久，突然笑了出来：“欺世盗名？这二十年来，我未取那些乡民分毫财物，偶尔留下的一些，也只为维持日常用度，我实实在在地帮助了他们。你知小白能招雨，可知它还会驱病？我住进鹿门山后不久，受寒高烧不退，病得快要死掉时，小白咬了我一口，我以为它终究是野性难驯，露了本相。谁知被它咬了之后，我昏睡两天，醒来时高烧已退，身体也松快许多，再无病相。我方知小白还有这般本事。后来我试着将沾有它唾液的药材给人服用，虽治不了生死大病，但对伤寒高烧中毒之症有奇效。这些年，我救过的人也不少，你说我欺世盗名？”

桃夭冷笑：“小白这么好，你却要当众置它于死地。”

“呵呵，你试过这样的日子么？任何一个人都可以将你随便踩在脚下，骂你是下九流烂戏子，不管你多么善意地去对待这个世界，你都得不到任何尊重。甚至连街边那些算卦的江湖骗子都能得到莫名其妙的信任与崇拜，我却不行。我只能起早贪黑地跟小白奔波在各种杂耍场，用无尽的辛劳换取微薄的收入，勉强活在这世界的最底层。”他直视着桃夭的眼睛，“我不想要钱，我见过许多有钱人，表面风光，背地里也被人骂得体无完肤。我想要尊重，当面与背面都在的尊重。”

桃夭挑眉：“所以，空明真人让你得到了你想要的尊重，而张二狗从此只是深埋起来的耻辱的秘密？！”

“我一直向往世外高人的生活，身在深山，也有人恭敬佩服、尊崇仰慕。在我发现小白有招雨弄水的本事时，我觉得我的梦想可能会实现了。”他笑，“这二十年来，我真的实现了。谁能想到一个‘下九流’会成为被所有人仰视的空明真人。”

“可你并没有真正跟这个身份匹配的能力，即便你将鹿门山选作你实现梦想的地方，你也无法跟那些在此千古留名的真正的贤达之士相提并论。”桃夭抬头望天，树梢之间隐隐有白云流过，“你大概到现在都不知道为何从两年前开始，鹿门山天气的变化再与小白无关，且渐渐发展到无法控制的程度。你甚至猜测是小白已成了真正的妖怪。”

他皱眉，许久之后才道：“自小白来到鹿门山的第一天，它便径直往八角井而去，那井水深不可测，井下水域还不知有多宽广，每次它都在井下待许久，慢慢地我发现它去井下的次数越多，它招雨的能力便越强，最厉害的时候，它招来了六天狂雷暴雨，解了一整个村子的旱情。两年前，我发觉鹿门山的天气越来越不对劲，但那并不是小白干的，起码这二十年间，除了有人来求雨解旱，我从未指使小白再干这闹水的事。对我的命令，小白从不违逆。可是事情的发展越来越坏，有人开始质疑我，说我年老体衰不复当年，甚至直言我不过是个江湖骗子。”他抬起头，眼神里只有愤怒与不甘，“我不想再当回张二狗，我要一生一世都做空明真人，我要堵住他们的嘴！我要证明给他们看，我没有老，也不是骗子，我说有妖怪，那就是有妖怪，并且我还有杀掉妖怪的能力！如果我在八角井前杀掉小白，不但可以证明我能斩妖除魔，也许还能破除鹿门山的现状，毕竟小白能力的强大，跟八角井脱不了关系。”

他说每一个字时，神态都是认真的，认真到让人害怕。

对于“张二狗”的恐惧，战胜了他的一切，为了躲开这个名字，他可以做任何事。

桃夭看着这个振振有词的老男人，又看了看身后的白蛇，说：“可这世上再不会有第二个小白了。被所有人都踩在脚下的张二狗，一直是它在陪伴着。”

他怔了怔，只说：“我没有老，我不是骗子。”

“如果昨天我去找你时，你肯跟我去治我的‘大白’，或许你的手臂是能保住的。”桃夭看着他断掉的手臂，“你买蜜饯买烧鸡，这些都是小白爱吃的东西，吃饱好上路？你让方丈在你身后念地藏经，是要助小白往生，还是让你自己的负罪感少一些？毕竟这条蛇还没聪明到能看透你的真正意图，或者说，它从来不曾怀疑过你，你让它闹水它便闹水，你让它配合你演戏它就躲在井里吓人，它没有做错过任何事，但它还是得死，为了成全你想要的‘尊重’。”

他咬紧了牙关，一言不发。

“不过你可以放心了，你的‘小白’已经死了，鹿门山也恢复正常，你以后依然可以当你的空明真人，我没有揭穿你的底细。但是，你还能受到多久的尊重就不好说了。”桃夭拍拍脚上的泥土，转身离开。

“小白死了？它哪里死了？”已经能勉强动弹的他看向小白所在的方向，大声喊着小白的名字。

白蛇一直卧在原处，安静地听着他的声音，却没有任何反应。

“过来啊小白！怎么你听不懂我的话了吗？！”他用力拍着地面。

白蛇仍然没有动静。

“别喊了，留点精神养伤吧。”桃夭站住，头也不回道，“你运气好，遇到一条刚开始修炼且与人为善的小蛇妖，但你们的缘分到此为止。我已经去了这蛇妖过去的记忆，它不会再记得你，也不会再跟从你，以后它只会按照自己的意志选择要去的地方。”

说罢，她低头看了看旁边那条白蛇，说：“还待在这儿做什么，走吧，天高地阔，你前途无量。只是要记住，若非万不得已，不要轻易动你这闹水的本事，淹死无辜者的话你可是有大麻烦的。”

白蛇吐了吐信子，又待了片刻，便调转身子往密林中去了。

身后，有人还在徒劳地喊着小白的名字，近乎嘶哑。

这世上，真的再不会有第二个小白了。

○ 8 ○

桃夭记得那天她问过觉悔，确定要用自己的性命终止一切么。

觉悔说是的，请她来，就是要彻底治好他的病。

桃夭觉得好笑，明明是一只化蛇，却自己断了尾巴，还跑去当了和尚。

她大概是在千年前认识他的，那时的他雄霸一城，呼风唤雨，多少高手术师打着降妖除魔的旗号去对付他，都成了他的手下败将。他的本事太大，已不再把这世界放在眼里。后来，内贼作乱，他失去了领地与挚爱的女人，大难不死的他怒火难平，理智全失，于是大水淹城，没留下一个活口。

桃夭本来是去要他性命的。

她到的时候，洪水尚未退尽，整座城池皆是死尸。

他抱着他的女人，对桃夭说：“我以为，本事越大，得到的就越多。原来不是这样啊。”

桃夭没吱声。

“鬼医桃夭……桃都派你来，是杀我不是救我吧，哈哈。”他竟笑出来。

桃夭还是不说话，但腕上金铃由始至终都没有响过。

那一整天，桃夭都跟着他，看他埋葬爱人，月下发呆，也看着他现出原形，手起刀落，断了自己的尾巴。

化蛇断尾，便是自毁妖力。

他忍住疼痛，对她说：“我想试试不能呼风唤雨的日子。”

天明之前，桃夭走了，没有带走他的性命。

没想到，再见面时，已是千年之后，她还是原来的模样，他却修炼成了一个没有腿的和尚。

他说，这千年以来，他一直在鹿门寺里当和尚，深居简出，从年轻当到年老，然后再“死去”，然后又以另一个年轻人的面孔回来，继续当和尚，而且法号里永远有一个悔字，这就是妖怪的好处啊，就算断了尾巴，还是有幻化成人的能力。

拜了一千年的佛，听了一千年的经，他都快忘记自己是一只化蛇了，连妖气都淡到可以忽略的程度。

回忆当年，他只笑着摇摇头，说还是太年轻了，看不开，想不透，不懂化解。

桃夭看着他轻松的模样，说：“你的病，只有结束性命才能治好。”

“我知道。”他点头。

“它只是一只跟你没有任何关系的蛇妖而已。”她提醒道。

“二十年前我第一次在鹿门寺外察觉到小白的存在时，觉得很有意思，原来不止我这个妖怪敢接近佛祖。后来我发现它经常在夜深人静时跑到八角井中去。”他笑笑，“我的尾巴虽断了，可它依然是活的，只要我还在，它就不会消失，所以我把它藏在八角井下。想来是尾巴上的妖气吸引了小白，毕竟那是一只化蛇绝大部分妖力所在的部分，修炼中的妖物对前辈的这类东西特别敏感，尤其是刚开始修炼的小妖，即便是靠近，也会受到影响。”

“因为碰到了你的尾巴，小白招雨的能力大增……”桃夭叹了口气。

“是。”他点头，“可它不知道的是，那是我的尾巴，不是它的，从它加上我的力量招来第一场雨时，隐患便已经埋下了，化蛇之尾与真正的蛇妖的妖气混在一起，便成了鹿门山上天空的毒药，不过是酝酿了二十年才爆发而已。也幸好它只是只妖力浅薄的小蛇妖，只坏得了这一片天，暂时影响不到别处。”

桃夭想了想，直言道：“这种情况，要解决起来并不很难，两种妖气交缠所带来的恶果，要破除的话，只需消灭两种妖气来源之一，也就是说，只要你杀掉小白，鹿门山就能恢复正常。二十年了，你都下不了手？”

“我喜欢小白啊。”他突然笑出来，“怎么下得去手。”

“嗯？”桃夭一愣。

“它对那个男人真好。”他又笑，眼神沉入很久之前的回忆里，“自从知道它的存在之后，我就格外留意它跟那个男人的生活。它太乖太听话了，那个人说什么它都听从。记得他们刚来鹿门山时，日子比较艰难，我看见小白在山里追野兔，抓到后自己没吃，带回去交给他。那时草庐还没有搭完，晚上他们只能露宿野地，山中多野兽，夜间捕食者尤多，小白每夜都盘踞在离他最近的地方，任何靠近的野兽都被它赶走。我越发好奇他们的过去，于是使了些手段，让一些专门打听消息的妖怪替我查清楚这空明真人的身份以及他与小白的渊源。之后才知，原来小白早在他还是个少年时，就陪在他身边，不离不弃了。”

桃夭皱眉：“只是这样，你就要让它活着，自己去死？”

他从回忆中醒过来，笑道：“我当年最爱的人，也是一只道行不深的蛇妖，而且也是一条白蛇。”

桃夭撇撇嘴：“世上有很多白色的蛇妖。”

他平静道：“桃夭啊，我们化蛇历来被视为不祥之物，人人得而诛之。你多给了我整整千年的性命，让我有机会青灯古佛，静悔己过。如今我明知小白不久于人世，若不做点什么，这一千年的经，怕是白念了。”

“不久于人世？”她一愣。

“空明真人已经有些疯狂了。公然说妖怪就在八角井中，且鹿门山的灾祸都是因它而起。”他皱起眉头，“这个人啊，为了追逐旁人的尊崇，竟连一丝旧情都不念。一把勺子用久了还有感情呢，何况是相伴几十年的活物。不过呢，这也是彻底终结一切的机会吧，所以我才急忙找你，帮我把那点没治好的病彻底治了吧。”

“你还可以活很多年。”桃夭说。

“不能拖了，纵然没有小白，只要我还活着，我的尾巴就一直都在，保不齐以后还会有小黑小绿碰到它，惹出别的事端。当年断尾时，我也是意气用事，只想着抛弃这害死无数人的力量，没考虑到它脱离我之后会带来的麻烦。”他直视着桃夭的眼睛，“希望你成全。”

她沉默良久，说：“我治病的规矩，你是知道的。”

他为难道：“可是，我已经无法做你的药了。”

“是啊，所以我觉得很吃亏。”

虽然吃亏，她还是成全他了。

也没什么大不了的，她桃夭见过的生死之事简直多如牛毛，不要妄想她会去劝解谁不要死啊不要死啊留下生命看世界才是美好跟幸福啊。

她是个理智的大夫，尊重任何病人的意愿。

对自己的处境懵然不知的小白，还蠢蠢地待在井里，它相伴多年的人只对它说，我举剑杀你时，你不要躲，我会假装刺中你，懂了吗小白？

还是，不要懂比较好吧。

他变成了小白的样子，也顶替了它的位置。

他说，这男人好歹救过小白，小惩大诫，留他一命吧，至于小白，就别再让它记得这个人了。

那天，她一剑刺下去时，他小声跟她说了一句多谢。

应该是不会有什么痛苦的，连痛感都不会有，因为她在剑上下了药。

可能，它是她知道的，第一只裹着袈裟下葬的妖怪。

然而并没有什么不对的，是吧。

尾

几天之后，鹿门寺的小和尚发现他的觉悔师叔不见了。

全寺找了很久，都没有发现这个断腿僧人的下落，方丈让人去报了官。

桃夭站在鹿门寺的山门之外，阳光亮得刺眼，这里好久没有这么好的天气了。

不知道小白会去哪里，如今它好歹也有大腿那么粗了，不至于再那么容易被野兽抓来吃掉了吧。

那天跟它分手时，桃夭又追到它面前，指着它的头道：“蛇妖，有人托我重新给你起个名字，说妖物修炼时，若能得他人赐个完整的人名，会有助于它早日修成人形，不为原形所累。”

小白昂起头，茫然地望着她。

她皱眉，挠了半天脑袋：“起个什么名字好呢，要跟你的模样有牵连，又要朴素不引人注意……”

想了老半天，她一拍手：“有了！就叫你白素贞吧！”

小白吐了吐信子。

也不知它对这名字是满意还是不满意。

随便吧，这些都不重要啦，重要的是，她现在觉得耳边好清净，既没有小和尚的喋喋不休，也没有柳公子的冷嘲热讽，还不用养那只只会用尾巴擦盘子的狐狸，而且，怀里还藏着两颗价值连城的宝珠！

世界多美好啊！

她拍拍身上的尘土，大步流星地朝山路的另一端走去。

百妖谱
玖·媪姬

楔子

《百妖谱》云——

“媪，似羊豕，食亡者，能断人死时。

得成人形者皆女体，貌秀美，称媪姬，不祥物也。”

○ 1 ○

粥摊的老板被吓个半死，举着汤勺躲在树后瑟瑟发抖，他这辈子都没遇到过这么凶悍的男人，哪有人一言不合就徒手把桌子劈成两半的？虽然是二手的桌椅，但也要拿银子买的呀！可他这么凶，谁又敢管他讨银子？

桃夭蹲在树上，护孩子似的护住手里那碗鱼片粥。从她看出柳公子想弄死她开始，到他真的行动起来，再到她闪避到离地十尺的树杈上，硬是没让碗里的粥洒出来一丁点。

“给我下来！”柳公子杀气不减，仰头指着树上，“我数三声，这棵树不灰飞烟灭我跟你姓！”

“大侠饶命、饶命啊！”树后的老板先号起来，“不知您跟这位姑娘有什么仇怨，可我就是个卖粥的，家里还有老小等我回去呢！”

“滚！”柳公子深吸了口气。

老板赶紧连滚带爬地跑出来，没跑两步又被柳公子叫住，正惊恐时，几颗碎银子飞到他手里。

“你今天的生意我包了。”柳公子头也不回道，“回去后别跟任何人说起你今天看到的一切。”

老板忙不迭点头：“万不敢说漏半个字！多谢大侠不杀之恩！多谢多谢！”

桃夭看着跑远的老板，啧啧道：“就知道你存了不少私房钱，还跟我装穷！”

“一！”柳公子伸出一根手指。

“你要发脾气好歹也等我把粥喝完吧？我给了钱的！”桃夭端起碗灌了好几口，“而且好好喝啊，你要不要来一碗？”

“二！”柳公子伸出两根手指。

“你别这样好吧，这棵树很无辜的。”桃夭放下空碗，抹了抹嘴。

“三！”柳公子举起手掌。

桃夭“嗖”地一下蹦回地上，从树后探出脑袋：“我就是个大夫啊，你身为我们云游讨饭三人组里武力值最高的大杀器，你都没法子的事，我又能怎样呢？”

柳公子被她气得几乎晕过去，手指差点戳到她的鼻子上：“磨牙啊！小和尚呀！好歹跟了你那么多年，一把屎一把尿被你养大的，你为几颗破珠子卖了他不说，眼见着他小命不保，你还有心思在乡间野地里喝粥！”

桃夭撇撇嘴：“那你倒是弄几颗破珠子让我开心开心呀！人家不就是让他去成个亲么，又不是要他的命，世界如此美好，你偏这般火急火燎，不好、不好。”

“嗵！”

树干被柳公子一拳击出了个大窝，桃夭的头发被拳风撩得半飘而起，树叶纷乱而下。

“哪！有！和！尚！成！亲！的！”他恶狠狠地瞪着桃夭，张开的嘴里露出两颗尖亮的蛇牙。

“也没说不能呀，大不了还俗呗。”桃夭一缩头，从柳公子的胳膊下钻出来，“先把牙收一收，能不能好好说话了。”

柳公子皱眉，缩回蛇牙，转身看着若无其事的她：“我要不来寻你，你是不是就这么大摇大摆地走了？”

“不然呢。”桃夭耸耸肩，“反正要吃小和尚的是你不是我，我干吗操这个心？”

“我可是条有契约精神的正经蛇。我还没替你做满一百件事，如果你我契约未满，小和尚在你手里出了事，我不饶你。再说了，连个小和尚都保不住，你岂不是丢尽了桃都的脸，而且……”他顿了顿，“要是被那个人知道，你有好日子过？”

桃夭眼珠一转，身子下意识地打了个冷战，撇嘴道：“当年金佛寺的和尚死光了他都没事，这小子命硬得很呢，你就是瞎担心，成个亲罢了，还能要了他的命？”

“难说。”柳公子神色凝重，“那个地方连我都无法靠近，你觉得他会怎样？”

“咦？”桃夭上下打量他，“你可是能上天能入地阴阳两界来去自如的大蛇妖，这小小一个人间，居然还有你都不能靠近的地方？你是不是没吃饱饭啊？”

柳公子白她一眼，旋即扭头看向远处，皱眉道：“太香了……香到我反胃。”

“香？反胃？”桃夭眨眨眼，“难道你是因为吐得太厉害所以才没办法靠近？”

柳公子没吱声。

桃夭“噗哈哈哈”地笑出来，指着他：“我还以为世上只有你写的诗做的饭能有这效果哪，老天有眼，可算让你也体会到我们的苦处了哈哈哈。”

柳公子到底没忍住，狠狠一掌拍在她的屁股上，痛得她号出声来。

“你敢轻薄我？！”桃夭捂着屁股跳脚。

“轻薄？你在我眼中从来就不算个女子。”柳公子舒了口气，“人类的臀部肉最多，打下去不易伤到筋骨。”说罢，他一把拽住桃夭的胳膊，“少废话，走！”

“我再喝一碗粥！老板的粥桶还在那儿呢！”

“喝个鬼！”

◦ 2 ◦

据说从天水镇再往前一百多里，便是襄阳城。许是沾了大城的人气，天水镇里的居民比别的镇子多出不少，来往的客商也络绎不绝，整座镇子一派热闹富庶之像。

一踏进这里，柳公子便一脸难受地捂住鼻子。

桃夭坏笑道：“不知道的还以为你怀孕了呢。不过，你们蛇类不是没有嗅觉的么？”

“连嗅觉都修炼不出来还好意思当妖？”柳公子白她一眼，“你没闻到？”

怎么没闻到？桃夭揉了揉鼻子，还没踏进天水镇，她已然在傍晚的热风里嗅到了一种香。淡淡的，既不是花草香也不是胭脂味，那不是人间任何一种香气，只要一点点便能霸占你全部的嗅觉，冷冷的，凛冽的，让人想起埋在雪里的刀，或者一双躲在暗处窥视的杀手的眼睛，细长而危险，执着又坚忍。

“挺好闻的呀。”桃夭深吸了一口气，又拿手在鼻子下扇了扇，嘀咕道，“菖蒲、竹尖、美人衣……啧啧，还有冰片跟……”她愣了愣，旋即嘻嘻一笑，对柳公子道，“虽说是只老蛇妖了，却还是本性难移，你知道你为啥恶心想吐了不？”

柳公子皱眉：“你知道是什么了？”

她笑：“有人往里头加了雄黄，这可是你们蛇类的大忌。纵然你已是道行高深的老妖怪，却还是避不开这克星。”

“不可能。”柳公子断然道，“以我的修为，怎可能分辨不出雄黄的味道！何况今时今日的我，莫说一点雄黄味道，就是拿一碗雄黄让我吞了，我也不会有半分损伤。”

桃夭白他一眼：“我可是桃都鬼医，闻惯天下药草，任何一种气味都瞒不过我。这香气非寻常人能制出，层层覆盖，互通有无，既可彼此遮掩又能相辅相成，虽有雄黄，但早被其他东西藏住了本味，尽管你是不惧此物的老妖怪，但这香味中的雄黄已不再仅仅是雄黄那么简单，制香之人老早就改变并加强了它的效用，你在毫无防备下身陷其中，肯定会出麻烦。除了我这种人才，还有谁能勘破其中玄机？”

柳公子想了想，望向眼前熙熙攘攘的人群，道：“若真如你所说，难怪我无法接近那座宅子。”

桃夭看向暮色之下的层层楼宇，处处精致繁华，灯火渐明，有酒肉之香，有箜篌之声，感叹道：“真真是一处干净的地方。”

“干净？”柳公子斜睨她一眼，“真正干净的地方，怎会有人绑个小和尚去成亲。”

“我不是说这个。”桃夭抓住自己的辫子耍弄着，“也就是你这样的老妖怪还能接近此地，若换作修为浅薄的小妖，压根就走不进这天水镇，若是强行靠近，只怕不是恶心呕吐这么轻松，而是修行尽散死于非命吧。”她看了看柳公子，“我说的干净，是指这里只有人，没有妖，除了你。起码表面看来是这样。”

柳公子一愣。

桃夭玩笑般道：“这看不见摸不着的香气，寻常人嗅不到，然可抵十万雄兵，妖怪勿近。”

“那座宅子……香气的源头就在那宅子里。”柳公子脸色越发不好看，捂住嘴一阵干呕。

桃夭嫌弃地跳开一步，从布囊里摸出一颗花生大小的丸子来，对柳公子道：“张嘴！”

“这是什么……”他话音未落，药丸已精准落到他口里，触舌即化，不苦不甘，倒是透着一股子雨后青草的味道。

“专治各种恶心呕吐，孕妇可用，居家必备。”桃夭嘻嘻一笑，“不但能替你祛祛味儿，还能除口臭、利牙舌。”

“我素来吐气如兰，哪有口臭！”

她这幸灾乐祸的模样虽然恼人，但药是真有用，不消片刻，肚子里那种翻江倒海的感觉转眼平复下去，不但整个人都轻松下来，连看东西都比之前清楚了。虽然柳公子蛮讨厌这个我行我素不靠谱的姑娘，但她确实不负桃都鬼医之名，药到病除。

“磨牙在哪儿？”她笑嘻嘻地看看渐黑的天色，“不早了呀，身为他的家里人，他成亲我们怎的也该去讨杯喜酒吧。”

“就在前头，光秃秃的一块地上建了座宅子，外头百米范围内连一棵树都没有。我之前打听过了，那宅子住了一家姓温的人，家境富裕，主事的是一位温夫人，只得一女，名唤山海，倒像个男孩儿家的名字。”柳公子如是道，“当日我追那马队，本以为三两下便能拦下他们，谁知这队人马形如鬼魅，明明人就在前头，却始终追不上，眼见着他们带着磨牙进了温家。你不在的这几日，我想尽一切法子往那宅子里去，始终不能如愿，好几次吐到心肝脾肺肾都要出来了，最接近的一次是在那宅子上空两丈的地方，能隐约听到里头的人说话。无奈之下，只得勉强跟周围的人打听这座宅子的底细，当地人只说多年前温夫人自外地迁来，寡居多年，家中上下由她主事，还养了一队武功高强的保镖。家里那位山海小姐年方十七，知书达礼，听说跟别家那些闭门深闺、不见外客的大小姐不同，这温夫人倒是很开明的，还把女儿送到私塾去念书识字什么的。”

“连我们的柳公子都追不上的家伙……”桃夭挠挠头，突然问，“所以我们家磨牙是要给谁当夫君？该不是给温夫人吧？”

柳公子看怪物一样看桃夭：“大约只有你有这般奇异的想法，当然是温夫人给女儿找夫婿，我亲耳听到宅中的丫鬟说的。”

“管他呢。想不到我家小磨牙还有这等福气，能嫁进高门大户享荣华富贵。”桃夭搓着手盘算道，“你说咱们能去管温夫人要一笔彩礼么？不给钱给吃的也行啊。”

“桃夭！”柳公子怒道，“你能正经点不？”

桃夭赶紧跑路，喊道：“走啦，起码先让我吃个晚饭呗。”

“你还有时间吃饭？”

“哎呀我好饿没力气走路了，要抱抱。”

“滚！自己掏饭钱！”

“那我不去找磨牙了。”

“我打死你！”

“我死了你还是弄不回磨牙。”

“说！你要吃啥？”

◦ 3 ◦

“就这里吧！”桃夭抬手一指，名为天鲜楼的饭馆近在咫尺。

门口，看似饭馆掌柜的老头正与一穿着破旧的中年男子窃窃私语；旁边，一只瘦驴拉了辆同样破旧的板车，车上坐了个病恹恹的男娃，四五岁的模样，时不时咳嗽一阵。没说几句，那男子便把男娃自车上抱下来，交给了掌柜，掌柜则摸出个瘪瘪的小布包交给他。男子小心地收起布包，又朝掌柜作了个揖，又看了那男娃一眼，最后抹着眼睛跳上驴车离开了饭馆。随后，掌柜叫来个婆子，把男娃交给她带进内堂。

桃夭耳朵灵，隐隐听到那婆子把男娃带进去前，对掌柜说了声：“够数了。”

新朝初立，民生不稳，尤其小乡小镇，许多人的日子算不上好过，虽不至于有易子而食的悲惨，但卖子求财之类的事情也算不得新鲜。眼看方才的情景，十之八九跑不出这件事。

桃夭不动声色地朝前走去，掌柜一打量他们两个，尤其是见到器宇不凡的柳公子时，整张老脸便笑成了一朵花，热情地迎上来：“两位客官，里头请里头请，小店经营多年，在整个天水镇上都是数一数二的好味道，包你们吃到舍不得走！”

“好的呀，那今天一定要尝尝你们的手艺了。”桃夭拽着柳公子笑哈哈地进了大门。

正是饭点，天鲜楼里座无虚席，掌柜的将他们领到角落里仅剩的空位上，边招呼小二过来边跟他们寒暄：“看二位面生，是来探亲还是路过哪？”

“路过。”柳公子嫌他话多，不耐烦道，“快些把饭菜拿上来，我们吃饱了还要赶路。”

“是是是。”掌柜忙不迭地点头，然而忍不住又问，“天色已晚，二位客官可寻到落脚处了？不嫌弃的话，咱们二楼就是客房，比别家客栈便宜不少哪。”

桃夭“扑哧”一笑：“老板你很会做生意呢，想必赚了不少钱吧？”

“哪里哪里，我这人愚笨，做不得大生意，只能守着这间小店养家糊口。姑娘跟公子是要两间房还是一间房？”掌柜打铁趁热，非要赚到他们的银子不可似的。

“一间。”桃夭笑道，“这是我兄长，一个娘生的，没什么避忌，能省几个钱便省几个吧。”

“这样啊，行的行的，我这就去安排。”掌柜转身离开，口里却嘀咕着：“长得一点都不像……”

柳公子的眼神要杀人：“你说了吃饱就走的，住什么店！”

桃夭不理他，却把掌柜喊了回来。

“姑娘还有啥吩咐？”掌柜点头哈腰地问。

“掌柜这里可是有什么人患了重病么？”桃夭突然问了个奇怪的问题。

掌柜的小眼睛骨碌碌一转，不解道：“姑娘何出此言？小店里上上下下都安好着哩，只有个伙计前些天染了风寒，已经让他回去休息了。”

“如此甚好。”桃夭点点头，指了指柳公子，“我这位兄长有些怪癖，最是忌讳肮脏病气。若是有病人碰了他的碗筷，他可是会发疯的。”

“您放一百个心，咱们店里来往的人，客人我管不了，可我的伙计个个都生龙活虎，健健康康，我也不能让病号出来招呼客人呀，有打喷嚏咳嗽的岂不是坏我生意？”掌柜忙解释道，又对柳公子说，“公子啊，人吃五谷杂粮，哪有不生病的道理，您有您的忌讳我不敢多言，但我天鲜楼几十年招牌，从未有哪个客人在我这里吃坏过肚子，咱这儿里里外外都干干净净的，您也放一百个心。”

“上菜。你话太多了。”柳公子端起茶杯喝了一口。

掌柜赶紧下去了。

“你发的是什么疯？”柳公子重重放下茶杯。

“你有洁癖是事实啊，最讨厌肮脏与疾病。”桃夭笑嘻嘻地剥着盘子里的花生米。

柳公子皱眉，伸出手指往桌面上一擦，看了看，说：“一尘不染，合格。”

“你不是大夫，有些脏东西你是看不见的。”桃夭指了指头顶。

柳公子抬头，顶上的灯笼正亮，二楼也是人来人往，没有半分异常。

桃夭举起自己的茶杯，手指突然从茶水上弹过，几滴茶水正好溅到柳公子眼睛里。

“你……”柳公子下意识地闭上眼，伸手揉了好几下，睁开眼正要发作时，却愣了愣神，看着头顶处喃喃，“这是……”

“病魔。”桃夭一笑，“病气聚集，久未驱散，则成黑云，状不同，有似飞禽，有似猫犬，有似虎狼，为病魔也，形越凶，病越重。”

天鲜楼的天花板下，正正飘过一片黑云，形状颇似一只张牙舞爪的猫，像活物似的，一会儿在天花板上飘，一会儿落下来在客人之间来回穿梭，但始终不曾离开天鲜楼的范围。

“那就是病魔？”柳公子有些诧异。

“咱们常听人说病魔病魔，而真正见过病魔的人可没几个。”桃夭嘻嘻一笑，“空间有限而病者又太多的话，病气积聚不得消散，便会出现病魔之象。这里的病魔还是只猫，说明这儿的病人暂时还死不了，但生病的人肯定不止一个。”她顿了顿，看着头顶道，“你以为我是随便指的吃饭地方么？我远远便瞧见了这里头不对劲，按说只要就医服药，就算病治不好，病魔也不是那么容易成形的。会有病魔出现，那说明病人应该许久没有得到医治，正苟延残喘等死中。”

“等等。”柳公子打断她，压低声音道，“这跟我们去温家把磨牙带回来有什么关系？再说你是治妖不治人的。”

“我是不治人。”桃夭伸了个懒腰，“但病魔已经不属于人的范畴。且我素来讨厌这种黑黢黢的玩意儿，就跟你不能忍受衣裳上的污渍一样，没遇见便罢了，既然撞个正着，必除之而后快。”

“但是磨牙……”

“他有啥好担心的，大不了在温家多住一天呗，比我们还吃得好住得好呢。”桃夭耸耸肩，然后朝掌柜那边大喊：“掌柜啊，饿死啦上菜呀！”

“来啦来啦！”那头有人大声应她。

厨房里，刚刚带着男娃离开的婆子，从锅里铲出一盘热气腾腾的鸡肉，掌柜的站在她身后。

“那小姑娘跟年轻公子，颇有些古怪。”掌柜的捋着自己的胡子，若有所思。

“就是角落里那一对儿？”婆子往围裙上擦着手，“生面孔，不是天水镇的人吧，哪里古怪了？”

掌柜的皱眉：“她问我，咱们这儿是不是有重病的人。”

婆子面色一变：“她真这么问？”

“不然我怎会说她古怪。”掌柜的眉头锁得更深，“寻常的食客，只管菜品好不好吃，住店便不便宜，谁会张口就问你这里有无病人。”

婆子搓了搓手，四下看了看，凑到掌柜面前压低声音道：“不是官府的人吧？已经送了信，他们天亮前来接，怎的运气如此不好，偏巧在这节骨眼上出纰漏！”

“倒不像是官府的。”掌柜摇摇头，“就是这样我才更不放心，不知是哪条道上的神仙。”

婆子思忖一番，道："不管他们什么来头，断不能让他们坏事。干脆……"

说着，她对掌柜附耳一番，厨房里，弥漫着诱人的香气。

◦ 4 ◦

夜黑无月，闷热不堪的卧房里，桃夭瘫在床上，睡得像头猪。柳公子伏在桌上，也是睡得正酣。

婆子将桃夭的全身都翻了个遍，掌柜则将柳公子从头搜到脚。

"没发现啥。"婆子说道，"身上就一个小布囊，还是空的。"

掌柜道:"这公子身上也没啥特别。两个人既是远道而来,却连一件行李都没有。"

"想来是你多心了。"婆子松了口气，"走吧走吧，我下的安神粉足够他俩睡到明天午时。反正这批货天亮前就出手，之后便安枕无忧了。"

"嗯，咱们出去吧。"

房门"吱呀"一声关上，房间里再无动静。

片刻之后，桃夭睁开眼，伸了个懒腰，抓起枕头朝柳公子扔过去："人都走了，还睡！"

柳公子一拳打开枕头，直起身子，说了一句："他们下了药的辣子炒鸡味道还可以。"

"是吧，这家店的菜都还蛮好吃的。"桃夭跳下床，坐到桌子前给自己倒了杯水，一口喝干，"倒不是什么穷凶极恶之徒，既不谋财也没害命。"

"好了，你已经确定他们有问题了。走吧。"柳公子把桃夭拽起来，"这是你揽下的活儿，我又帮你一回，自己记到账上。"

"行，这笔账我认。"桃夭冲他翻了个白眼，"有朝一日你替我做满一百件事，我倒要看看你怎么把磨牙吃到肚子里，哼。"

"那就不劳你操心了。"柳公子邪魅一笑，旋即指了指门外，"干活。"

夜已深重，空气中的热度却没有丝毫消减。

天鲜楼的客人，吃饭的早已吃饱离去，留宿的也已到梦乡深处，街头巷尾不见半分人迹，除了睡不着的野猫与老鼠，里里外外不见任何动静。

但是，天鲜楼地下的密室里就热闹多了。

掌柜的跟那婆子倒在地上，两手在身上拼命乱挠，跟长了几千只虱子一样难受，龇牙咧嘴地喊着救命。

二人身后，并列着一排一人多高的铁笼子，笼子里挨挨挤挤地躺坐着九个人，有老有少。两个老的约摸六七十岁，最小的四五岁，正是天鲜楼外被婆子带走的那个男娃。其他的男男女女多是不到十岁的娃，看上去皆是重病缠身的模样，莫说喊叫求救，就连站起来的力气都没有。密室的空气本就压抑，加上病气积聚，更是污浊不堪。铁笼顶上，病魔不知几时卧在那里，身形似乎比之前又大了一些。

桃夭背靠着墙壁，不知从哪里找了把小剪刀，懒懒地修着自己的指甲。柳公子站在铁笼前，冷睨着地上的两个老家伙。

“再嘴硬的话，药粉会慢慢侵蚀到你们的皮肉之下，到时候可就不是挠痒痒这么简单了。”桃夭看也不看他们，慢吞吞地说着，“再不用解药，你们的皮肤会一寸一寸烂掉，最后露出骨头……”

两人的眼中露出此生最大的惊骇神色，而掌柜的仍在死扛，骂道：“没看出来，你们年纪轻轻却是一对土贼！你们要钱只管拿去！钱箱的钥匙就在我脖子上挂着！”

婆子一边痛苦地挠着自己的脸一边吼：“你们如何得知密室所在？”

柳公子冷冷道：“从你们往酒菜里下药开始，你们在我们面前就没有秘密了。装睡不过是想看看你们有什么好玩的把戏。我这人吧，爱好多，其中之一就是上天入地，专寻那些见不得人的地方。”

“你们不为钱财为什么？你们可是官府的人？”掌柜的手臂都要被自己挠烂了，痛苦地号叫道，“将我们夫妇绑来这里，究竟要干什么？你们说！若要我们夫妇的性命，一刀杀了便是，何苦让我们生不如死？”

桃夭放下剪刀，走到他们面前蹲下来，笑眯眯道：“是你们年岁太大记性不好了？我们一开始便说了，要你们一个说法。你说你们一个开饭馆的，笼子里不关牛羊鸡鸭，却将人关在里头，还是重病之人，我好奇心重，你不说，我今天舍不得走。”

两人对视一眼，婆子咬牙道：“说不得啊，说了，他们放我们，另一边也不会留我们性命。”

掌柜的满头冷汗，声音都在打战：“老婆子，我宁可被人杀了，也再受不住这奇痒之苦。”

“对嘛，说了我立刻给你们解药。”桃夭从布囊里摸出一个小纸包，打开，露出里头盐粒似的粉末，“只要这么一点点，立刻浑身舒坦，你真的不想要么？”

掌柜狠狠咬了咬牙，说：“这些是给温夫人的！”

“温夫人？”桃夭与柳公子互看一眼，“可是你们天水镇上那家挺有钱的温家的温夫人？”

“正是！”掌柜汗如雨下，爬到桃夭脚下，“给我解药！解药！”

桃夭对粉末轻吹了口气，那些盐粒顿时飞扬成雾，落到掌柜夫妻身上。

不消片刻，便听他俩同时出了一口大气，抓个不停的双手重重垂在地上，整个人近乎虚脱地躺在地上喘息。

“不痒了吧？”桃夭笑问。

“你们……你们到底是什么人？”婆子艰难地从嘴里挤出话来。

“别急着问我们，”桃夭拍拍她的肩膀，“我的问题还没完。所以你们干的买卖，除了开饭馆，便是搜罗生病的人，然后再转卖给温夫人？”

夫妻二人沉默片刻，点点头。

“我只道年轻健康的男女才是人贩子首选，你们贩的全是病人不说，连老者都卖，这我就不太懂了，能解释一下吗？”桃夭拍拍手，“咱们聊得好，我剩下的药也就不需再用一次了。”

婆子挣扎着撑起身子，满脸煞白地看着桃夭：“不管你是人是鬼，今日纵然你把所有药粉都洒到我们身上，我也给不了你答案。这些年来，我们只管按规矩给温夫人送货，连温家大门都不曾踏进半步，她拿来做什么，我们确实不知。”

听罢，柳公子冷笑：“这买家也是一股清流，专要病号。”

“我们自己也疑惑，也向来取货的人打听过，但温家的人只是警告我们不要对这件事产生任何兴趣，收钱就好，多嘴只怕招来杀身之祸。”掌柜的慢慢坐起来，擦了擦头上的冷汗。

“为何是你们？”桃夭又问。

两人又对看一眼，嗫嚅着不敢说话。

“不想说？”桃夭又把手往布囊伸去。

“别别别！”婆子赶紧求饶，“只求女英雄知道原委后，不要对第三人说出去。”

“行。”桃夭点头。

婆子叹了口气，说：“我与老头子并非天水镇人，年轻时不知轻重，干的是偷鸡摸狗的勾当，后来干脆做起了人口贩子，钱是赚了不少，孽也作了不少。我俩夫妻多年，膝下犹虚，看别人子孙满堂幸福喜乐，只当是因果循环报应不爽吧，当年害人骨肉分离，活该老来无人送终。”

柳公子皱眉：“听你这样讲，已是心有悔意，何故这把年纪了又重操旧业？”

掌柜坐直了身子，看了一眼铁笼里的人，苦笑：“树欲静而风不止。”

桃夭想了想，问：“谁逼你？”

婆子无奈道："除了温家还有谁。二十年前我夫妇二人改头换面金盆洗手，带了所有家当定居天水镇，开了这间天鲜楼，只望从今以后风平浪静，了此余生。然而过了不到两年安生日子，有一天家里突然来了个戴面具的黑衣男人，扔了一袋金条给我们，说知道我们有路子，要我们替他牵线张罗，他家夫人愿出重金，购买病重之人，老少皆可。"

"唉，若非见此人一身富贵，我们只当他是疯汉，且不说我们愿不愿意重操旧业，自古以来，哪个买家不以年轻健康为首选，偏他家反其道而行。"掌柜接过话头，一副倒苦水的模样，"可当时我们不愿意哪，实在不想再干这样的勾当。虽然我也对那金条咽口水，但最终还是把它还给了那个男人，跟他讲我夫妇二人是干正经营生的，不知他所言何意。可他却不接金条，只将我夫妇二人的姓名原籍以及在哪里犯了哪些事被哪里的官府挂名通缉，一字不差讲了出来，说如果我们不愿意，他不勉强，只是我们所希望的平静生活就到此为止，还说一条歪路若走上去了，想回头并不太容易，你们的代价还不够。"

"代价还不够……"柳公子冷笑，"此人说的，倒也不错。你们半生时间害人骨肉分离，应付的代价是去官府俯首认罪，而不是舒舒服服地在这里开饭馆。"

掌柜的半晌没作声，突然给了自己一个巴掌，骂道："该！我早知我们夫妇俩难得善终。可那时候我们怕啊，若他真将我们交给官府，我跟老婆子肯定会被杖毙，真到生死关头，又有几个不怕死的，而且还要死得那么痛苦。我权衡一番，还是把金子收下了，心说他们既是要病重之人，就算我不插手，那些人跟家人也不见得有多少相聚的日子。再说了，我跟老婆子这回并没有直接动手，我们只是找了过去的路子，散了消息出去，说如果谁家有病重之人又供养不起的，可以送往我这里，必不亏待，皆大欢喜。"

桃夭看着铁笼里的老少，眼眸似覆了一层薄冰："生意如何？"

"丰年时少些，灾年时多些，反正从未断过，有时每个月都有，有时隔几个月来几个。"婆子如实道，"每次凑到八九个十来个时，我们便往温家送个信，然后便会有人来接走他们。我们的报酬则按人头算，温家出手委实阔绰。起初我们也是战战兢兢，但时日一长，也就释然了。"

"释然的原因我很好奇。"桃夭看着她，"毕竟笼子里的是你的同类，不是猪，不是狗。"

婆子眼中的恐惧被一股不屑冲淡了："我们做的是自由买卖，从不逼迫哪个，姑娘你可知这些年往我这里送'货'的，并不都是各地的拐子，不少病号是被他们的家人送来的，他们的说法也几乎相同，无非是家中贫苦，饭都吃不上了哪有钱买药治人，反正留在家中也是个死，还不如送来我这里换些钱，让能活着的人过点好日子。我们之所以释然，并非我们天良丧尽习以为常，而是放弃他们的人，从不是我们。”

听罢，桃夭反而笑出声来："竟然无法反驳呢。"

实在猜不透这小丫头是个什么性子，她不笑还好，越笑他们心中越没底。两人交换了一下眼神之后，齐齐跪在桃夭面前。掌柜拱手道："今日我们老两口算是知道啥是英雄出少年了，望姑娘看在我俩年事已高的分上，放我们一条生路。"

桃夭依然笑容满面："怎么放？"

"姑娘要杀我们，我们本不该有怨言，这是我们的债，该还。但我们死了，温家可以再找别人做同样的事情。若姑娘今天不杀我们，我们已向二位抖落出温家才是始作俑者，你不杀我们，他们也不会留我夫妇性命。当年我可是向黑衣人发下重誓，透露半分，死无全尸。"掌柜认真道，"若姑娘能断了温家根基，便是放了我们生路。"

桃夭哈哈大笑："掌柜的算盘打得可响啊。你们凭什么觉得我不会先要你们的性命，再去找温家麻烦？"

婆子老泪纵横地抱住桃夭的腿："姑娘，我们想活。这辈子半生混账，本想洗心革面，奈何再入歧途，眼见着没剩下多少年，我们愿将得来的财产悉数捐给贫苦人家，连这天鲜楼也可变卖，从此陋室布衣，吃斋念佛，只求抵消些罪孽，将来去了地府也少些折磨。"

桃夭挑眉，看向柳公子。

"随你的便。"柳公子道，"我的重点不在这两个老东西身上。"

"这样啊……"桃夭抬起头，挠着下巴。

"姑娘……"两个老东西的声音打着战，大约他们从未想过，自己的生死到头来只在一个小丫头的一念之间。

思忖片刻，桃夭低头看他们："要活着也不难，你们先帮我个忙。"

两人眼睛一亮，忙不迭道："姑娘尽管吩咐！"

桃夭的视线，再一次移到那排铁笼里……

5

温家的人总是来得很准时，丑寅相交，夜色最浓，绝不早一刻也不迟一刻。

马车依然停在天鲜楼的后门，用黑布遮得严严实实的车厢比寻常马车大了半圈，两个戴面具的男子前后检查一番，确认无误后才跳上了车，然后一个沉甸甸的布袋从车上飞到掌柜手里。从头到尾，温家的人没有开口说一句话。

“二位爷慢走！”掌柜两口子点头哈腰地目送着马车远去，再抬头时，恭敬的表情没有了，只得两张神色复杂的老脸。

马车飞速前进的声音，像要踏碎整个世界。

掌柜同温家的人说，这次的“货”本是九个，就在他们来取货前不久，运气好又收了两个。

马车里，躺了十一个人，都睡着了，空气里除了粗重的呼吸，还残留着一丝迷香的味道。

桃夭睁开眼，从人堆里坐起来，沉默地看着四周，尽管车厢里没有半分光线，她也看得特别认真。

“还没到，再睡会儿吧。”黑暗里传来柳公子低沉的声音。

“有点闷。”她轻声道，“太黑了。”

“我不记得你怕黑。”柳公子翻了个身，继续假寐。

“这些人没有半分反抗。”她说。

“病了，没力气。”柳公子道。

“真正让人没力气的不是疾病，是绝望的心情。”她的声音像从遥远的梦里传出来，飘忽得像一根随时会断的丝，“被最相信的人送到笼子里，像牲口一样被关起来……”

柳公子睁开眼：“等等，你是桃夭？这可不像你会说的话。”

桃夭笑笑，没反驳。

片刻之后，她看向柳公子所在的方向：“提醒你一下，一路上不要擅动妖力，最好就保持现状，当一个不能反抗的病人。”

“为何？”

“我的药能暂时止住你身体的不适，但你离香味的源头越近，药效就越薄弱，这香味的目的是除妖，你不动，它不动，否则有苦头吃的。”

“这究竟是什么香？”

“说了你也不知道。睡会儿吧，恐怕一会儿咱们就能见到磨牙的丈母娘了。”

“你是不是知道些什么了？”

“睡觉啦。”

车厢里的低语就此打住，重回死一般的寂静。

一牙弯月从云层里刚刚露个脸，立刻又缩了回去，急促的车马声穿街过巷，不知惊扰了几多美梦，眼看着温家大宅离他们越来越近。

柳公子仰卧而眠，却忽然睁开眼，猛一转头，突见那车厢一侧被封住的窗户上，不知几时探出来半个人，脸也白，头发也白，身子也白，白茫茫像挂了一片冬天的月光。此人双手合十，一双空洞的眼睛直勾勾地盯着他们，那头上的说是头发，却更像一缕缕飘浮在空中的白烟。

大半夜的，这是要吓死人的。

连柳公子都倒抽了一口冷气，正要发作，外头传来几声马儿的嘶鸣。很快，马车停住了，那白白的人，也如吹散的烟一样消失不见。

桃夭那边没有发出半分动静，睡得呼呼作响。

有人走到车厢外头，柳公子赶忙躺下装死，只见一道微光透进，被锁死的车门终于打开了……

○ 6 ○

布置考究的内室中，黑衣男子依然戴着那张面具，立于珠帘之外，道："夫人，可以了。"

馥郁的脂粉之气，伴着跳跃的烛光自琉璃珠帘后透出，一身红衣的女人自暗处起身，款款走入眼前这片晶莹剔透之中。一只秀雅白皙的手轻撩珠帘，露出那张粉饰精致的脸孔。黑发如墨，纤腰如柳，身上衣裙用料考究，绣工一流，坠在腰间的环佩也是上等的满绿翡翠。红裳绿玉，在她身上倒也没有半分俗气。即便在这样暗淡的夜里，她也是耀眼的。

她梳了一个四五十岁女人的发式，却生了一张年轻许多的脸，除了那双仿佛看透世情的眼睛会让你觉得她不再年轻，这个女人哪里都不老。

"秦管家辛苦了。"她声音很轻，很客气，像有些凉意的微风吹过去，"我这便去看看。"

"夫人。"被称为秦管家的男人喊住了她，"山海小姐她如何了？"

她淡淡道："一切皆如常。"

"小和尚他……"

"秦管家，你该休息了。"

说罢，她款款走出房门，留他一人在烛光中沉默。

此时，天已微明，她独自穿过曲折的回廊，走到后院一处荒僻的房间前，守在门口的两个黑衣人见她来了，拱手道：“见过夫人。”

“都在里头了？”她问。

“十一个，等您过目。”黑衣人替她打开房门。

她缓步入内，这房间外头看起来老旧，里头却收拾得干净整齐。宽敞无比的空间里没有别的家私，只得二三十张床铺，依次排开，枕头被子一应俱全，每张床的床头都挂了个写了数字的纸牌，此刻，十一张床铺上都躺了人。

她走上去，将这十一个从天鲜楼里送来的老少们挨个查看起来，一路上只听她喃喃低语：“一号不要……三号不要……四号不要……”

一直走到倒数第二张床前，她看着这个睡姿难看的小姑娘，套在其身上的粗布衣衫大得能淹死她，小脸跟嘴唇都煞白一片，眼眶却是乌黑的，一副病入膏肓的垂死之相。

她停在这个姑娘面前，看了她好一会儿，不禁锁起了眉头，想了想，又俯下身去，还揉了揉眼睛，好将她的脸看得更清楚些，但最终，她的眉头却锁得更紧了，喃喃道：“怎的看不见……”

正在她愣神的刹那，小姑娘的手突然抓住了她的手腕，一直紧闭的眼睛也睁开来，冲她咧嘴一笑：“看不到我几时翘辫子么？”

她大惊，下意识朝后一退，可小姑娘并没有松开她的手，一骨碌从床上弹起来，笑眯眯地看着她：“《百妖谱》云‘媪，似羊豕，食亡者，能断人死时。得成人形者皆女体，貌秀美，称媪姬，不祥物也。’”

一言既出，她神色大变：“你……你是何人？”

小姑娘这才松开她的手，脱掉了那件外套，露出一身火焰似的红衣，笑：“我自桃都而来。”

她倒吸了一口凉气，当她的视线落在对方腕间的金铃上时，眼中已是流露出无法控制的敌意与防备。

“金铃过处，片甲不留……”她攥紧了拳头，从牙缝里挤出这八个字。

四目相对，一个如临大敌，一个满面笑容，两人之间的时间与空气仿佛都停止了流动……

百妖谱
拾·照海

楔子

一生一人一条路。

○ 1 ○

空房，两人。

一身新娘喜服的年轻女子，缩在离窗户很远的墙角里，不安地看着他。

磨牙站在窗户前，用力推了好几次窗户，看起来很普通甚至有些腐朽的木窗却纹丝不动。

房间不大，四四方方，灰墙石地，有窗无门，也没有一件家私，他们两人是里头唯一的“摆设”。

推不开，怎么都推不开。

磨牙满头大汗，心头又急又慌又恼。

身上那件新郎衣裳红得刺眼，红得闹心，当了这么多年和尚，没想过吃肉喝酒，没对一个姑娘动过心，潜心向佛，真是做梦都没想过自己居然有一天会披上新郎服，硬被扯去当夫君。而且，他年纪还这么小，起码看起来还只是个六七岁的孩子啊，他们怎么能干出这么发指的事来！

他太懵了。

为啥会这样啊！起初还以为是单纯的绑票事件，但那个黑衣大叔给钱了啊！他亲眼看见这人拿了什么宝珠给桃夭，桃夭还很愉快地收下了呢……那么这就不是绑票而是人口买卖了？也就是说桃夭肯定不会来带他走了，养了这么多年说卖就卖了？好吧，就算桃夭不管他的死活，柳公子不会啊，他怎么可能把自己老早预定好的食物拱手让人？以柳公子的本事，把温家上下一锅端了也不难吧？！但问题是他没来他没来他就是没来啊……难受，想哭，比起当新郎，他宁可被柳公子一口吃了。

没记错的话，黑衣大叔把他带到这座宅子后不久，他就被领到了这间淡香萦绕的房间里。整个房间都是红的，红漆的家具，红色的地板，红色的大床，床上还躺着一个一身红嫁衣的年轻姑娘，床前的桌子上，一对龙凤喜烛烧得正旺，一个佝偻着背的干瘦老太婆也披着一身红袍子，像只烧红的虾米，站在床边笑呵呵地看着他。

他很懵，连声念着阿弥陀佛，回头看了看那个一路沉默不语把他买回来的家伙，心里猜测着自己即将面对的各种遭遇，给即将成婚的新人当奴仆？这个还能接受，毕竟自己洗碗洗得不错。要么就是给他们念经？不不，新婚之喜跟和尚念经不匹配吧？那是要他来干啥？该不是他家有奇怪的规矩，新娘出嫁前要牺牲点祭品比如一个无辜的小和尚？

任他想出千万种可能，也没能想到那一声从背后飘出来的——“贤婿。”

美艳不可方物的中年女子，自帷幔后款款而出，笑吟吟地看着他：“可算盼到你了。”

“贤婿？”他指着自己，汗毛倒竖。

女子停在面前，笑看着他那张见了鬼似的脸：“我家山海就拜托给你了。”

“山海？”他本能地一扭头，看着床上那位并无声息的新嫁娘。

“是啊，我唯一的女儿，山海。”女子温柔地牵起他冰凉僵硬的手，带着他朝床边走去，“她的幸福，就要靠贤婿来成全了。”

“不不不不！”他像被毒蛇咬到了，用力甩开她的手，连声道，“阿弥陀佛阿弥陀佛！女施主不要开玩笑了，你们将我绑来做牛做马甚至要我性命我都无半句怨言，但我是出家人啊，怎可能当女施主的贤婿？！你们搞错了，一定搞错了！”

女人一笑，抓住他的胳膊道：“没错，我要的贤婿就是你。”

这回挣不脱了，女人力气很大，铁钳一样箍住他，硬是将他拖到了床前。

“山海，”女人一手拽着他，一手轻轻抚摸着姑娘秀美的脸孔，“相信娘，应该不用多久了，再等等，一切就好起来了。”

“夫人，时辰差不多了。”老婆子咳嗽了两声。

他顾不得听这些没头没脑的话，对一个坚定的出家人而言，让他成亲当新郎，那不如让他立刻就死在这里。

可他除了念经洗碗，还会什么呢，他那点拳脚连猫都不怕，而且他仅仅是刚想到了反抗，就被人剥夺了反抗的权利——当那老婆子干瘦的双手抓住他时，好像有针一样的玩意儿扎进了他的手指，所有的力气与意识都化为乌有。

倒下去时，他只觉得床铺很软，天花板在转，姑娘沉睡的脸像花一样好看……

○ 2 ○

天知道时间过去了多久，磨牙再睁眼时，房间里所有让人窒息的红色都不见了，连家私摆设都不见了，除了身上的喜服红得扎眼，四周的颜色只得一片灰黑。

他恍恍惚惚从冷硬的地上坐起来，身后突然有人说话："你叫什么？"

他吓一跳，哆哆嗦嗦地回头，身后靠墙而坐的姑娘，不就是之前躺在床上的新娘么？！十七八岁的年纪，红妆嫁衣，美如半开之牡丹，清丽娇羞又不刺眼。

真是个美人儿。

阿弥陀佛，出家人心中怎能有这样的赞叹，皮相皆空，众生平等。

"小……小僧名叫磨牙。"他双手合十，紧张地看着她。

"磨牙……哈哈，好玩的名字。"她大笑起来，起身走到他面前，蹲下来友好地朝他伸出手，"我叫……我叫……"她像突然被鱼刺卡住了，重复了好几次，然后皱眉喃喃，"我叫什么呢？我明明记得的呀。"

磨牙弱弱地看着她，结巴着说："女施主……我方才好像听到令堂喊你……山海。"

闻言，她一拍脑袋："对啊，我叫山海，温山海。"

"哦……山海小姐……"磨牙小心翼翼地说，"幸会幸会。"

"幸会，磨牙小和尚。"她笑眯眯地跟他并排坐下。

磨牙赶紧朝旁边挪了挪，连衣裳都不敢跟她挨上，眼里满是尴尬的警惕。

"你怕我？"她歪着脑袋瞅他。

磨牙摇摇头："我怕身上这件衣裳。"

她又笑出来："衣裳又不会吃了你。"

磨牙皱眉，突然转过身，用近乎哀求的姿态对她道："山海小姐，你也看得清清楚楚，我是个货真价实的出家人，酒色财气哪样都不能碰，我如何做得你的新郎！求你看在佛祖面上，大慈大悲放我走吧！"说完干脆对着她磕了好几个头。

“你别拜我啊，我又不是你的菩萨。”温山海赶紧阻止他，为难地说，“我跟你都在这儿，我还想出去呢。”

磨牙一愣，反问：“你还想出去？”

温山海点头：“我都不知在这里头有多少时日了。”说着她又仔细将磨牙上下打量一番，又道，“也不记得见了多少个同你差不多的小和尚了。”

“跟我差不多的小和尚？”磨牙诧异地指着自己，“我不是第一个？”

温山海摇摇头，抬头看了看空荡荡的四周，眼神里有刹那的茫然，说：“好些个了，都是同你差不多年纪的小和尚。”

听了这话，磨牙更是大吃一惊：“全是和尚？都是来跟你成亲的？”

她点头，苦笑：“都跟你一样穿着新郎的衣裳。”

“荒唐！”磨牙消散的力气霎时被激了回来，呼地站起来指着温山海道，“太胡闹了！世人皆知出家人不可婚配，为何你们一再强人所难？”

温山海看着急红了脸的他，无奈道：“我也不知。但事实就是如此。来到我身边的每个‘夫君’都是出家人。”

“阿弥陀佛，罪过罪过。”磨牙觉得自己简直遭受了人生里最大的耻辱，不念一百遍罪过根本活不下去。但是……等一下，照她所说，他不是她第一个“夫君”，那他之前的和尚们呢？

“山海小姐，”他看定她，“你说的之前的那些‘夫君’，他们如今人在何处？”

温山海沉默片刻，说：“被吃掉了。”

磨牙脚一软，冷汗从额头渗出来，连退了好几步：“吃……吃掉了？”

见他这副见了鬼的模样，温山海笑笑：“你以为是被我吃掉的？”

磨牙不说话。

她指了指房间里唯一的窗户，说：“是外头的玩意儿。”

“不是你？”磨牙越发糊涂起来，“外头的玩意儿？什么玩意儿？”

“反正你躲在这里就对了。”她往后挪了挪身子，缩到墙角里，蜷起腿，“别靠近窗户。”

磨牙看看她，又看看窗户，犹豫片刻，还是走到窗前，不过是一扇普通的木窗，木料还有些腐朽了，应该不难打开。

他回头对她道：“山海小姐，我不能留在这里。纵然外头刀山火海，我也得出去。”

温山海没说话。

他挽起袖子用力推下去，但看起来不堪一击的木窗始终纹丝不动。

不管他用多少力气，这条眼前唯一的出路也不肯卖个面子给他。

出家人本应戒绝贪嗔痴念，但此刻他真的无法再控制自己的情绪，推不开窗户的怨气只能发泄在那件万恶的新郎装上。

磨牙突然疯了一样扯自己的衣裳，边扯边喊："我不穿这样的东西！我是出家人，出家人！"

很快，红艳艳的新郎服被他连撕带拽地脱了下来，然后朝地上狠狠一掼，自己还跳上去连踩了好几脚，这几天积累的悲愤总算得了个出处。

踩够了他才喘着粗气停下来，抬手擦额头上的汗，然而，立刻又惊出了一身冷汗，盖住手掌的衣袖怎么还是红的？他低头看去，跟之前一模一样的新郎装依然好端端地裹在自己身上，地上被他踩烂的那件却已杳无踪迹。

他愣了愣，旋即不死心地又去扯又去脱，但不论他脱下多少次，身上始终还是穿着那件新郎装，无限循环。

"别白费力气了，那衣裳脱不下来的。"温山海同情地看着这个手忙脚乱的小光头，"在这场'婚礼'结束之前，我们都只能这样。"

磨牙觉得头痛，痛得要炸开。

"到底是怎么回事？"他扑到温山海面前，欲哭无泪道，"山海小姐，你我无冤无仇，何必如此愚弄我！"

温山海扶住他的肩膀："不是我不想帮你，是我连自己都帮不了。"

磨牙满是眼泪鼻涕地抬起头，不解地看着她。

她站起身，缓缓解开了自己的喜服。

"你这是……"磨牙赶紧转过脸去，连声道，"非礼勿视非礼勿视！山海小姐自重！"

"磨牙小师父，你转过脸就知道我为何无法帮你了。"她轻声道，"我从没有愚弄你的意思。"

闻言，磨牙踌躇半晌，还是转回脸去，一手挡着自己的眼睛，从指缝里往外看她。

她确实敞开了自己的衣裳，但红色的喜服下并不是一个少女婀娜的身体，而是……什么都没有，从她的脖子往下，只有一片空气，若不是裹了衣裳，站在磨牙面前的大概就只是一个会说话的人头了。

还有比这更可怕的事了么，自己刚刚一直在跟一颗人头说话？

磨牙的眼泪活生生被吓了回去，他瘫坐在地，指着温山海："你你……你的身子怎会是这般模样？"

温山海默默穿好衣裳，说："我也好奇呢，都这样了还能撑起喜服，虽然看不见了，但身子好像还在，大约是要等我连头都不见了，我这个人才会彻底化为乌有吧。"

磨牙不知道该说什么了，一个看起来只剩个脑袋的姑娘，居然活生生地站在他面前。他受到了巨大的惊吓，但是，一看到温山海脸上自嘲与落寞的神情，他又觉得这姑娘可能不会伤害自己。他壮起胆子爬起来，走到她面前，抖着手去探她的鼻息。

"我是活的。"她举起被大袖遮住的手，挡开了他，"每来一位'夫君'，我就会少一部分。"她低头看着自己，喃喃道，"这回，应该就是我的头了……"

磨牙拍了拍自己起伏不止的心口，煞白着一张脸问："究竟发生了什么事？"

话音未落，整个房间突然剧烈地抖动了一下。虽然看不见外头，但直觉告诉磨牙，房间外头出现了一个巨大的东西，它只要走一步，房间就会颤一下。

温山海脸色一变，一把捂住磨牙的嘴，拖着他缩到离窗户最远的墙角，示意他不要再说一句话，自己伸出双臂紧紧抱着他，用宽大的衣袖把他遮得严严实实的。

嗵！嗵！

房间外的东西在来回走动，地面与墙壁都随之震颤。

磨牙躲在她的怀里，大气都不敢出一口。黑暗中萦绕着的温热的气息，还有淡淡的来自少女身体的幽香，没来由地让磨牙那颗狂跳的心安稳下来。她确实在保护着自己，磨牙突然相信了她说的每一句话，相信她没有愚弄自己，相信她是活的，即便她的身体已经是那样的状态。

不知过去了多少时间，外头的东西似乎走开了，世界又恢复了起初的安静。

她松开手，吁了口气："它走了，但愿刚刚我遮住了你的味道，希望它不会再找来。"

磨牙通红着一张脸："谢谢你，山海小姐。"

"你眼里对我的戒备好像没有了。"她看着他的眼睛，笑着摸了摸他的光头，"别叫我山海小姐了，就叫我山海，或者山海姐姐吧。"

"叫你姐姐？"磨牙脱口而出，"你怎么当得了我的姐姐。"

"你这小鬼，顶多七八岁不得了，我还当不得你的姐姐？"她瞪了他一眼，"我今年都十八岁了。"

磨牙叹气："好好，我叫你山海。"

"要让我看起来像你妹子，起码你得再过十年呢。"她恢复了轻松的神态，旋即又垂眼一笑，"就是不知道我还能不能等十年。"

"山海，我现在很糊涂。我好好地跟我的同伴走在山路上，怎的就被你家的人给劫来这里了？”磨牙拉住她的袖子，“你有任何苦衷都可以跟我说，就算我不能帮你，只要让我找到我的同伴，他们一定可以。所以我们不能一直躲在这里，我们要想法子离开！”

温山海为难地看着窗户："磨牙，出去就可能被吃掉的。那个东西在找你，它总是先吃掉小和尚，再来咬我，它一咬我我就会消失一部分。而我除了暂时帮你隐藏行踪，什么都做不了。"

磨牙皱眉："你对你曾经的'夫君'们，都说过同样的话，也做过同样的事吧。"

她愣了愣，似乎陷入了很远的一段回忆。

"好像是。"她轻声道。

"但他们还是被吃掉了不是吗？"磨牙直言，"所以你要我留在这里是行不通的，如果外头真有一个要吃我的怪物，那么不管我怎么躲，它都能吃掉我。"

"那该怎么办？"她发愁地看着他。

"不能坐以待毙。"他认真道，"我们出去！越宽广的地方，生机才会越多。"

"可是……"她还在犹豫。

"出去再说！"他抓住她的衣袖，"你信我。出家人不打诳语。"

她看着他坚定的眼睛，说："磨牙，你看起来并不像一个小孩子。"

磨牙一怔，有些尴尬："这个以后再讲吧。我再去试试打开窗户，你来帮我。"

他站起身，朝她伸出手。

她咬咬牙，隔着袖子抓住了他的手。

磨牙又一次跟窗户较上劲，这回，温山海跟他并排而立。

当两个人一起发力时，顽固的窗户突然变成了普通的窗户，一推就开。

刺眼的光线落下来，磨牙半眯起眼睛，也不管窗外是什么，对温山海道："我先出去，安全的话你再出来。"

说罢，他爬上窗户，深吸了口气，"刷"一下跳了出去。

◦ 3 ◦

脚下踩到的是坚硬的地面，天知道自己是从多高的地方跳下来的，磨牙只觉得双脚震得发疼。

刺眼的光消失了，他看见地上落着自己斜斜的影子，抬头，蓝天白云暖阳，四周一片街市，大小道路阡陌纵横，房屋楼宇错落有致，看着眼熟，好像在被掳去温家的路上，黑衣人的马队曾经过这样的地方。所以，原来他们一直被关在离温家很近的集市里？

他从地上爬起来，回头朝窗户的位置看去，却立刻呆住了，身后只得一条看不见尽头的大路，空空如也，他就站在路中间，莫说窗户，连房子都没一间。

他慌了，忙对着空气大喊："山海山海！你看见我没有？快出来啊！"

话音未落，半空中飞下来一个人，不偏不倚砸到他身上，两人倒地，磨牙疼得直嚷嚷。

温山海从地上爬起来，愕然地环顾四周："怎的是这里……"

磨牙揉着磕疼的脑袋，说："你若是再重一些，也就不劳怪物来取我的命了。"

她四下打量一番，喃喃道："这是天水镇的集市……"

"集市？"磨牙站起来，左看右看，越看越惶惑。

集市上，没有一个人。

空中也没有一只飞鸟，偌大的地方连一只蚊虫都不见，磨牙不甘心地往最近的几间店铺里钻，确实空无一人，无一例外。

整个世界都是空的，连声音都没有。

"这究竟是什么地方……"磨牙看着她。

"是天水镇的集市，没有错。"温山海站在一个面人摊前，插在木架上的面人颜色鲜艳，好像刚刚才做出来似的。她拿起一个憨态可掬的女娃娃，"这是面人刘的摊子，好多年了，一直在这里。后来面人刘死了，他的儿子天天坐在这里。"

"可是没有人。"磨牙嘀咕着。

"也没有怪物的踪影。"温山海忽然回过头，欣喜地说，"我们运气真好。兴许怪物去了离我们很远的地方。"

"是么？"磨牙有点不敢相信，但是放眼看去，四周确实一片宁静，没有任何危险的信号。

"好难得街上一个人都没有。"温山海举着面人，孩子一样跑过来，抓起磨牙的手道，"你陪我好好逛一逛吧，我好些日子没能舒舒服服地出来走走了。"

说罢，也不管磨牙同意与否，她带着他在集市里乱穿，一会儿跑到干杂铺里抓一把干果吃，吃完了又钻到铁铺里拿起铁锤胡敲乱打一通，打够了又溜达到首饰店里，把各种珠钗往头上挨着戴一遍，最后戴着一脑袋发钗心满意足地离开。磨牙看出来了，她此刻的乐趣就是把各行各业挨着祸害一遍。

没有人指责，没有人叫骂，她玩得不亦乐乎，开心两个字简直写在了额头上，好像完全忘记了在小房间时有过的担忧与惶恐。

磨牙被她从这里拽到那里，所有的问题都被她突如其来的放松与欢乐给堵了回去。

“山海，我们……”

“你看这块布料如何，花纹颜色都好看吧？”

“好看好看，我是想说……”

“那边是卖书画的地方，有张暮色荷花画得特别好，我一直想买回去送给我娘。”

“山海啊，你……”

“快来看快来看！”

本来应该紧张压抑的气氛，变成了这样的对话。

但也奇怪，这么一闹，磨牙居然也不由自主地松弛下来，随遇而安的心情渐渐弥漫开来，至于那个只听见过声音的怪物，好像已经失去了令人恐惧的资格。

两个穿着喜服的家伙，成了街头唯一鲜活的颜色。

从东到西，从南到北，温山海一路都没停过，任何地方她都有浓厚的兴趣，哪怕是个剃头的小摊子。磨牙只觉得自己把一辈子的集市都逛完了。

一直走到一条巷子里，温山海急不可耐的步伐才停了下来。

大门紧闭的宅子横在巷子的中间，青砖灰墙，几枝翠嫩的竹叶越过墙头，清幽雅致。

“清岚书院……”磨牙看着屋檐下的牌匾。

温山海起码在这座书院外站了半盏茶的工夫，她既不走，也不进去，就站在门口呆呆地看。

不过就是座小小的书院，何至于看得这么入神？

“山海，山海？！”磨牙拽了拽她的袖子，“你站在这儿好久了。”

温山海这才回过神来，说了声：“哦。”

“有什么有趣的东西在里头？”磨牙好奇地问。

“若麟在里头念书。”她依然看着书院大门，说出这个名字时，她红了脸。

“若麟……”磨牙见她这个神情，心头一揣摩，试探着问，“可是你心上人？”他相信她这样的姑娘一定是心有所属的，而且肯定不会是一个和尚。

她点点头，痴痴地看着面前紧闭的大门，好像一直盯着看，里头就能走出盼望的人似的。

“我也曾在这里念过书。”她忽然道，“书院的先生待我们很和气，就算我跟若麟作不出诗来，他也不责罚。”她像是回忆到了什么好事情，笑出来：“我们俩大约是先生教过的最笨的学生了。但若麟弹琴的本事，书院里谁都比不上。初夏的好些个傍晚，他在河畔柳下抚琴，我在琴声里念书识字，我们很少说话，但只要互看一眼，就知道对方此刻的心情。”她顿了顿，眼神黯然起来，“若麟说要娶我，要请媒人去我家提亲。”

表情跟事件不匹配，磨牙小心问道：“你娘不同意？”

她笑笑：“我娘把我锁起来了，不许我再见他。”

又是有钱丈母娘嫌弃穷女婿的老戏码？磨牙猜测道：“可是这位公子的家世……”

她忽然转过头，认真地看着磨牙的眼睛：“我娘跟我说，在你成为一个真正的人类之前，你没有资格拥有任何一段姻缘。而且，就算你现在是一个普通的姑娘，我也不允许你嫁给一个只剩半年性命的人。”

这两句话太复杂了……磨牙在心里来回琢磨了好几遍，才后知后觉地吓了一大跳，脱口而出：“你……你不是人类？”

温山海笑看着他：“我是媪姬的女儿，怎么可能是人类。”

“媪……媪姬？”磨牙结巴着，好像从没听过有这种妖怪？！

“传说中以亡者为食的妖怪。”她坦然地说，然后看着满脸一言难尽的磨牙，“你怕我了？”

磨牙摇头：“我不怕妖怪。并不是所有的妖怪都会伤害旁人。”

她的嘴唇扬起了一条好看的弧线：“谢谢你没有一溜烟逃走。”

“我好奇的是你娘阻止你的理由。”磨牙努力让自己忽高忽低的心情平复下来，“她自己不也是妖怪么？你爹也是妖怪？所以不许你跟人类通婚？”

“我爹是人类。”她苦笑，“但我没见过他。我娘说我出生前，他就离开我们出家当和尚去了。”

“啊？”磨牙脑子里立刻跳出了一场大戏，女妖怪因为情郎出家，于是迁怒全天下所有和尚，并用最匪夷所思的法子报复无辜小和尚，以此平复内心的愤怒？

“我娘说她一定要留着自己这条命，直到再见他一面，亲口听他说一句他不要他的妻子跟女儿。她永远不接受不告而别。”她叹气，“我娘本应是个柔软的女人，但执念会让人坚如铁石。”

“你爹还活着？”磨牙又问。

“我娘说他就在天水镇与襄阳城之间的云渡寺里。”她望着天空，眸子里飘过变幻着形状的云朵，“她说她抱着我在云渡寺外跪了七天七夜，可我爹还是不肯出来相见。她妖法不够，突破不了寺庙里设下的结界，只能等，等到第八天的傍晚，等到漫天落雪，等来的却只是一张纸，上头写了四句话——人妖殊途，缘尽于此。山水自在，苦海有边。我娘说她离开云渡寺的时候，一滴眼泪都没有了。”

磨牙听罢，连喊几声阿弥陀佛，摇头道：“纵然你爹跟我一样都成了出家人，我也不能偏帮他，你娘不过是想见他最后一面做个了断，他抵死不见又何必呢。身为男子，自该有男子的担当，不见又不断，这算什么呢。”

她看着磨牙，语气有些惊奇：“看你年纪不大，对世俗人情竟也有这般的见解。”

磨牙双手合十：“我身在空门，若不知众生之苦，又谈何救众生之苦。我行走人世这些年，见过的人跟事也算不少。你不要把我想得太蠢钝。”

她笑出来：“瞧你的口气，活像个上百岁的高僧似的。”

磨牙尴尬地笑笑，又问：“那你跟你的若麟后来怎样了？为何你娘要说他只得半年性命？”

她回过头，看着墙头那几枝翠竹发愣，半晌才说：“若麟半年后病故了。”

“啊？”磨牙瞪大眼睛。

“其实我早就知道他什么时候会离开这个世界。”她一动不动地看着那些轻轻摇晃的竹叶，“我是媪姬的女儿啊，媪姬最大的‘本事’，是能‘断人死时’。我们能看出人类还余下多少寿命，从无差错。这也是我们被视为不祥物的根本原因。人类厌恶我们的诚实，我们告诉他们的数字越少，他们越愤怒，好像我们不说，他们就不会死去一样。真有趣。”

磨牙皱眉，问：“你既然知道若麟只得半年性命，为何……”

“只剩下半年时间，我就该放弃他么？”她摇头一笑，“他能活多久，跟我想与他在一起的心意，一点关系都没有啊。”

磨牙沉默。

“我们最后一次相见，他送了我一盒胭脂，说等我们成亲之后，他要天天给我描眉添妆。”她平静地回忆着，黝黑的发丝在微风里摇动，“我娘关了我半年。知道他死讯的那天，我没有哭，只是把他送我的胭脂埋到了以前他常坐的柳树下。我看见他家出殡的队伍，纸钱洒得像下雪一样。我也没有想象中难过，只是觉得心里空得厉害。”

“山海……”她不难过，磨牙却没来由地心酸了一下。

“太阳快下山啦。”她突然又换回到轻松无比的神情，转身拉起磨牙，“我们去河边走走吧。”

磨牙默默跟在她身后，她身上红色的嫁衣在风里像蝴蝶一样飞舞着。

山海，你到底是个怎样的姑娘……

◦ 4 ◦

“放开她。”

雪亮的长剑直指着桃夭，清晨的白光透过窗户，落在了剑尖与它后头的面具上，盛夏的炎热，生生被压下去了。

“你来得好快呀。我都还没跟她打起来呢，你就听到动静了。”桃夭的手轻轻松松地搭在温夫人的左肩上，完全没有挟持人质的架势，而温夫人却一动都不敢动，咬紧牙关看着赶来的救兵。

“你情我愿做了买卖，拿了钱又舍不得人了？”黑衣男人冷冷道，“这可不是正经人该做的事。”

“我几时说过我很正经了？”桃夭嘻嘻一笑，“再说我是跟你做的买卖，小和尚卖给你不是卖给她的，如今她把小和尚弄走，我怎么琢磨都不对，所以不如把小和尚弄回来，咱们重新谈买卖吧。”

“看你小小年纪，说话如此无赖。再对我家夫人无礼，休怪我剑下无情。”黑衣男人的剑举了那么久，连一丝抖动都没有，他的手跟他的人一样稳。

“我呀，从来不跟人打架，你知道为什么吗？”桃夭依旧嬉皮笑脸，她越这样，温夫人越如临大敌，连呼吸都是乱的。

黑衣男人没说话。

见他没有搭理自己的意思，桃夭耸耸肩，摆出特别老实认真的神情，说：“因为通常在跟我动手之前，他们就死了。”

因为面具，看不到他的表情，只看到他垂在身侧的左手，暗暗捏成了拳头。

房间里陷入了短暂的死寂与僵持。

“你没想过动手。”黑衣男人突然开口，语气十分笃定，“至少到这一刻，你都没有动杀机。”

桃夭一笑：“这么了解我？”

“金铃未响，阎王不到。”黑衣男人一字一句道，“之前来去匆忙，没能看出你的身份，是我疏忽了。”

“现在呢，觉得特别荣幸吧？”桃夭笑成了一只偷肉成功的狐狸，“不过，如果我不想你认出我，你永远都不会认识我。”她的笑容忽然冷下来，“你真是个称职的保镖，无时不刻不在关注着你家夫人，稍有风吹草动就能从天而降，能做到这一点不容易。”

话音刚落，却听“当啷”一声，手中长剑落了地。

黑衣男人单膝跪地，果断道：“我不是你的对手，所以我只能用这种屈辱的方式求你不要伤害我家夫人。”

“秦管家……”温夫人终于发出了声音，愤怒绝望、无可奈何都在这一声里了。

“把小和尚交出来，后面的事，咱们后面再说。”桃夭冷冷看着这个把自己主动从高处摔到地上的男人，这样的人物，得要多大的牵挂与担心才能放下自己的尊严。

他对这个女人，真是尽心。

“不行！”温夫人咬紧牙关，斩钉截铁地摇头，“你不能把他要回去。我不会告诉你他在哪里。”

桃夭沉下脸：“既已知晓我的来历，就该明白你在我这里没有拒绝的资格。”

“你杀了我吧。”温夫人深吸了口气。

“你也挺无赖的。”桃夭一笑，窗外天色已是大亮，明晃晃的阳光落到离她不远的地方，“我要是不高兴了，你们温家很可能就不存在了。”

“夫人，你……”黑衣男人焦急地看着她。

温夫人决然道：“秦管家，你跟随我多年，理应知道我最大的愿望。”

“桃夭真的会要了你的命。”黑衣男人的拳头攥得咯咯响，“她杀妖如麻……不会下不去手。”

“我只要你保持缄默。”温夫人镇定道。

闻言，桃夭半眯起眼睛：“媪姬，你真是个固执又不知轻重的妖怪。”

“不要！”黑衣男人觉察出不对，瞬时捡起自己的剑站起来。

剑拔弩张之际，一道青影自墙角而现。

柳公子一手捂着心口，一手扶着墙壁，脸色煞白地喘着大气。

桃夭嫌弃地看着他：“你怎么看起来跟难产似的……”

“难受，想吐。你的药还是不行。”柳公子冲她摆摆手，“我找到小和尚了。”

闻言，温夫人脸色骤变：“你是何人？”

“他是刚刚跟我一起被送进来的病号呀。”桃夭替柳公子说道，“你方才同我聊天聊得太专注，都没注意到后头床位上还有这么个喜欢在别人家里到处乱钻的家伙。”

“桃都的家伙什么时候也跟妖物为伍了。”黑衣男人冷冷打量着柳公子。

柳公子哼了一声，没搭理他。

“药是好药，我早提醒过你宜静不宜动。”桃夭一翻白眼，又朝柳公子身前身后瞄了瞄，“不是找到了么？人呢？”

柳公子虚弱地摇头：“带不出来。”

桃夭皱眉。

一听他这样说，温夫人突然从极度的紧张里松懈下来，嘴角竟然还泛起了笑意。

桃夭略一思忖，对柳公子道：“带路。”说罢又捏了捏温夫人的肩膀：“夫人也一道去吧，你不在我身边的话，我怕我一个不高兴就把手里那腐骨蚀肉的药沾到你……或者你身边人的身上了呢。”

温夫人咬牙不语。

“随我来，在地下很深的地方。”柳公子朝房门走去，“入口就在隔壁房间的东墙上。”

“你不需要搀扶吧？”桃夭看着他吃力的步伐。

“你少说两句废话，我感觉会好很多。”柳公子头也不回道。

桃夭笑笑，推了推温夫人：“走吧夫人。”

温夫人无奈，心不甘情不愿地挪动了步子。

○ 5 ○

能把密室设在这么深的地下，也算用心了……

宽敞古朴的房间，装饰精致，家具考究，房间外放置的长明灯，既不暗淡也不刺眼，把这个地底深处的世界笼罩在一个相当舒适的光线里——如果整个房间不全是红色的话，应该会让人更舒服。

所有的窗户上都贴了红彤彤的喜字，柜门上也是，刻意营造的喜气反而让人体会不到欢乐。

宽大的红木婚床上，磨牙与一个十七八岁的姑娘并肩躺在龙凤被下，双目紧闭沉睡不醒，两人露在外头的左右手，被一条半黑半红的丝线紧紧缠在一起，延伸出来的线头却又绑在一只青筋突出、老如树皮的左手上。这只手的主人如今正瘫坐在离婚床几步开外的地方，八十岁往上的老妪，穿了一身怪里怪气的红袍子，干瘦得像具尸体，被绳子五花大绑起来后就更像一块不好吃的腊肉了。老妪面前还摆着一张神案，奇形怪状的香炉下头压着各种颜色的符咒，香炉里也不知烧的什么，散发着令人不悦的焦臭。

桃夭推开温夫人，也没问这老妪是谁，几步走到床前，摸了摸磨牙的额头，又掀开他的眼皮瞅了瞅，当她的视线落在绑住两人的丝线上时，不禁皱起了眉头。

“磨牙！”她轻轻拍了拍他的脸。

回应她的只有磨牙微弱的呼吸声。

“叫不醒的。”柳公子摇摇头，“你看见他脸上的指印了没？刚刚我打的。”

“你也不怕打死他。”桃夭瞪他一眼，朝身后那老妪努努嘴，“你绑的？”

从他们进房间到现在，这老妪一直是清醒的，半开的眼皮下，一双浑浊到发灰的眸子用超乎寻常的镇定，观察着他们的每一个动作，一点都不惊慌，好像闯进来的只是几个走错路的小孩子。

“只能先绑起来。”柳公子冷冷看着老妪，“他们仨现在可是连在一块儿的，我看这满眼的红，还有磨牙跟姑娘身上的喜服，分明是合婚之术。但又总觉得哪里不对。你仔细看看她的左手食指。”

“食指？”桃夭低头看去，绑住磨牙他们的丝线从床上蜿蜒而下，另一端乱七八糟地绕在老妪的左手上。她定睛细看，旋即微微变了脸色——那条丝线并不是单纯地绕在老妪手上而已，丝线的最末端，竟是从她食指指尖里“长”出来的。细细的丝线，从皮肉中钻出，绵延到无限长，又分叉成两股，把另两个本与她毫无牵连的人跟她绑在了一起。

桃夭起身，迅速回到磨牙身边，抓起他的胳膊一看，果然，凌乱叠绕的丝线并不止是缠绕，分叉出来的两条线头分别扎进了他与那姑娘的指尖。

她眉头一皱。

“公子，你把老婆子绑得太紧了，能松开么？”老妪突然开口，咧着没牙的嘴，朝柳公子露出难看的笑，“看起来你们也是懂行的，该知道若是我出了什么纰漏，床上这对新人也会跟着遭罪的。”

桃夭厌恶地瞟了她一眼，走到温夫人面前，指着婚床：“这就是你替女儿举行的婚礼？”

温夫人笑：“这是唯一让山海过上好日子的办法。”

“我从不认为一个阴毒的老巫婆能带给人‘好日子’。”桃夭冷睨着这个自以为是的女人，“你是不是吃错药了？”

温夫人看着她:“你们桃都的人，应该从未被人当作猎物甚至玩物吧，东躲西藏，嫌弃排挤，肆意虐杀，伤心欲绝，这些词语从没在你桃夭的生命里出现过吧。”

桃夭没说话。

“所以我为女儿选一条远离悲伤的路，有什么错误？”温夫人看着婚床那边，眼神前所未有的温柔，“山海这样温驯善良的孩子，应该有一个跟她匹配的身份。但这个身份绝对不是媪姬的女儿。我要她做一个真正的人类，有血有肉，吃五谷杂粮，过春夏秋冬，眼睛里看到的是鲜花与心上人，而不是冷冰冰的死亡时间。她不能跟我一样，绝对不能。”

所有人都没有说话，只有她的声音在房间里回荡。

“多好的娘亲哪。”老妪打破了沉默，嘶哑的声音像她的身材一样干瘦，没有一丝生命力，“姑娘你就体谅体谅温夫人的心情，就当什么都没看到吧。我的合婚之术一旦开始就没有办法结束了，你若杀了我，温小姐与小和尚也会同时没了活路。”

“合婚之术？”柳公子怒视着她，抬手指着温夫人，“老婆子，你骗骗那只蠢妖怪还行，想骗我，再修炼十辈子都未必成事。”说罢，他还气不过，一脚踹到老妪的背上，老家伙“哎哟”一声倒在地上，一丝不易察觉的慌张从她脸上闪过。

“你打死她也于事无补！”温夫人腾一下站起来，跑到老妪身边把她扶起来:“许婆婆你还好吧？”边说边不顾一切去解她身上的绳子，指甲劈开都不管，仿佛绳子捆住的不是老妪，而是她期待已久的即将实现的愿望。

“夫人你且安心，许婆婆答应你的事，一定办到。你不要管我。如今他们奈何不了我，只等这次合婚完成，山海小姐便再不是妖怪之身了。”被称为许婆婆的老妪压着嗓子劝慰她，“再等等……再等等。”

“夫人！”黑衣男人上前将她拉起来，抓住她的手道，“别再解了，别再做无用的事。”

“许婆婆年岁已大，经不起他们这样的折腾，你不是有剑吗？把绳子割开！”温夫人推开他，下了命令。

他迟疑片刻，并没有举剑，他不关心这个婆子难受不难受，看着身边的桃夭，他只问：“能不伤夫人与小姐的性命么？”

桃夭躬身，用指尖挑起躺在地上的丝线，凝视着丝线上红黑相交的颜色，说:“你问得太晚了。”

他一怔。

“如今你家小姐能不能活，已经不由我说了算了。”桃夭叹气，“你们上哪里找来的这个婆子？”

他想了想，说：“她是天水镇最出名的大夫，专治别人治不好的病，不但管人的事，还管妖的事，从无失手。好几年前她已退隐江湖，夫人与我在深山里寻了七天才寻到她的归隐处。”

桃夭斜睨了老妪一眼，揶揄道：“竟是个同行。既已退隐，你们如何说服她重出江湖？”

“并没有多说什么，也没有支付昂贵的报酬。”他回答，“夫人只说，希望她体谅一个母亲对女儿的珍爱。”

“然后她就同意了？”桃夭瞪大眼睛。

“她说，妖就是妖，人就是人，原本泾渭分明，再厉害的妖也只能是修成人形，成不了真正的人。但是，若有外力促成，也不是不可能。”他顿了顿，继续道，“夫人与她谈得十分投机，她句句话都说到了夫人心里。最后，她说她是个看中缘分的人，夫人与她有缘，她愿意助她一臂之力，让山海小姐摆脱身为妖怪的宿命。”

桃夭弹开手里的丝线，回头看着躺在床上的磨牙，说：“这就是她的法子？”

“小姑娘，或许你很有来头，能让温夫人秦管家都忌你三分。”坐在地上的许婆婆抬起皱纹纵横的老脸，似笑非笑地看着她，“但你却不了解老婆子我的本事，普天之下可能只有我能救得了这个姑娘。唯极净之魂可绝妖身，加上我的赤玄绳，山海小姐为人之时指日可待。今日你若成全我们，便是成全了一条宝贵的人命。”

“极净之魂……”桃夭冷笑，“小和尚么？”

许婆婆也不隐瞒，直言道：“出家之男童，六根清净，心澄如镜，世间再没有比他们的魂魄更干净的了。我以合婚之术让山海小姐与小和尚心脉相连，小和尚的魂魄一旦入了山海小姐的身体，便可起‘清洗’之用，当她的妖魂被洗干净之后，她也就变成了真正的人类。当然，一个小和尚的魂魄是不够的，这一年来，为了替夫人完成愿望，全赖秦管家奔波劳累才能寻来足够数量的小师父们。必要的牺牲无法避免，大家都是为了山海小姐的幸福在努力啊。”

“清洗……”桃夭好像在听一个笑话，“我家磨牙果然是时运不济，一来这里就被你们看上了。”她转身看着温夫人：“你真的相信用一堆小和尚的性命就能让你的女儿变成人类？”

“我只知道，经过这一年的努力，山海身上的妖气已经越来越弱。”温夫人说罢，突然跪了下来，额头重重磕在地上，“你要怎么对付我我都认，只求你成全山海。我们母女所有的不幸，都来自我们是妖怪的事实，我要把山海好好地送到她父亲面前，我要让这个身为人类的男人亲眼看到他放弃的不是一只卑贱的妖怪，而是一个活生生的人，我要他好好抱抱山海，我要他明白他曾犯下多么大的错误。”

“夫人……”秦管家的声音有些哽咽，不知为何，跪在了她的面前。

柳公子坐在床边，伸手探了探磨牙的鼻息，低声说：“桃夭，磨牙的呼吸越来越弱了。”

听罢，桃夭没有露出任何担心的神情，她蹲下来，扶住温夫人的肩膀，让她抬头看着自己。

“温山海身上的妖气变弱是事实。”桃夭认真看着这个眼中带泪的女妖怪，“但这并不代表她快变成人类了。”

温夫人一惊：“你什么意思？”

桃夭叹气，瞟了许婆婆一眼：“你们啊，少信庸医多看书吧，心眼这么恶毒的婆子，你们这些不够聪明的寻常妖怪怎可能是她的对手。”

“你究竟在说什么？”秦管家不安地看着她。

桃夭吸了吸鼻子，说：“你们的山海小姐快死了。”

○ 6 ○

嗵！一颗石子儿砸进河水里，溅起亮晃晃的水花。

晚霞在天边烧成了一条条深深浅浅的红，落在水里的光线折射出旖旎的颜色。

温山海坐在一棵柳树下，又捡了颗石子儿扔进河里。

磨牙坐在她旁边，愣愣地看着河对岸。

“你看啥看得这么入神？”她伸出手在他面前晃了晃。

他指着对岸：“那里，是有一座寺庙吗？”

温山海顺着他的手指看过去，眼睛一亮：“好像是，咦，那里什么时候有一座寺庙了呢。难道……是云渡寺？”

“你爹在那里？”他问。

“不知道他长什么样子，我娘从来不说。”她笑笑。

“真像啊。”磨牙看着那座若隐若现的庙宇，神情有些怅然。

“像什么？”她好奇地问。

磨牙的嘴唇翕动了几下，喃喃道：“像……像金佛寺。”

“金佛寺是什么地方？”

“我长大的地方。”磨牙从记忆里找出最初的那一部分，“我没有爹娘，从小就在金佛寺里长大，那里有我的师父，还有师兄师弟，还有不爱笑的方丈。师父教我打坐念经，师兄教我怎么用水桶从井里汲水，每天我都跟师弟一起去溪边洗衣裳，有一回我掉进水里，师弟费了好大力气才把我拉上来，但我的鞋子却漂走了。夏天的晚上，三师兄最爱领着我们去后山上看会发光的虫子，但不能抓蛐蛐，会被师父骂，说不能伤害生灵。吃饭的时候师兄会把最嫩的菜心分给我们这群小师弟，大师父做的菜真好吃。”

温山海笑道：“听起来，你过得很开心呢。”

磨牙点点头：“很开心。”

“你现在还待在金佛寺里？”她随口问道。

磨牙的眼神暗淡下来：“没有了。世上再没有金佛寺了。”

她惊讶道：“出什么事了？”

“我也不知道。”磨牙苦笑，“我醒过来时，眼前漆黑一片，鼻子里闻到的只有烧焦的味道与浓郁的血腥气。直到有人拨开压在我身上的尸体，我才看到那天清晨的阳光。”他的眼神有些恍惚，“一只手伸到我面前，有人问我，你还没死吧？”

她听得着急：“怎么会这样？为何会有尸体？”

“我脑子一片空白，本能地伸出手，抓住了那只能把我拉出去的手。”他自顾自地说下去，“桃夭把我从尸堆里拉出来，第一件事就是把我扔到河里，她说我身上都是血，太脏了。金佛寺就在我身后，已经烧成了一片废墟，我的师父、师兄弟，全部变成了废墟下的死尸，除了我，金佛寺中无一幸存。”

她诧异地捂住嘴，断不能将如此惨烈之事跟这个普通的小和尚联系在一起。

“桃夭收养了我。”他的神思渐渐聚拢回来，嘴角露出笑容，“我与她生活在桃都里，她脾气很怪的，喜怒无常。”

温山海有些糊涂：“桃夭？桃都？是一个镇子么？”

“桃都是另一个世界，既在人世之中，又游离于人世之外。”磨牙缓缓道，“人间之上，有天界，有昆仑，皆仙君神灵之地，共掌天地人世，而桃都跟哪里都不一样，它低调隐蔽地存在着，神仙的事它不管，人类的事它也不管，千万年来它只管一个物种——妖怪。天下的妖怪，都归桃都管理。离开金佛寺后，我跟桃夭一直生活在那里。”

“桃都……”她看着磨牙，“那你说的桃夭是什么人？”

“她是桃都里的大夫，专给妖怪治病。”他笑笑，“也是我的衣食父母，没有她的话，我应该早就死掉了。不过她经常欺负我，还总说我是个废物，嘴里一点情面都不留的。”

她想了想，问：“你说的同伴，就是这个人？”

“是的。”他点头。

“她那样骂你欺负你，你都不离开？”她不解道，“换作我，若有人骂我废物，我是不能同他做朋友的。”

磨牙笑着摇摇头：“我习惯啦。”说着，他入神地看着漾动的水面，又道：“她总是一个人，却装得好热闹的样子。我在的话，她才不会那么寂寞吧。”

“不懂你。”她撇撇嘴，“被人骂还愿意留下来。”

“我是要回去她身边的，你也一样，还是要回家的。”他起身，看看渐晚的天色，“你还这么年轻，还会遇见别人的。”

她笑看着他：“你真的不像一个小和尚。”

“我不小了。”他有些尴尬，“也不怕跟你说，被桃夭捡回去之后，我的身体再没有任何变化，所以这么多年过去，我还是当年的模样。其实我年岁比你大多了，所以无论如何都不能喊你姐姐。”

“你……”她诧异地打量他，“你说的是真的？”

“出家人不打诳语。”他认真道，“走吧，虽然不知道我们现在究竟是在哪里，但始终得想法子离开。”

“这个地方……”温山海慢慢站起来，皱起眉头，“我是知道的。我肯定知道……可我想不起来。我在这里好久了，总是一个人……后来来了好些个小和尚，跟你差不多，他们每个都很怕我，怕这里的一切……他们到处乱跑，然后……”她的眉头锁得更紧了，“然后就被吃掉了。”

磨牙听得糊涂，见她脸色越来越痛苦，忙抓住她的胳膊：“你不要急，慢慢想。实在想不出就不想了，我们慢慢找出路就是了。”

“不……我知道的！”她甩开他的手，蹲在地上用力敲着自己的头，语无伦次道，“你们希望我消失……有人进来，有怪物……你们希望我消失……”

天色骤然黑尽了，狂风突来，平静的水面摇晃不止，河岸上的落叶四下翻飞。

“山海！不要再想那些奇怪的事了！”磨牙心知不妙，大声喊道，“想想刚才你拿过的面人儿，还有你吃的干果！想想我们在太阳下散步！”

温山海好像听不见他的话，依然蹲在那里痛苦地摇着头，嘴里反复说着：“你们希望我消失……我会消失……”

“不会的！你不会消失！”磨牙用力扶住她的肩膀，“你会好起来，我们会平安地回到我们想回的地方！”

突然，一阵令人心悸的脚步声，从身后传来。

每踏一步，天地就跟着震颤一下。

磨牙紧张地回过头，一个巨大的人影，没有五官，浑身缭绕着黑气，张牙舞爪地朝他们跑来。

这就是温山海说的怪物？好大一只，一定是打不过的，念经有用吗？算了还是跑吧……

“快起来！”他也不知哪来的力气，拖起温山海就跑。

可是他们的速度，实在比不了追兵。

磨牙突然跌倒了，只觉得自己的双脚像被什么东西粘住了一样，回头一看，一圈黑气像绳索一样套住了自己，怪物就在咫尺之外，从口中吐出了这条舌头般的黑气。

转眼之间，磨牙便被拽到了半空中。

“磨牙！”清醒过来的温山海大叫，用力拽住他的手，“不要！不要松手！”

两个人都悬在半空中。

“不要被他吃掉，求你了。”温山海泪如雨下，“我娘要我做一个人类，我不想这样，我不觉得当妖怪有什么可耻的！我不怕看见别人的死亡，那只会让我更珍惜和他们在一起的时间，我不怕别人嫌弃的眼光，总有人不会嫌弃我。我只怕我连自己都当不成！我不想消失，我不想被这个怪物占据身体，我不想忘记我有过的一切。”

磨牙愣了愣，旋即觉得手中一滑，眼见着温山海落回了地上。

“山海！”他大喊，再一回头，却见一张深不见底的大嘴就在眼前，那里面没有舌头也没有牙齿，只有一圈又一圈的漩涡，万劫不复的气味汹涌其中。

这条性命要交待在这里了？

桃夭又只能一个人了？

柳公子的愿望也要落空了？

滚滚呢，不会从此变成一只流浪狐狸然后被人抓去吃掉吧？

阿弥陀佛。

他紧紧闭上了眼睛。

身体好像在飞快地旋转，说不清是热还是冷，一阵阵刺痛从脑子里扎出来，很快扩散到全身。

混沌的黑气之中，他蜷缩着身子，不断下沉，所有的画面与声音都在这一刻截断。

突然，他睁开了眼睛，一道绿光从眸子里闪过。

黑暗里的光越来越强，伴着巨大的轰鸣声，天空、街市、怪物、包括温山海，整个世界都被搅碎了……

○ 7 ○

许婆婆突然倒在地上，像吃了毒药的老鼠一样抽搐，灰暗的双眼瞬间胀满了血丝。

从她手指里长出来的丝线也在此刻四分五裂，落地成灰。

温夫人第一个被吓到，扑上去扶住她，连声道："许婆婆你怎么了？你说话啊！"

秦管家虽然吃惊，但依然保持着镇定，只是站到温夫人背后，随时准备扶住可能会倒下来的她。

"桃夭，你来看看。"那边的柳公子，盯着床上的两个人，朝桃夭勾了勾手指。

桃夭上前一看，温山海的眼角有泪水流下，但人还是没有醒转的迹象。

"怎会这样？"柳公子看着她，"你什么都不做？"

"我做不了。"桃夭坦白道，"等着吧，应该有什么事发生了。"

话音刚落，磨牙呼一下坐起来，大喊一声："山海！"

柳公子吓得差点从床边掉下来，桃夭还好，稳如泰山地揪住他的耳朵，斥责道："醒就醒了，鬼叫什么！"

"啊啊，疼！"磨牙捂住耳朵，龇牙咧嘴地看着他们，突然愣了片刻，旋即从床上跳下来，一把抱住柳公子，眼泪鼻涕地号道，"是柳公子没错吧？是你们吧？你们来了！你们没把我卖了！"

"我的确是把你卖了，是你抱着的这个人非要把你弄回来。"桃夭若无其事道。

磨牙呜呜道："柳公子我以后每天给你念十遍平安吉祥咒。"

柳公子皱着眉头把他从身上扒拉下来："我只是不能忍受别人动我的口粮，更不能忍受你把鼻涕蹭到我衣裳上！"

"让我抱一会儿吧，我太激动了。"被扔开的磨牙拼命把身上的喜服扯下来，然后锲而不舍又扑上去，死活要抱着柳公子号啕大哭。

房间里的两种情绪对比鲜明，大难不死的喜悦与暴毙当场的意外。

许婆婆死了，有血从她的鼻子跟耳朵里流出来，干瘪的身体静止在一个狰狞的姿势里。

温夫人用近乎嘶吼的声音喊着许婆婆的名字，秦管家把她紧紧抱住，不让她再做出任何徒劳的动作。

听到温夫人撕心裂肺的喊叫，磨牙突然松开柳公子，大梦初醒般倒吸了一口凉气，旋即扑到床边，紧张地抱住毫无动静的温山海，边摇边喊："山海！山海你醒醒！没事了！你睁眼看看我！"

没有任何作用，温山海连眼皮都没颤一下。

桃夭上前摸了摸她的额头与脉搏，又掀开眼皮看了看，淡淡道："别摇了，死了。"

磨牙愣住，僵硬地转过头看着她。

"看我也没用。"桃夭看着温山海，"好在她有人的血统，不然连全尸都留不住。"

轻飘飘的话，传到歇斯底里的温夫人耳中，她骤然安静下来，惶惑地看向婚床那边："秦管家，她在说什么？"

秦管家沉声道："她说山海小姐死了。"

"不可能……"她喃喃着，突然疯了一样挣脱秦管家，冲到床边一把抱起自己的女儿："山海！你看看娘！娘在这里，娘说过等你好了就带你去见你爹，你不是一直很想见他吗？！"

回应她的，只有温山海渐渐冰凉的皮肤。

她用力抱着女儿，想把自己的体温都给她似的，泪水夺眶而出："山海，娘向你保证，一切都会好起来。你只要睁开眼睛就好！山海！"

"夫人……"秦管家的拳头攥得咯咯响，"山海小姐已经走了。"

"胡说！"温夫人突然尖叫出来，"你给我滚！"

一个滚字出口，她自己的灵魂仿佛也跟着滚远了，一口气堵在心头，天旋地转，再也无法支撑。

所有的期待与盼望，都碎了，每块碎片都成了割裂心脏的刀，刀刀见血。

秦管家抱住昏厥倒下的温夫人，坐在地上一言不发，比雕像还安静。

生死都来得太快了。

桃夭看着秦管家，说："连我桃夭都不敢说有本事把妖变成人，你们太大意了。"

她瞟了许婆婆的尸体一眼，又道："那老货实在玷污了大夫的名声。她说的赤玄绳根本不是什么神奇的法器，不过是用毒虫加蛊术炼成的邪物。这玩意儿根本不是丝绳，而是一条虫，一条从施术者身体里长出来的，可以蚕食魂魄的妖虫。她使出来的，压根不是合婚之术，而是鸠占鹊巢的邪术。"

秦管家缓缓抬起头："鸠占鹊巢？"

"我看这老货从一开始就没想过帮你们。"桃夭撇撇嘴，"她看上的，是你们家山海小姐的躯体。人老了，多少是怕死的。纵然是许婆婆这般有'本事'的人，也抵抗不了时间与死亡，谁不想重拥青春美貌与无限生命。你们当她是救星，把自家底细和盘托出，恐怕正合了她的意。这么好一具躯体，半人半妖，青春不老，只要稍微动动手脚，就能据为己有，何乐不为。"

秦管家愕然："你……你是说她根本不是在为山海小姐清洗妖魂？"

"你当是脏衣服么，说洗就洗？"她白他一眼，"魂魄看似虚无，其实是世上最坚韧的东西。要把自己的魂魄放进新躯体的前提，是在不损伤躯体的情况下，让它失去主人。我也不是第一次遇到想偷人家身体的东西了,使出的伎俩也是大同小异。"

"温山海半人半妖，直接蚕食掉她的魂魄对老货这种凡人来说太难，所以她才编造名目，骗你们抓小和尚来，先将小和尚与温山海魂魄相连，以男童之魂的纯净与出家人的佛性抵消妖魂的一部分力量，而她则驱策妖虫进入温山海的身体，先吞掉小和尚，令妖虫力量更强大，再慢慢吞噬掉被弱化的温山海的魂魄。这不是一朝一夕能完成的事，一个小和尚的魂魄是不够的。简单说，老货想吞掉一个对她来说太大太坚硬的食物，所以她必须先用一件工具去软化甚至稀释食物，然后呢，把工具一起吃了，等更有力气了，再去啃东西就更容易了。"桃夭看向床上的温山海，"老货比较聪明的是，她把邪术以合婚术的架势摆出来，骗过你们这些懂点术法但又半吊子的蠢东西。一旦温山海的魂被吃干净，老货就能取而代之。你们所做的每一件事，都是在让真正的温山海消失罢了。魂都没了，那个躯体还能算是你们的山海小姐吗？"

秦管家沉默许久，低声道："她不是这样说的……她怎能这样……夫人那么信任她……"

磨牙听罢，呆呆地看着桃夭："我刚刚一直跟她在一起，我们从房间里逃出来，然后在天水镇的集市上聊天散步。她说，去到她那里的小和尚都被吃掉了。每吃掉一个，她的身体也会被怪物吃掉一部分。一个巨大的黑色怪物找到我们，我掉进它的嘴巴里……"

"你的魂魄一直在温山海身上，你所看见的一切都来自温山海的意识，她的意识千变万化,形成的世界也是千变万化。妖虫也潜伏在那里,可能以你说的怪物模样，或者是别的形态出现，先吃掉你，攒足了力气再去啃噬她的身体。"桃夭淡定道，"如果这回他们抓来的小和尚不是你，也许老货已经成功了。"

“不不，这些都不重要。”磨牙抓住桃夭的胳膊，“你把山海救回来行不行？她怎么就死了呢？”

“不行。”桃夭直截了当，“说多了你也不懂，反正老货的法术被强行摧毁时，温山海就已经死了。除非时光倒流，一切重来，否则她永远都不会活过来。然而我只是个大夫，没这样的本事。”

磨牙的手垂下来，长长地叹了口气：“她跟我说，她不觉得当妖怪有什么可耻的……你们，难道从来没有问过她自己想过怎样的日子吗？”

柳公子皱眉扫视着着房间里的一切，说：“真是一塌糊涂。”

然后，冗长的沉默。

秦管家把昏迷不醒的温夫人抱起来放到床上，跟温山海并排躺在一起，然后细心地替她们盖好被子。

做完这一切，他坐到床沿上，回头看着桃夭他们，语气里有莫名的释然：“我是很早就认识夫人的。”

○ 8 ○

盛夏的坟场里，磷火比萤火虫还好看。

这句话是惊蛰说的，他舒服地躺在草庐下，摸了摸她的头，说：“对吧？！”

幽蓝的磷火在不远处飞舞，她缩着身子坐在他身旁，瑟瑟发抖。

实在是没有心情去欣赏“美景”，作为一只刚刚差点灰飞烟灭的妖怪，她现在还是惊魂未定。

一个时辰前，她被绑在写满符咒的木桩上，一群男女嬉笑着站在她面前，有人拿着桃木剑，有人托着照妖镜，有人举着锋利的刀。

“一张网就抓住这玩意儿，我还没往上头下咒呢，媪姬真是给所有妖怪丢脸啊。”

“一点成就感都没有呢。算啦，凑个数吧，是九十八只了吧？”

“对。老涂老姜他们都输定了，他们这些小门小派怎么能跟我们比。”

“不过他们也不弱呢，前几天不是还在北教场那边烧死了三只猫妖吗？哎呀，那味道太销魂了。”

“好像是先把猫皮扒了才点的火吧，猫妖也真命硬，皮都没了还是活的，叫得那叫一个惨。”

“别扯那些了，这只怎么处理？”

"先挖了她的眼睛吧，媪姬这种不祥之物，专看别人的死期，恶心。"

"好啊，先挖她的眼睛。"

符咒像火一样缠绕着她的身体，她动弹不得，连一句话都说不出来。

她怎么了？她从有记忆起就安安分分地住在荒僻的乱葬岗里，除了觅食，她没有任何多余的活动，完全没有招惹他们的机会。这次不过是偷偷去市集里看看花灯会罢了，为什么抓她，还要挖她的眼睛？

锐利雪亮的尖刀在一个年轻姑娘的手里晃动，她长得很不好看，看向自己的眼睛里除了嫌弃与鄙夷，还有微妙的妒忌。

她的身子在发抖，刀尖离她越来越近，为什么人类要惧怕妖怪，她真的不明白，不是所有妖怪都有本事吃人，像她这样的，连飞天遁地都不会，连觅食都得偷偷摸摸。她知道自己早晚也是会死的，但从没想过会这么莫名其妙地死掉。

"别闹了。这只媪姬是我的。"

有人在说话，姑娘手里的刀停在离她很近的地方。

惊蛰拎着一瓶酒，懒洋洋地走出来，头发还是那么乱七八糟，衣裳也是破破烂烂的，挂在心口的拳头大小的护心镜也跟喝醉了酒似的摇摇晃晃。

所有人都微微变了脸色，面面相觑。

"这是我们抓到的，自然由我们处置。"为首的年轻人壮起胆子站出来，"惊蛰，这不关你的事。"

他喝了一口酒，说："这些日子你们为了争个高下，互相攀比谁杀的妖怪更多，这种无聊事我不管。但你们要杀她，我不同意。"

年轻人冷笑："惊蛰，你也是术师，杀妖是术师的职责，你今天为难我们，莫非是对这妖怪动了什么心思？"

他又喝了一口酒，自顾自地朝她走过去，边走边说："反正你们也打不过我，她我带走了，我还赶着回去休息呢。"

年轻人脸上挂不住了，追过去抽出腰间佩剑搁在了他的脖子旁。

他停住，侧目看了看分毫之外的剑锋。

"我们不是你的对手，全襄阳城的术师加起来也不是你的对手么？"年轻人恼羞成怒，"你今天若敢救下一只妖怪，我保证你明天就是整个术师界乃至整个襄阳城的敌人！"

"说得好吓人。"他笑出来，"那么，我要给个什么理由，你们才能不杀她呢？"

"呵呵，除非那是你娘子，我们就放过她。"执刀的姑娘冷笑一声。

所有人都发出了不怀好意的笑声。

"哦。"他点点头，用手指移开年轻人的剑，不慌不忙走到她面前，手指一划，绳子便断成几截，她无力地落下来，被他稳稳抱住。

转身，他突然拉着她跪下来，对着天空半弯的明月道："天地为证，我惊蛰与媪姬结为夫妻，护其安危，守其生死。"

然后，他拽着发呆的她慎重地磕了三个头。

"行了，以后你就是我娘子。"他把她拉起来，把沾在她头上的一片落叶摘下来，又替她理了理乱七八糟的头发，"你们再对她出手，我就真不高兴了。"

所有人都傻了。

"简直疯了！"

"我们回去跟师父说！"

"一定要给这个家伙点颜色看看！"

他们一边骂着，一边飞快地跑了。

惊蛰太疯了。这个人天生降妖除魔的好本事，别人要画符做法设结界，费尽九牛二虎之力才能对付的妖魔，他只要赤手空拳就能办到，任何妖法对他都是无效的，他的存在就是妖物最大的忌讳，它们怕他的拳头，甚至怕他的气息，也许他就是它们所谓的克星。世上只有他不想对付的妖，没有对付不了的。就是这么厉害，厉害得不像真的。

"我……我没招惹他们。"她低下头，嗫嚅着，"谢谢你。"

今天之前，他们的关系应该算是邻居？

她住在坟地的东头，他住在西头，没记错的话，这样的日子起码有十年了吧。

刚开始的时候她是害怕的，这个人身上散发的气息像刀一样，冷而锋利，她一点都不敢靠近他。原本她还有一个邻居的，一只上了年岁的老鼠精，他一来，老鼠精连夜搬家了，临走时老鼠跟她说这个人是襄阳城里最厉害的术师，一旦妖怪落在他手里，除非他大发慈悲，否则不可能有活路。他没有门派，独来独往，名字叫惊蛰。

她也要搬家吗？要去哪里呢？住了这么多年，对这里最熟悉，不舍得走啊。

她远远地躲在坟堆后，观察了他好几天。

他总是早出晚归，一回来就干活，一手一脚搭出了一间草庐，草庐里铺上干草，然后弄了好几坛酒摆在里头。

好好一个人为啥要住到这里来，她天天都在好奇。

他很爱喝酒，跟喝水似的，喝够了倒下就睡，没一会儿就呼噜连天，醒了就随便擦把脸，再拿破布擦一擦那块挂在心口上的镜子一样的玩意儿，嘴里还会嘟囔几句，像跟它说话似的。

虽然他看起来有点怪，但并没有他们说的那么凶恶呢。她渐渐放下了心，可能他根本没发现自己？还是不搬家了吧，反正自己一贯老老实实，只要不招惹他，他应该不会怎样的。

不知道是第几天，反正那天晚上，月亮大得惊人，空气里有桂花的甜味。

他还是坐在草庐里喝酒，她照例躲在暗处看他，越看越无聊，索性坐下来，有这么大的月亮的夜晚好像还是头回见到呢。

突然，有人挡住了她头上的月色。

他举着酒壶，盯着她："你会喝酒吗？"

"妈呀！"她吓得连滚带爬地跑开，脚下却没留神，"扑通"一下摔在地上，沾了一嘴的泥。

她惊惶地坐起来，一边"呸呸"吐着口里的泥巴，一边求饶："你别杀我，我就是一只媪姬，我在这儿住得比你久，你如果看不惯我，我马上搬走。我不会飞也不会打架，我还怕疼，我……"

一只大手放到她头顶，揉了揉她乱七八糟的头发："我只是问你会不会喝酒。"

她身子一缩，啥？他说啥？

她紧张地抬起头，月光下这个年轻的男人，奇怪地看着她，眼神表情都没有半点要对付她的意思。

"我……我没喝过酒。"她小声说。

"来来，陪我喝点。"他不由分说地拉起她的手，把她带到了自己的草庐下。

好辣！酒就是这样的味道吗？

她被呛得咳嗽不止。

他好笑地看着她："好喝吗？"

"不好喝。"她摇头，使劲扇着自己的舌头。

他哈哈一笑，看着她的窘迫模样，说："但你是唯一一个愿意跟我喝酒的家伙呢。"

"你的朋友都不喝酒么？"她问。

"我只有一个朋友。"他笑，然后拈起心口的镜子摇了摇，"但它连嘴巴都没有。"

"你骗我。"她眨了眨黑亮的眼睛，"人类怎么可能没有朋友。"

他只笑，没回答，喝完酒之后倒头就睡了，似乎完全忘记了在他身边还坐着一只妖怪。

她松了口气，看来真的不用搬家了，这个人没有说得那么可怕呢。

之后的日子，确实相安无事。他每天回来除了喝酒就是睡觉，有时候会拉她喝两杯酒，有时候一个人看着夜空发呆。

唯一一件比较热闹的事，是有一次坟地里来了一只狡猾的狐狸，不但狡猾，还很凶悍，看中了她睡觉的地洞，硬是把她赶了出来，自己舒舒服服地睡了进去。她吵又吵不过它，打又打不赢，于是只好在洞外睡了一夜。天快亮时偏又下了大雨，她想往他的草庐去避一避，虽然他那晚并没有回来，但她还是打消了念头，毕竟那是他的地盘，最后她冒雨寻了一块比较大的石头，回到洞口，心想等狐狸出来，她要用石头打破它的脑袋！

天亮雨停，事情却跟她想的完全相反，鸠占鹊巢的狐狸不但没有被她打破头，她反而被它打了一顿，不但挨揍，还被狐狸耻笑说她是妖怪里最没用的、什么都不会的废物。

挨完揍，狐狸趾高气昂地去觅食了，她缩在坟堆后，委屈地揉着被打红的脸，更心疼的，是那个被打碎的瓷瓶，那里头装的是她好不容易得来的食物呢。

关于媪姬的传说，大部分都是它们是以亡者为食的妖怪，还能看到人的死期。可事实上她并不是真的吃死人啊，媪姬的食物，是人死前吐出的最后一口气。她只要想看，就能看到人类还剩下多少寿命，平日偷偷摸摸往人多的地方去，并不是为了好玩，只是为了看看谁快死了，然后记下对方的住处，时间一到就赶过去，隐了身形，拿这瓷瓶收了濒死之人的最后一口气，就算是大功告成，一口气够她吃很久呢。

不过也遇到过麻烦，只怪她的隐身之术实在太弱，有一回还没等到那口气，她就现了身形，把守在病榻前的老少吓个半死，当儿子的直接拿了一把菜刀来砍她，吓得她落荒而逃，好久都不敢再去城中。

这就是她的生活，这么多年没什么改变。

瓷瓶里起码还剩下半口气呢，被狐狸弄没了，下一个食物，起码还得等一个月呢，她沮丧地收拾着地上的碎片。

那天傍晚，带着酒回来的他，皱眉看着一身狼狈的她。

狐狸被他从洞里拖了出来，没有反抗的机会，他只是皱了皱眉头，火焰就从他掐着狐狸脖子的右手下蔓延出来，三两下便将狐狸烧成了一堆焦炭。

她捂住嘴，吓得不敢发出一点声音。

现在她相信老鼠精对他的描述了，他杀一只妖怪，就像拍死苍蝇一样容易。

他拍拍手，看了看她身上受的伤，说："我没有朋友，是因为我太强，你没有朋友，是因为你太弱。”

这句话，她到现在都不能忘。

今天，他又帮了自己。

草庐之下，她低声说：“惊蛰，如果没有遇到你，我应该早就死了。不是死在妖怪手里，就是今天那样的人手里。”

“我也会死的。”他笑了笑。

她一愣。

他回头：“你不是能看到人的死期吗？看看我的。”

“不要！”她猛地退后，用力摇头，“我不看！”

十年邻居，岁月安宁，她渐渐学会了喝酒，也敢跟他开开玩笑，谈天说地了，即便是落雪的冬夜，也不觉得有多落寞了。然而她恰恰忽略了一点——他是人类，至多百年寿命。

不看，她绝对不看他还剩下多久的生命。

见她这副少有的激动模样，他笑着摇摇头，起身牵起她的手：“不如跟我回家吧，你是我妻子，总得带你去见我爹娘。”

妻子？这不是刚刚他跟别人开的一个玩笑吗？

然而，她真的被他带回了城里一间久无人居的宅子，他对着一对牌位上香鞠躬，说：“爹、娘，儿子成亲了，带儿媳回来拜见你们。”

直到这一刻，她才意识到，他可能不是开玩笑。

“十年前，我爹娘被人毒杀。”他用袖口小心擦着牌位上的灰尘，“有人往我家水井里投了毒，偏那天我一早就离家办事。妒忌是比任何妖怪都可怕的妖怪。我要了凶手的命，那是城中一个有名的术师。杀妖没事，杀人犯法，官府查了一阵子，没头绪，我本想投案，又嫌牢房住着不舒服，于是作罢，也不想再留在旧居，索性跟你做了邻居。”

她瞪大眼睛，咬紧了嘴唇。

“我出生时有个和尚给我批过命，说我‘命带凶桀，神鬼难侵’，不能留在父母身边，越早出家越好，否则恐有大难。还说我……”他突然打住，回头对她一笑，“我父母舍不得我，结果还真应了那和尚的话。”

她不知该说什么好，一直沉默着。

“我爹娘最大的愿望就是看我娶妻生子。”他看着她的眼睛，“你愿意同我做夫妻吗？不愿意的话，我不勉强。”

她吓得哆嗦了一下，指着自己道："我是媪姬，不是人类。你这样的人，怎么可以找我做妻子？"

他笑："因为我只跟你熟啊。"

她差点被自己的口水呛死。

可是，她更惊恐的发现，自己根本不想拒绝他。

做一个人类的妻子，从此有了夫君，有了依傍，这是多么不敢想象的好事，何况，她也只跟他熟啊，只有他从没欺负过自己。

降妖除魔的术师就这样娶了一个妖怪当妻子，看似荒唐至极，却又顺理成章。

他带着她在坟地附近盖了一座小屋，跟天下所有夫妻一样，他白天出去干活赚钱，赚了银子便会给她带回布料与珠钗。她则学着人类女子的模样，为他洗衣缝补，照着菜谱在厨房里忙碌，日子在炊烟与相守中平静而过。

第二年，他们有了个女儿。

他给她起名山海。

她嗔怪他怎么给女儿起了个男孩儿的名字。

他说山水自在，苦海有边。

她不太懂这句话的意思，但既然他喜欢，山海就山海吧。看着孩子红扑扑的小脸，她所有的担心都化为乌有，原来人类跟妖怪是可以有后代的。这种感觉既不安又幸福。

那天，他抱着女儿看窗外飘过的雪花，出神地说："此生若能自在如此，再多的苦也不是苦了。"

她靠在他的肩膀上，笑道："我们要是刚认识就成亲该多好，这样就能多做十年夫妻。"

他低头看着她，眼神忽然复杂起来。

她没有想到的是，初冬的这个午后，是他们一家三口最后的时光。

跪在云渡寺外冰凉的雪地上，她还在思考自己是哪里做错了，为何他说走就走，说出家就出家了。

这个男人她终究还是不够了解啊，可以不顾一切娶她为妻，也可以不顾一切弃她而去。他不要自己没关系，可是女儿还这么小，他怎么能不要她呢？！

她从平静到癫狂，疯了一样硬往寺庙里冲，却被结界拒之门外，纵然她撞破了头弄伤了手，云渡寺的大门还是坚决地挡住了她。

七天七夜，她抱着女儿跪在云渡寺外，一声声喊着他的名字。

第八天的清晨，一个和尚走出来，将一张纸交给她，纸上是他的笔迹，四句话——

人妖殊途，缘尽于此。山水自在，苦海有边。

她几乎要将这张纸看烂了，最后眼中只看得见“人妖殊途”四个字……人妖殊途……他离开的最终原因，竟然还是因为自己是一只妖怪。

她强撑着站起来，默默看着那座隔开了一切的云渡寺，怀里的婴儿哇哇大哭，她咬紧牙关，说：“你的女儿，不会再是妖怪。”

说罢，她转身踉跄而去。

云渡寺的院墙上，飘着一道淡淡的黑影。

轻烟缭绕的僧舍内，他躺在床上，脸色青灰。

年迈的方丈坐在一旁，闭目捻着佛珠。

他缓缓开口：“老和尚，我要是早些来你这里，我身边的人是否会过得好一些？”

“命有定数，你来或不来，该走的总要走。勿再多想了。”方丈道，“只是你明知你只得三十年寿，又何苦与那女妖怪……唉，孽缘。”

他虚弱地笑出来：“我怎知你这老和尚说的是真是假。不过现在我知道你没撒谎。你以后，别老去看人家的命行不行，看了也别说出来啊。”

“当年你父母于我有赠饭之恩，我也是好心提醒。你命格有异，此生际遇坎坷，若能早入空门，起码能走得了无牵挂。”方丈叹气，“歇着吧。阿弥陀佛。”

方丈离开后，他望着天花板，眼前总晃着她们的影子。

墙缝里，忽然钻进一道黑影，在空中打了个旋儿，落进了他挂在心口的护心镜里。

“她抱着孩子走了。”镜子里传出声音，“你一定要那样吗？其实我可以……”

“照海，你跟着我有二十年了吧？”他打断对方。

“二十二年。”镜子说，“你八岁时从一只蚌精口中救了我。”

他深吸了口气，道：“你说过，你可以给人一条生路。”

“一生一人一条路。”

“好，这样很好。”他吃力地坐起来，解下这块跟了他二十二年的镜子，捧在手里。

它只得两个鸡蛋大小，外圈被斑斓黑石所围，浑圆的镜面似玉似晶，光彩照目，说是镜子，镜中却照不出任何东西。

他突然咬破了手指，在镜面上画起了奇怪的符咒。

“你做什么？”镜子大喊。

“以后，你替我照看她们。”

他的眼神突然凶狠起来，将手指狠狠压在镜面上，仿佛要将自己的灵魂都压进去一样。

一道白光闪过，镜子“当啷”落地，光芒散去，地上蜷缩了一个浑身漆黑，脸部没有五官，只得一片晶亮镜面的男人。

他吐出一口血来，脸已经白成了一张纸，看着地上的男人，他笑出来：“若我再多些力气，你的人形或许会好看些。”

男人慢慢爬起来，低头看了看自己的身体，一言不发。

“我的死讯，能瞒多久是多久。”他挪动身体，盘腿而坐。

“为何要这样……”男人似乎还不习惯自己的身体，说话也很迟钝。

“她的软弱是致命的。”他看着窗外，“憎恨与想念能让她活下去。”

“她早晚会知道。”

“是的，但还有你在。”

“我……”

“还有一件东西，你带给她们。”他让男人靠过来，对他附耳几句。

男人骤然后退，连声道：“不行，这绝对不行！”

“我还是会在她们身边的。”他笑了笑，闭上了眼睛，“刚刚我骗了老和尚，我不是不相信他的话，只是想在余下的生命里感受一下被温柔相待的滋味，她出现的正是时候罢了。我是个自私的人，所以别想念我。”

不等那男人再开口，一团火焰突然从他身上冒出，金红的光芒照亮了整个房间，也吞噬了中间那面容安详的人……

如果时光可以倒流，一切可以重来，他还是不想当和尚，他还是愿意跟一只妖怪在坟地里当邻居，跟她喝酒说话，替她教训恶人，然后娶她为妻，生儿育女……

○ 9 ○

房间里的烛光跳动着，秦管家慢慢取下脸上的面具。

面具下不是人脸，而是一片闪亮的镜面，似玉似晶，光华潋滟。

虽然已经猜到了七八分，桃夭还是皱了皱眉头。

“围绕在温家的香气，你应该早就知道是什么。”秦管家看着桃夭。

“寄魂香。”桃夭道，“术法高深者，若起舍身为人之意，以火焚身，可得寄魂香，又称活香，状如木炭，燃之有异香，可驱妖魔，护家宅。”

“主人离开后，我带着寄魂香离开了云渡寺。”秦管家重新戴好面具，“等我回到小屋时，媪姬跟孩子已经不见了。我寻了她们半年，才在离襄阳几百里外的小城中找到她们。那时的她，已然是城中首富温老爷的夫人，模样虽无变化，可脾性已然与从前大不相同，进退得当、稳健沉着。可惜温老爷新婚不到一月就意外身故，只留下万贯家财以及她这个遗孀。我想，这也是她选中他做夫君的原因吧。”他苦笑一声，“之后我日夜潜伏在温府之中，却不敢轻易接近她与山海，她一介女流，坐拥大笔财产，心生邪念的人自不会少，一天她带山海外出，夜归之时遇歹人劫持，我出手相救，受到惊吓的她大为感激，说府中正缺一个细心忠直的管家，于是我终于得了去到她们母子身边的机会。次年，她说不愿再留在此地，想去离襄阳城近些的地方安家，于是她变卖家产，带着山海来到了天水镇。”他叹气，“我想，她是不愿回襄阳，却又想离云渡寺近些吧。”

“定居之后，你就用寄魂香把整个宅子都包裹起来，令到妖物不得接近她们母子。”桃夭看了柳公子一眼，“确实厉害，连我们柳公子都被熏到有气无力了。”

柳公子回瞪她，不屑道：“该放倒的不放倒，那老货心肠歹毒，倒不见这破香有什么用处了！”说着，他突然想起了什么，又道，“那天我入府之前，在马车里见到了一个鬼玩意儿，双手合十，全身雪白地飘在半空，眨眼又不见了。”

“你被吓到了？”桃夭一笑，“寄魂香只对妖物有用，那老货是人类，不会受影响。”她嗅了嗅鼻子，“活香价值连城，百年未必有一块。毕竟愿意为别人把自己放到火里的人太少了，修为再高的人也未必能舍身至此。”

秦管家沉默片刻，道：“他大概还想着当年她被狐妖欺负的事吧。”

“但她永远不会知道她憎恨的那个人，其实一直没有离开过。”她看着床上那一死一昏的母女，“你的主人也不会知道，最后的结果会变成这样。”

秦管家望着温夫人：“虽然她的性子变了，但她从不是个怪物。”

“把病人当作货物买卖，还不算怪物？”柳公子质问。

“她是媪姬，山海也是，哪怕只是一半。她们需要进食。”秦管家道，“收购病人，是因为他们的寿命往往最短。你们忘记她可以看到人的死期么。但凡寿命还长的，她不会伤害他们，无亲无故的，她会找人家收留，有家的，送回原处。至于命不久矣的，她才会取气为食。如果这也有错，那么最错的，是那些把亲人卖掉的家伙，因为病重，因为缺钱，仅仅这些理由就可以放弃家人，那还真不如一只妖怪。最起码，夫人一直在为山海努力。她不想山海再背负妖怪的命运。”

“可你家夫人从来没有问过山海自己的意愿。”磨牙有些生气，“所谓的自在，不就是哪怕当一只妖怪也很坦然吗？为什么你们觉得一定要当人才能幸福？能走自己想走的路，才能山水自在苦海有边不是吗？！山海的爹也不对！就算生命要终结了又怎样，凭什么要用这么难受的法子去让别人‘强大’，他就好好留在妻女身边走完最后一天不行吗？他明明到死都爱着她们，为什么非要搞得自己看似很伟大实际上很混蛋呢？”

连混蛋两个字都出来了，从没见磨牙为了谁这么激动过。

说着说着，他突然一屁股坐在地上，“呜呜”地哭出来：“山海明明还有很多未来的，都被你们弄没了！”

桃夭跟柳公子对视一眼，从没见过小和尚这么伤心过，真正的伤心。

秦管家走到桃夭面前，郑重地说：“我是一只照海。”

桃夭看着他：“生于深海，能照生路，成人形后迅捷如鬼魅，善寻逃路，追之不得。若自碎成粉，不论生死，但凡肉身仍在，食之可归初，稀世之妖也。”

“所以，你愿意把山海救回来吗？”他问她。

她想了想，转身对柳公子道：“你把磨牙先带出去吧。”

柳公子也没多问，上去把磨牙拉起来，带出了密室。

房间里只剩下她跟秦管家。

“我挺不愿意你这样的，毕竟你是很有用的妖怪。把你带在身边，以后我躲债主的时候就能第一时间知道应该往哪条路逃跑才是生路。”她煞有介事地拍拍他的肩膀。

“我们照海的终极用处，是替人找到‘生路’，不过真正的生路，我们一生只能为一个人找一次。”他认真道，“如果这个人是山海，我愿意。”

“你爱她。”桃夭看着他一成不变的面具。

“我爱他们每一个人。”他坦白，“惊蛰是我的主人，他救了我，从此把我放在他的心口上，我跟着他四处游荡，穿风过雨，感受着他的孤独与悲喜，即便他没有把我看成朋友而只是一个可以信赖的工具，我也很爱他。媪姬是我见过最柔弱的妖怪，看到她被欺负，不光是惊蛰，连我都想保护她，也因为她，我跟惊蛰有十年的时光不曾寂寞。至于山海，她就像我的女儿一样，我当然爱她。”他顿了顿，声音有轻微的哽咽，“有家人的感觉，比一个人好多了，所以我总想多些时间留在他们身边。”

桃夭没说话。

“哦，那只狐狸，我把它关在了卧室的笼子里。”他突然说道。

“你为什么要带走它？”

“有时候回到自己的房间，没人说话，也怪冷清的。”

“这只狐狸没你想的那么善解人意，你不如养只狗。”

“不需要了，我得走了。你能帮我照顾她们母女吗？”

“不能。经过这样的事如果她们还不能明白真正的自在，那么谁都照顾不了她们。”

一声叹息。

“你给我的珠子，我不还你了啊。”

“……”

此后，房间里再听不到任何声音。

片刻之后，有五彩光芒骤然亮起……

○ 10 ○

纱窗外的夕阳金红一片，盛夏的灼热仍在整间卧室里弥漫。

一直盘踞在后院房间里的病魔也失踪了。几个将死之人被妥善安置到别处，请了大夫替他们诊治，即便救不了命，也能让他们走得舒服些。至于其他还有救的病人，按照桃夭的意思，全部送回天鲜楼，命令老板夫妇好生照顾。

此刻，温夫人坐在床上，怀里抱着一个“咯咯”笑着的女婴，她的泪水像断了线一样掉在孩子幼嫩的脸上。

滚滚傻乎乎地站在磨牙脚边，磨牙傻乎乎地站在温夫人面前，犹豫了半天，才小声说：“我能抱抱她吗？”

温夫人点点头，把女婴小心地送到他怀里。

抱着这个小不点，磨牙激动地又哭又笑：“山海啊，你很快又会长大啦，你要做一个幸福的姑娘，管他妖怪还是人类呢。磨牙叔叔以后会来看你的。”

温夫人下了床，对桃夭道：“谢谢你们。”

“我们没有做什么。”桃夭朝她摆摆手，“谢谢你的秦管家才是。”

温夫人红了眼眶，点点头。

“时光倒流，重归于初。”桃夭摸了摸小女娃的脸，“不是谁都有这样的造化，以后不要乱来了。妖就是妖，人就是人，人可以活得像妖怪，妖怪也可以活得像人呀。”

说罢，她敲了敲磨牙的脑袋：“走啦，耽搁好久了，什么时候才能到京城啊！”

磨牙恋恋不舍地把小不点还给了温夫人，双手合十：“告辞。”说完他抱起滚滚，飞快地朝桃夭跟柳公子追去。

踏出温家大门的刹那，桃夭回头看去，一个浑身雪白的人影，双手合十地飘在院子里，一闪而逝。

惊蛰说过，他还是会在他们身边的。

这时候，好像也没必要去计较谁对谁错了，一切重新来过吧。

她回头，对着前头的柳公子道："我们一会儿吃啥？"

"我要一碗素面。"

"你都当过人家女婿了，还吃素啊？"

"阿弥陀佛，桃夭你又造口业！"

"不服你放滚滚来咬我啊，咬我啊！"

尾

傍晚，天水镇的河边，柳树随风摇摆。

磨牙坐在柳荫之下，入神地看着波光粼粼的河面，滚滚则欢乐地在河边跑来跑去捞鱼玩。

桃夭与柳公子站在离他老远的地方，柳公子看着磨牙的背影，说："不知道有什么可看的，一条小河罢了。对面也是光秃秃的。"

"也许是在回味什么。"桃夭耸耸肩，"由他吧。"

"不过桃夭，"柳公子突然看定她，"有件事我不明白。"

"什么事？"她问。

柳公子半眯起细长的眼睛："为何磨牙能全身而退？"

"他傻人有傻福呗。"桃夭吐吐舌头。

"我认真的。"柳公子拽住她的胳膊。

"那老货把磨牙的魂魄困在温山海的身体里，你也知道施术之人本身相当于通道，她送走的东西只能靠她送回来，如果中间她突然死了，磨牙的魂魄很可能永远都回不来。所以我不敢杀她。但是，如果施术之人被她的目标反噬，那么施术者与所有被她牵连的别的目标都会被干干净净地摧毁，而反噬的那一方会随着这种彻底的摧毁而物归原处。懂了吗？"桃夭拍了拍柳公子的头。

柳公子诧异道："你意思是，如果一个法术里不论牵扯了几个目标，只要其中一个目标有反噬的能力，那么施术者以及其他被困的目标都会被摧毁，只有反噬者能安然无恙？”

桃夭点头。

“所以，磨牙是这场战斗里的……反噬者？”柳公子瞪大了眼睛，“不可能啊，磨牙有这种本事？”

桃夭一笑：“你不是老早就知道磨牙有九世佛缘吗？不然你也不会心心念念要吃掉他替你增加修为了。一个磨牙起码能让你多三千年的修为吧？”

“这个我知道。”柳公子白她一眼，“可九世佛缘不过就是当九辈子的和尚而已，也确实有助于我们修炼，但这跟反噬扯不上关系。”

“磨牙的身体一直是孩童的模样。”桃夭看着远处的磨牙，“那个人说过，磨牙有九世佛缘，但是，九世佛缘之下，大概藏了别的东西吧。”

“你什么意思？”柳公子道。

“磨牙不是第一次大难不死了。”她的目光深邃起来，“虽然我不知道其中原因，但我想，应该跟他的九世佛缘有关吧。”

柳公子皱起了眉头：“所以当磨牙被掳走时，你一点都不担心？看见他被老货弄到生死不明时，你也不担心？你可想过，一切只是你的猜测，如果这次他没有大难不死……”

她看着柳公子的眼睛，微笑：“那我又得一个人玩了。”

柳公子狠狠瞪了她一眼。

“人各有命，何时相遇，何时分离，没必要强求。”她踢开脚下的一个石子儿，“走吧，天都快黑了。”

柳公子突然拽住她的手腕。

“干吗？”她疑惑地看着他。

“你为什么离开桃都？”他直视着她的眼睛，“我知道你不可能为了陪磨牙才出来的。”

她咂咂嘴，左右看看，最后万般无奈地对柳公子附耳几句。

说罢，柳公子立刻变了脸色，见了鬼一样看着她：“《百妖谱》不见了？”

她赶紧捂住他的嘴：“小声点小声点！谁知道附近有没有偷听的妖怪！”

柳公子拉下她的手，压低声音道：“《百妖谱》一直是你在看守，怎可能不见了？！”

“不见了就是不见了啊，我有啥办法。年前我去跟人赌了一把骰子回来，就不见了。”桃夭垂头丧气，“我找遍桃都都没有它的踪迹，十之八九是出来了。”

“谁有这本事把它带出桃都？”柳公子咬牙切齿。

“谁带走的已经不重要了，重要的是我得在那个人回来前赶紧把它找回来。”她用力挠了挠头，“要是被那个人知道了，我只能主动找棵树吊死算了。”

柳公子指着她：“你……你怎么能犯这种错误？！”

“你急什么，跟你有什么关系！有事也是我扛着。”桃夭白他一眼。

“我蛇妖也在《百妖谱》上！”柳公子气得要吐血，“一旦从《百妖谱》上抹掉蛇妖，整个蛇妖一族，包括我在内，就都不存在了！你好意思说跟我无关？！”

“你冷静，冷静。”桃夭赶紧拍了拍他的胸口，“我这不是在想办法嘛。”

“你有什么办法？”

“慢慢找呗，总有蛛丝马迹。”她倒是镇定得很，“反正那个人不会那么快回来，我们还有很多时间。”

“我真想吃了你。”柳公子用力拍着自己的心口，努力让自己平静下来，“不要发火不要发火，做一个安静的美男子。”

“放轻松一点嘛。”她笑眯眯道，“你越是想找一个东西，越找不着，你不找了吧，它可能自己就跳出来了。”

“你不要跟我说话！我现在很生气，我消失！”说完，他“刷”一下没了踪影。

桃夭耸耸肩，慢悠悠地朝磨牙那边走去，边走边喊：“磨牙，该走了。”

喊了几声，磨牙才回过神来，却没起来的意思，他低下头：“桃夭……”

“干啥？”她停在他身后。

“山海以后还会想起我吗？”

“不会。”她直言。

“她一直想保护我的。”磨牙捡起一个石子儿，扔到河里，“照海也不会回来了吗？”

“都碎成粉喂到山海肚子里了，怎么回来。”她叹气，“可惜了，这么稀少的妖怪。”

他沉默片刻，说：“我们稍晚点再动身吧。”

晚风吹过河面，水声悠悠，他闭上眼睛，盘腿而坐，一边捻动佛珠一边诵念经文。

桃夭很想跟他说，就算给照海念一百遍经文也没用的，他的过去与未来都在他决定给温山海一条“生路”的时候终止了，但是她还是不阻止他了，毕竟不做点什么又总觉得心头不舒服。

一生一人一条路，给了最爱的人，也不算遗憾。

念完经，已是繁星当空。

磨牙起身道：“我们去哪里？”

“当然是京城啊。”桃夭立刻眉飞色舞道，“那里可比我们沿途走过的小地方好玩多了！”

磨牙点点头，把滚滚喊过来，抱在怀里。

柳公子不知什么时候又“刷”一下出现在桃夭身边，仍是一脸不悦。

桃夭碰了碰他的胳膊：“别这样啦，开心点，京城有好多好吃的还有好多美人哟！”

“不要跟我说话！”柳公子扭过头去。

“柳公子你怎么啦？”磨牙关心地问道。

“我没事。”

“没事为什么绷着个脸？”

“绷着脸不容易长皱纹！”

“哦。”

“走啦走啦。”

暮色笼罩的河岸上，三人一狐叽叽喳喳地朝前走去。

天子脚下，应该比之前哪里都热闹吧。

一定是这样的。

完

总 经 理 | 常蓦尘
总 编 辑 | 熊 嵩
执行总编 | 罗晓琴

执行策划 | 颜 燕
装帧设计 | 刘江南 李 婕
封面绘图 | 鹿 菏

设计总监 | 李 婕
产品经理 | 颜 燕
运营总监 | 蒋 雷
印 务 | 谭坤杰
流程校对 | 颜 燕 刘 宇
宣传营销 | 蒋 惊

总出品 漫娱图书

图书在版编目（CIP）数据

百妖谱／裟椤双树 著.—武汉：长江出版社，2016.12
ISBN 978-7-5492-4765-3
Ⅰ.①百… Ⅱ.①裟… Ⅲ.①长篇小说－中国－当代 Ⅳ.①I247.5
中国版本图书馆 CIP 数据核字（2016）第 302236 号

百妖谱 / 裟椤双树 著

出　版	长江出版社 （武汉市解放大道1863号　邮政编码：430010）		
市场发行	长江出版社发行部		
网　址	http://www.cjpress.com.cn		
责任编辑	陈　辉　李海振	开　本	710mm×1120mm　1／16
装帧设计	李　婕	印　张	15.25
印　刷	武汉市卓源印务有限公司	字　数	240千字
版　次	2016年12月第1版	书　号	ISBN 978-7-5492-4765-3
印　次	2025年9月第39次印刷	定　价	32.80元

电话：027-82926557(总编室）027-82926806（市场营销部）